野　心

ボーダーズ3

堂場瞬一

集英社文庫

目次

野心

ボーダーズ 3

第一章　新たな道

1

「あ、お疲れ様です」ＳＣＵ（Special Case Unit ＝特殊事件対策班）の同僚、最上功太《もがみこうた》がひょいと頭を下げる。

「どうも」朝比奈由宇《あさひなゆう》も一礼して、久しぶりに自分の席についた。警部補の昇任試験に合格し、しばらくＳＣＵを離れて研修を受けていたのだ。何だか部屋の空気が変わったような——いや、それは気のせいだろう。

「研修、どうでした？」最上が聞いてきた。

「面倒臭かった」

「朝比奈さんは、これからも何度も研修を受けるから大変ですよね」

警察官は昇任する度に研修を受ける。そういうところは何だか学校のようだ、と由宇は常々思っていた。

「最上君だって、また研修は受けるでしょう」

「いやあ、自分は、昇任試験にはもう興味がないので」最上は巡査部長。交通捜査課出身でITと各種メカ――特に車やバイクのエキスパートだ。IT系の人材は警察でも引っ張りだこで、そういう意味では他の部署でも活躍して出世するチャンスがあると思うのだが、本人はそういうことに関しては淡々としている。ずっと現場で体を張っている方が楽しいというタイプだ。少なくとも今は。

「しかし、SCUもバランスが悪くなったな」サブキャップ格の綿谷亮介《わたやりょうすけ》が顎を撫《な》でながら言った。「五人のチームで警部補二人は、頭でっかちだ」

確かに……キャップの結城新次郎《ゆうきしんじろう》が警視、サブキャップの綿谷が警部で、警部補が捜査一課出身の八神佑《やがみたすく》に加えて新任の由宇。最上も巡査部長だから、管理職だらけと言っていい。

「まあ、そのうち異動もあるでしょう」八神が話を引き取った。「でもそもそも、うちの正式な人員配置なんか決まってないんですから、臨機応変なんじゃないですか」

「お前も管理職みたいなこと、言うね」

綿谷がからかうと、八神の顔が真っ赤になった。元々童顔で、とても四十歳、二人の子持ちには見えないのだが、困った顔をしているとますます若く見える。まるで大学生のようだった。

「朝比奈、ちょっといいか」

声をかけられ、由宇は振り向いた。キャップの結城が背後に立っている。メンバーの中で最後に出勤してきて、まだコートを着たままだった。

「あ、はい」由宇は慌てて立ち上がった。公安出身のこのキャップは得体が知れないところがあり、今も何の話なのか見当がつかない。

「外へ出よう」

結城が綿谷に目配せすると、綿谷はかすかにうなずいた。嫌な予感がする。トップ二人の間で何か話が決まっていて、これからそれを自分に告げるのではないか……異動だ、とピンときた。

警察には、人事に関してある程度決まったルールがある。本部勤務の人間が巡査部長から警部補に昇任すると、一度所轄に出るというのもそれだ。本格的に管理職への道を歩むために、所轄の係長として部下を管理・指導する第一歩を踏み出す。その後は本部へ戻ったり、他の所轄へ異動したり……由宇は所轄勤務から生活経済課へ異動になって以来、本部を出たことはなかったが、いよいよその時が来たということだろう。

覚悟した。

覚悟？　いや、そういうルートを辿《たど》っていくことは分かっていたし、そうなることを望んでもいる。これが普通の出世ルートなのだ。

警視庁において、女性職員の地位はまだまだ低い。結婚を機に辞めてしまう人も少なくないし、管理職は数えるほどしかいない。そもそも女性警察官の数が絶対的に少ないのだ。そういう状態は間違っているし、気に食わない――いわゆるガラスの天井を破ろうとしている由宇にすれば、異動は当然の予定だった。あまりにも都心部から遠い所轄への異動だったら困るけど……本部の近くにいないと、人事関係の噂《うわさ》や情報は入ってこない。

結城は、SCU本部――新橋の雑居ビルに入っている――のすぐ近くにある喫茶店に由宇を誘った。結城は毎朝この店でモーニングセットを食べてから出勤する、と最上から聞いたことがあった。今日もこの店を出たばかりではないだろうか。

朝の客が引いて一段落した店内で、結城は店の隅の、四人がけのテーブルについた。コートを丁寧に畳んで、隣の椅子の背にかける。

「何にする？」

「コーヒーにします」由宇はメニューを見もせずに言った。「キャップは、どうしますか？」

「ココアだな」

「ココア？」強面《こわもて》――というか本音がまったく読めないキャップの口から甘い飲み物の

名前が出て、由宇は面食らった。

「今朝の分のコーヒーは、もう飲んだんだ」言い訳するように結城が言った。

「……そうですか」由宇は手を挙げて店員を呼び、飲み物を頼んだ。

「研修、ご苦労だった」結城が切り出す。

「いえ——誰でもやることですから」わざわざ労《ねぎら》うために、朝から喫茶店に連れ出したとは思えない。絶対に異動の話、それもこちらが希望していない署への異動に違いない。多摩地区の奥とか島嶼《とうしょ》部とか。そういうところにも当然、警察署は必要なのだが、事件は少ない。自分のキャリア形成のためには、多くの事件を扱う忙しい部署にいたいのだ。

「取《と》り敢《あ》えず、予定通りに警部補昇進だな。かなりいいペース……しかし、君の同期は出来が悪いのか？」

由宇は苦笑するしかなかった。一緒に警部補の試験を受けた同期が何人かいたのだが、由宇以外は全滅していた。苦笑の意味を悟ったのか、結城が訂正する。

「むしろ君が優秀な証拠だ。昇任試験は簡単じゃないけど、君の成績は抜群だった」

「私の点数も知っているんですか？」内密のはずだが。

「いや、そういう噂を聞いただけだ」結城が咳払《せきばら》いした。「しかし、警察学校の研修も大成功だったようだな。シミュレーション訓練で、過去最高の成績だったそうじゃないか」

「そうなんですか？　知りませんでした」

シミュレーション訓練は、十年ほど前から行われている実習である。一人の生徒が指揮官、他の生徒が部下になり、様々な状況で臨機応変に指揮を執る訓練だ。由宇は「猟銃を持った犯人が、人質二人を取って民家に立てこもった」という状況での指揮を任され、規定の時間――二時間をはるかに下回るわずか一時間で犯人を武装解除し、人質を救出した。人質の一人が外と連絡が取れる――窓際にいて、ジェスチャーで状況を伝えることができた――ことにいち早く気づき、人質を「情報源」として利用する形で状況を解決したのだ。

「これで、三十代のうちに警部の試験に合格すれば、上もさらに君を動かしやすくなる」

「四年後には試験を受けます」警部補として四年の経験で、警部の昇任試験を受けることができる。

「これからは、いろいろ言う人間も出てくるだろうが……これは研修終了の記念品だ」

結城が、バッグから紙袋を取り出し、由宇の前に置く。甘い香りがかすかに漂い出してきた。これか――と由宇はピンときた。八神も最上も、厄介な事件が一段落した時に、キャップから手作りスイーツをもらったと言っていた。公安出身のキャップがスイーツ？　冗談としか思えなかったが、本当だったわけだ。

「何ですか？」

「マカロン」

「マカロンなんか、家で作れるんですか？」由宇は思わず目を見開いた。

「どんな菓子も、最初は家で作ってたんじゃないかな」

「そうですね……ありがたくいただきます」由宇は頭を下げて、紙袋を押しいただいた。

何の装飾もない、素気ない茶色の紙袋でよかった。パッケージまで凝っていたら、かえって気持ちが悪い。「見ていいですか？」

「ああ」

袋を開けてみると、さらに甘い香りが鼻を撫でていく。色とりどりのマカロンが五個。店で普通に売っていてもおかしくない出来栄えだ。

「キャップ、こういうのが趣味なんですか？」

「こういうの、とは？」結城の表情は変わらない。

「スイーツ作り」

「趣味というか——」

お待たせしました、の声と同時に、由宇の前にコーヒーが置かれる。いいところで……ここで話の腰を折られたら、元のペースに引き戻すことはできないような気がする。

まあ、また確かめる機会もあるだろう。一口コーヒーを啜《すす》ったが、直後に運ばれてきた結城のココアを見て手が止まってしまった。この店のココアには、ホイップクリームが山のように載っている。カップの高さとクリームの高さがほぼ同じだった。結城は丁寧なスプーンさばきで搔《か》き回し、クリームを完全にココアに溶かしこんでしまう。いくら何でも、あれでは甘過ぎて飲みにくいのではないだろうか……しかし結城は平然と飲んでいて、表情はまったく変わらない。

「君に、異動の話が来ている」結城が唐突に切り出した。

やはりそうか……由宇は何も言わずにうなずいた。動揺もしないし喜びもしない。人事は人事として、淡々と受け止めるだけ――と超然としているように見られたい。由宇は最近、「見た目」にもこだわりを持つようになってきていた。見た目といってもルックスではなく、態度のことである。女性初の警視庁の部長を目指す由宇としては、これから先、どうやって多くの人に信用されていくかが重要な問題だ。檄《げき》を飛ばして気合いを入れるタイプがいいのか、フレンドリーに接すべきか、近寄りがたい神秘的な雰囲気を醸し出すのがいいのか。目上の人間の言動を緻密に観察し続けているし、最近はビジネス書の他に偉人伝も読むようにしている。今は、相手に正体を読ませないような、ミステリアスな感じを出すように意識している。上手《うま》く行っているかどうかは分からないが。

「どこへですか」

「まだ決まっていない」

「キャップ、それはどういう――」

「俺が止めている」

「そんなこと、できるんですか」

「普通はできない。人事二課と話している段階だ」

本当だろうか、と由宇は訝《いぶか》った。警視庁の人事は一課、二課に分かれていて、一課が警視・警部の人事、二課が由宇たち警部補以下の人事を担当する。二つに分かれているのは、単純に警視庁が職員四万六千人超を抱える大所帯のためだ。異動を調整する方は大変だが、人事の原則は単純明快――拒否は許されないということだ。もちろん、膨大な人事データを元にして、本人の成績や希望の他、家庭の事情なども検討される。所属長の役目は、人事が決めた異動を伝えること。もちろん、事前に相談を受けることはあるが、「止める」はできないはずだ。

「どうして止めたんですか」

「君は自分で分かってるだろう。他の部署へ行って、今までと同じようにリーダーとしての訓練ができるかどうか、保証はできない」

「SCUでも、それができているかどうかは分かりません」現場では指揮を任せられることが多い――本来はナンバーツー、参謀役である綿谷の仕事なのだが、由宇がリーダーとして上を目指していることはSCUの中では当然のこととして受け止められている。それ故、実務訓練として由宇が仕切って進めることが多かった。しかしいかんせん、SCUでは「現場」がそれほど多くない。

SCUは元々、「どこが担当していいか分からない事件」を処理するために作られた部署なのだが、そういう事件はそれほど頻繁に起きるわけではない。時々、日本で一番忙しいと言われている新宿中央署――管内に歌舞伎町がある――で、歌舞伎町交番のハコ長《ちょう》でもやっている方がいいかもしれないと思うこともある。いや、あそこでは本当に目の前で起きているトラブルに対処するだけで忙しく、反射神経は養われても、リーダーの勉強にはならないかもしれない。今後どういうルートを進めばいいかは、なかなか難しい問題だ。

「――それで、本来はどこへ異動の予定だったんですか」

「それはまったく決まっていない。そういう話が出る前に止めておいた」

「それでいいんですか？」

「君はどうしたい？」結城がさらりと聞いた。「所轄に出るのとここにいるのと、どちらがリーダーになるための準備として適当だ？」

「それは、一長一短があると思います」

「君が所轄に出たいと言うなら、希望の適当な所轄を探す。ここに残るならそれもいいだろう。本部の他の部署へ戻る選択肢は――今のところはないな」

「異動を、私個人の判断に任せてしまっていいんですか？」

「リーダーたる者、まずは自分の身の振り方を自分で考えないと」結城がうなずく。

「そういう選択は異例かと思いますし、私は警部補になったばかりです」

「警部補はもう立派な指揮官だ――一ヶ月、猶予がある。一ヶ月以内に、君の判断を聞かせてくれ」

「でも――」

「何か問題でも？」

「……いえ」

考えがまとまらない。結城のスマートフォンが鳴った。画面を見た結城が、テーブルからスマートフォンを取り上げて立ち上がり、何も言わずに店から出ていく。取り残された由宇は、何だかむしゃくしゃして、袋からマカロンを一つ取り出して口に放りこんだ。悔しいけど美味《おい》しい……甘味が適度に抑えられていて、何個でも食べられそうだ。

すぐに結城が戻ってくる。何の連絡だったか分からない――例によって表情が一切変わらないので、推測しようもなかった。

「困ったな」困ったような顔ではないが。

「何ですか？」由宇は一気に仕事モードに入って、自分のスマートフォンを取り上げた。

「起きたというか、依頼だな」

「依頼？」

「八神の知り合いが、うちに泣きついてきたそうだ」

泣きついてきた？　悩み相談は、さすがにＳＣＵの仕事ではないはずだが。

「八神さんというと、捜査二課ですか？」

「いや、捜査二課」

由宇は頭の中で、即座にリストをチェックした。結城は乗り気ではないが、これはやらねばならない案件だ。

「やりましょう、キャップ」

「まだ話も聞いてないぞ」

「捜査二課にはまだ、恩を売っていません。チャンスです」ＳＣＵは、どこの部署が扱うか分かりにくい案件を扱う部署で、「勝手に事件を持っていく」と批判も浴びるが、結果的に他の部署を助けることもある。そうやって恩を売っていけば、次第に警視庁内で認められて存在意義が増す――これは結城と由宇で何度も話し合っていたことだった。

「捜査二課は難敵ですよ。内偵捜査が多いから、情報が外部に漏れることは、まずないでしょう。向こうから話が来たんだから、やりましょう」

「相変わらず判断が早いな」結城がうなずく。

「現場では、悩んでいる時間はないと思います」

　本部へ戻ると、八神が応接セットのソファに腰かけ、来客と話しこんでいた。綿谷と最上は、自席にいて様子を見守っている。八神の相手が、問題の「依頼者」だろうか。由宇の方からは相手の後頭部しか見えない。八神がすぐに立ち上がり、結城に向かって一礼した。八神の客も立ち上がって、丁寧に頭を下げる。知り合い……八神の先輩か、と由宇は思った。耳が隠れるほど伸ばした髪には白いものが混じり、細い顔には皺《しわ》が目立つ。グレーのスーツに濃紺のネクタイという地味な格好で、オフホワイトのコートは雑に畳んで脇に置かれていた。

「捜査二課の宮原《みやはら》です」

　来客が名乗った。あまり刑事らしくない……線が細いというか、迫力がない。しかし詐欺などの知能犯捜査を専門にしている捜査二課の刑事は、こんなものかもしれない。

「同期です」八神がさりげなく紹介した。

おっと、同い年か……由宇は自分の観察眼の甘さを恥じた。男性は、同じ年齢でも結構見た目に差が出るものだと思い知る。

「どうする？　ゼロから聞いた方がいいか？」結城が八神に視線を向けた。

「はい。私もまだ、十段階で二までしか聞いていませんので」八神が言った。それで早くも「やばい案件だ」と判断して、キャップに連絡してきたのだろう。

「じゃあ、申し訳ないが最初から頼む」

うなずき、結城が宮原の向かいに腰を下ろす。それを待って宮原、八神ともソファに腰を据えた。由宇は自分の椅子を引いてきて、近くに座る。お茶を淹《い》れるべきかと一瞬思ったが、八神が既にペットボトルのお茶を出していた。元々警察では、お茶出しは女性の役目と決まっていたわけではなく、その部署の最年少の人間が担当するのが暗黙のルールだった。最近は手軽なコーヒーメーカーなどが導入される部署も多く、自分で勝手に用意する、というように変わってきた。コロナ禍以降は、ペットボトルが主流だ。

「いきなり訪ねて来て、申し訳ありません」宮原が堅苦しく言って頭を下げた。

「いや……そちらの仕事に関係あることで？」結城が慎重に訊《たず》ねる。

「情けない話ですが、二課に情報を無視されまして」

「あなたが摑《つか》んできた情報を？」

「ええ。秋山克己《あきやまかつみ》という男がいるんですが」

「そいつは？」

「詐欺師です。ただし、逮捕歴はありません」

宮原は、秋山克己という男について、メモも見ずに詳細に説明した。現在三十二歳。五年前に摘発された特殊詐欺グループの主犯格と見なされながら、実行犯たちの証言が得られず、逮捕は見送られていたという。その後は鳴りを潜めていたが、最近再び人を集めて何かの準備をしていることを、宮原が察知した。どうやら逮捕されたメンバーを陰でサポートしていたようで、当時のメンバーの再結集を狙っているらしい——というのが宮原の読みだった。

「現在三十二歳ということは、五年前の事件当時は二十七歳……その若さで首謀者だったんですか？」由宇は確認した。

「そう見られている」

「特殊詐欺の首謀者としては、あまりにも若いような気がします。マル暴《ボー》とのつながりは？」

「確認できなかった。半グレの連中との関係もないので、独立系という感じかな」

振り込め詐欺などの「特殊詐欺」は、暴力団が裏で糸を引いていることも多い。そして最大勢力は半グレである。どちらにも属さず特殊詐欺を展開していたとしたら、それこそかなりの知能犯だ。度胸もあるに違いない。警察だけでなく、暴力団や半グレグループが「自分たちの利権を侵された」と因縁をつけてくる可能性もあるのだから。

「メンバーをサポートしていたというのは？」

「金銭的に面倒を見ていたようだ。本人は、メンバーから見ればかなりカリスマ性のある人間なんだよ。それも、金に汚くない——メンバーにはたっぷり金を掴ませていたと思われる」

「前回の摘発で、立件された金額は？」

「被害者二十人で二千万円」

「実態はどうなんですか？」由宇はしつこく迫った。

「一億は行っているかと」

宮原がさらりと言った。詐欺事件の場合、捜査で明らかにされる部分と犯行の実態に、乖離《かいり》がある場合が少なくない。捜査にかけられる時間と人員は限られていて、被害の実態を全て割り出せるわけではないのだ。特殊詐欺のように、一つのグループが多数の人間を引っかけるような事件の場合、特にその傾向が強い。

「それを、逮捕された連中のために上手く使ったわけですね」

「ほとんどの人間が執行猶予判決を受けたんだが、十分ケアしたんだろう」

「金は回収できたんですか？」

「いや、ほぼゼロだ」宮原が暗い表情で首を横に振る。「使ってしまった、という供述だった。明らかに口裏合わせをしていましたけど、こちらとしては裏が取れない供述だった」

詐欺で得た金は、回収できれば被害者救済のために使われる。しかし警察の目をすり抜ける方法はいくらでもあり、海外などに隠した上で「使ってしまった」と証言すれば、回収しようがない。ほとぼりが冷めた頃に金を引き出して密《ひそ》かに分配する、ということも行われているようだ。

「メンバーのその後は追跡していなかったんですか？」

「もちろん、していたさ」宮原が抗議するように言った。「それで今回、秋山と接触していることが分かったんだから」

「秋山の追跡は？」

「それもやっていた。特に動きはなかったんだが、ここに来てまた動きが……かつてのグループを再起動しようとしているんだと思う」

「しかし二課は、捜査しようとしないんですね？」

「既に終わった事件ではあるから」宮原が肩を上下させる。「その対応は、二課の常識として俺も分かっている。詐欺グループが摘発された後に再結集して、また何かやらかしたというケースは、聞いたことがない。当然、用心するはずだし……しかし逆に、集まったということは、何か狙いがあるはずだ」

「ああいう連中は、直接顔を合わせないで犯行に走っているのかと思ったよ――極左とは違うだろう」結城が指摘した。公安出身で極左の捜査が専門だったから、どうしても自分の捜査対象と比較してしまうのだろう。

「わざわざ集まる危険を冒すぐらいですから、何かあるんですよ」

「しかし君の上司は納得しない――それでうちに話を持ちこんできた。そういうことだね？」

結城の指摘に、宮原が無言でうなずく。表情は真剣で、覚悟のほどが窺《うかが》い知れた。

「君も当然知っているだろうが、うち――ＳＣＵは、どこのセクションが扱うか判断が難しい事件を担当する。しかし君は、これは新たな詐欺事件の始まりではないかと見ているんだろう？」

「はい」

「つまり、本来は捜査二課が扱うべきだ。管轄ははっきりしている」

「しかし二課は、捜査しようとしません。実際に犯罪事実がないわけですから、仕方ないかもしれませんが――公安とは違います」

警察は「怪しい」という理由だけでは何もできないものだ。基本的には、実際に事件が起きてから捜査に乗り出す。公安と組織犯罪対策部だけが、普段から極左や暴力団の動向を探り、情報を収集している。

「確かに君の言う通りだ」

「いかにも怪しい感じがするのに捜査はできない――これでは、何かあった時には手遅れになります」

「だからうちに話を持ちこんだわけか。しかしさっきも言ったが、本来なら、うちが手がける案件じゃない」

「それは承知しています」宮原はあくまで真剣だった。「しかし、放置しておいていいわけじゃない。私一人で捜査することも不可能です」

結城が、横に座る八神の顔をちらりと見た。それが合図になったように、八神が静かに話し出す。

「宮原の勘は、私が保証します。捜査二課の筋を通すよりも、実際に捜査できるかどうかを重視しているわけですから、それだけの覚悟が――」

「分かった」結城が、八神の言葉を途中で遮り、由宇に話を振った。「どう思う？」

「やるべきです」由宇は即座に言った。「特殊詐欺を摘発するのは、もぐら叩《たた》きのようなものですが、被害者がいる以上、やらなくてはいけません。それにうちで調べて、実際に犯罪事実が明らかになったら二課に引き渡すということでいいんじゃないですか？端緒だけでもうちが摑めばいいと思います。あとは、餅は餅屋で」それで一歩引いておけば、二課に恩を売れる。

「朝比奈がそう言うなら引き受けよう」

「結城さん――」結城があまりにもあっさり言ったので、宮原はかえって慌てた様子だった。一度深呼吸すると「本当にいいんですか？」と疑わし気な口調で訊ねる。

「構わない。八神は信用できるし、朝比奈がやるべきだと言うなら、俺には反対する理由はない。うちで監視を始めてみて、何かあったら君を通じて捜査二課にフィードバックする――そういう感じでいいだろう？」

「ありがとうございます」宮原が深々と頭を下げる。顔を上げると、ゆっくりと息を吐いた。少しだけ血色がよくなっている。

「まあ、そう緊張しないで」結城が表情を緩めた。

「緊張しますよ」宮原がかすかに笑みを浮かべた。「二課を裏切るようなものですから」

「実際に、面倒なことになるかもしれないぞ」

「それでも、手遅れになるよりはましです」深刻な表情で宮原がうなずく。

「では、詳しい情報を教えてくれ。この件は、八神が中心で進める」結城がちらりと腕時計を見る。「俺はこれから本部へ行かないといけない」

「今日から動いた方がいいですか？」八神が指示を求めた。

「その判断は任せるよ」結城が立ち上がる。「あとは頼む」

宮原も立ち上がり、一礼して結城を見送った。ドアが閉まると、ホッとしてソファの上で少し姿勢を崩す。由宇もすかさず、今まで結城が座っていた場所に腰かけた。

「いやあ、緊張した」宮原が長い髪をかきあげる。「結城さん、圧《アツ》があるな」

「圧があるというか、闇が深いというか」八神が応じた。「正面から話してると、何だか怖いだろう」

「公安っていうのは、皆あんな感じなのかね」

「いや、結城さんだけだと思うよ」

二人の軽いやり取りに、由宇は割って入った。

「お二人、同期なんですよね？」

「ああ」二人が同時に言ってうなずく。

「八神さんって、警察学校時代、どんな感じだったんですか？」

「中坊《ちゅうぼう》って呼ばれてた」宮原が真顔で答える。

「よせよ」八神が苦笑する。

「中学生に見えたんですか？」

「何で中学生が警察学校に紛れこんでるんだってからかわれてたよ」宮原の表情がようやく綻びる。「教官にまで言われてたからな」

「そんなひどいこと言われて、平気だったんですか？」

「俺はタフだからね」八神が答える。

「ああ、タフな中坊だった」

「だから、よせって」八神が顔の前で手を振り、真顔になる。「捜査をどう進めるか、具体的に話そう。うちも人の割り振りをしないといけないし……それは朝比奈に任せるけど」

「八神さん、仕切りを任されたばかりじゃないですか」

「うちの仕切りは君に決まってる」

「そうなんだ……」宮原が少し警戒したように言った。三十代の女性刑事が仕切りと言われても、ピンと来ないのだろう。

「警視庁初の女性部長になる人だから、今から媚《こび》を売っておいた方がいい」八神が言った。

「媚を売られても、何も出ませんよ」由宇はぴしゃりと言った。「女性初の部長」は冗談でも何でもない。誰かが先陣を切らなければ、警視庁は男性優位の古臭い、社会の現状からずれた組織として、いずれは干からびていく。冗談だと思われてもいつも口に出し、仕事でもきちんと結果を出して前へ進む——揶揄《やゆ》する人がいるのは分かっているが、この道を真っ直《ます》ぐ行くしかないのだ。そしてSCUは、そのために最高の環境である。メンバーは皆、由宇の狙いを知って応援してくれているのだ。

「それはともかく、彼女の仕切り能力は間違いないから」八神が真顔でうなずいた。

「お前がそう言うならそうなんだろう」宮原がうなずき返す。

「秋山のことについて、詳しく教えて下さい」由宇は話を本筋に引き戻した。

「城東大《じようとうだい》経済学部の出なんだけど、学生の頃から特殊詐欺に関わってきた、という噂がある」

「確定した情報じゃないんですか？」

「なかなか尻尾を掴ませない男でね」宮原が人差し指で頬を掻いた。「面目ない」

「学生時代から特殊詐欺というと、その頃は出し子《だこ》か何かだったんですか？」若い人がネットの闇バイト募集で集まって、詐欺に加担するのはよくあることだ。

「その辺も分からない。ただ、名前が浮上した時には、首謀者としてだった」

「そんなに若くて？」

「ある意味、才能の持ち主なんだろうな」宮原が皮肉っぽく言った。「昔から、若くても詐欺に関しては天才的な才能を発揮する人間はいた」

「それで……秋山はどんな人間なんですか？」

「これが、スッキリしたイケメンなんだ。今時の若手俳優みたいな感じだね。結婚詐欺をやっても上手く行くかもしれない。それに、とにかく頭はいい」

「城東大の経済学部ですからね」由宇はうなずいた。偏差値七〇近い大学の出身だから、頭が悪いわけではないはずだ。その能力を悪い方に使ったとしたら、実にもったいない。

それから三人は、秋山の個人情報を共有した。秋山は山口県出身だが、大学進学で東京へ出てきて以来、ほとんど実家には寄りついていない。女性関係での危ない噂もなかった。五年前に事件が発覚した当時にはつき合っていた恋人がいたのだが、その女性とはとうに別れて、今は独り身らしい。当時の恋人にも執拗《しつよう》に事情聴取したのだが、よほど関係が深かったのか、あるいは金で縛られていたのか、有益な情報は一切得られなかった。由宇はメモを取りながら、宮原が非常に緻密なタイプだと悟った。とにかくよく、秋山のことを調べている。

「今は、何をしているんですか？　つまり、表向きの生業《なりわい》は？」

「投資家、ということになっているらしい」

「それはまともな仕事なんでしょうか」由宇は首を捻《ひね》った。

「今のところは、違法な匂いはない」

「投資で金を儲《もう》けているなら、何も詐欺になんか手を出さなくても……」

「俺たちの感覚ではそうなんだけど、詐欺をやる人間は、人を騙《だま》す快感に溺れることがあるんだ。もちろん、効率よく大金を儲けられるから詐欺に手を染める人間もいるけど、詐欺っていうのは基本的に、頭が悪い人間にはできない。大勢の人を動かして、たくさんの人を騙せる俺はすごい——そう自分に酔ってる人間はたくさんいるよ」

「馬鹿じゃないですか」由宇は吐き捨てた。

「そりゃあ、馬鹿さ」宮原が苦笑する。「ただ、俺たちとは違う価値観で生きている人間がいることも覚えておいてくれ」

「勉強になります」由宇はひょいと頭を下げた。

「それで——どうする？　まずは監視だよな」八神が話を巻き戻した。

「ああ。このグループ全体の動きを明らかにしたい。でも、重点的に監視するのは秋山だ」

「分かった」八神がうなずき、横に座る由宇に視線を向ける。「じゃあ、監視のローテーションを割り振ってくれ」

「分かりました」監視は本来、最低でも二人一組で行うものだ。二十四時間監視となると、かなりの人数が必要になるが……。「うちで動けるスタッフは四人です。それで二十四時間監視は難しいですね」

「当面は昼間だけでいいと思う。というか、あいつが夜、家に帰る時までだな。夕方以降の監視は、俺も手伝うよ」と宮原。

「通常の仕事はいいんですか？」

「それが終わってから、だ」

「バテますよ」

「俺にも意地があるんでね」宮原が真顔でうなずく。「二課の連中に、俺の勘が正しかったと思い知らせてやりたい……ＳＣＵには申し訳ないけど」

「うちは、駆け込み寺じゃないんだけどねえ」八神が苦笑した。

2

「キャップは、どうしてこの件を引き受けたんでしょうね」宮原が引き上げると、由宇は思わず八神に訊ねた。

「さあ……最近暇だったからかな」八神は自信なげだった。「あまり仕事がないと、腕が鈍《なま》る」

「そんな理由で？」

「キャップは、何を考えてるか分からないところがあるよな。宮原は俺の同期だから信用してくれた——ということもあるかもしれないけど、そういう情緒的な雰囲気に流される人でもないと思うし」八神が首を捻る。

「……ですよね」

「まあ、いいんじゃないか？　たまには、こういう地味な監視活動も必要だよ」

「取り敢えず、準備を始めましょう。家に行って様子を見る——動かないかもしれませんけど」

「投資家ということは、ずっと家に籠りきりで、パソコンの画面と睨《にら》めっこしているかもしれない」

「そんな感じはしますけど、実際に見てみないと分かりませんよね」由宇は腕時計を見た。まだ午前十時半。「八神さん、今日の予定は？」

「何もないよ。一緒に行くか？」

「そうですね……お願いできますか」

そのまま夜まで、秋山の監視をしてもいい。明日は朝から綿谷や最上に頼んで、午後以降はまた自分が出る――二十四時間監視でなければ、それで何とか回るのではないだろうか。

「じゃあ、今日は夕方までつき合って下さい」

「他の連中との打ち合わせはどうする？」

「夕方になってから考えます。キャップに提出する報告書を簡単に書きますから、それから出かけましょう」

「分かった」

結城に見せる報告書を、箇条書きで作る。それをメールで送っておいてから、宮原が渡してくれた資料を精査した。詳細な個人データに写真……秋山、そしてかつて詐欺グループで一緒だった人間の写真が何枚かある。逮捕された連中の写真は警察で撮影されたものだが、秋山の場合は隠し撮りだ。それでも、撮影を担当した刑事の腕がよかったのか、顔ははっきり確認できる。

宮原が言ったように、秋山は今風のイケメンだった。癖のない、ＡＩ生成のイラストのような顔。ほっそりとした体型。冬に撮影された写真なのでコート姿だった。コートの前は開けており、風が強く吹いていたのか、ネクタイが宙に舞っていた。

秋山の写真は何枚もあった。中には、五年前につき合っていた女性――村井茜《むらいあかね》とのツーショット写真もある。可愛《かわい》い感じの女性で、いかにも学生っぽかった。身長差がかなりある。秋山は身長一八〇センチの長身だそうだが、茜はそれより二五センチは低そうだ。いや、茜はかなりヒールの高い靴を履いているから、もしかしたら三〇センチは身長差があるかもしれない。

「この相手の女性――村井茜は、今どうしてますかね」由宇は八神に訊ねた。

「さあ……」八神がツーショット写真を取り上げた。「監視対象じゃないみたいだから、二課も把握してないんじゃないかな」

「事件が解決したら、その後は関係者には関わらないということですか」

「警察もそこまで暇じゃないよ」

「……ですね」

由宇は、秋山の顔を頭に叩きこんだ。尾行・監視する相手の顔を記憶するのは、捜査の基礎の基礎である。その点、八神の能力が羨ましかった。八神は特殊な「目」の持ち主で、他の人が気づかないものを簡単に見つけ出してしまう。初めて会った時は「めざとい人」だとだけ思っていたのだが、実際には瞬時にその場の状況を映像として記憶できる能力の持ち主らしい。

「よし、じゃあ、どこかで早めの昼飯でも食べていこうか」

「そうしましょう」

これでよし。さあ、これから久しぶりの仕事だ。警部補に昇任した人間に対する初任幹部課研修は二ヶ月に及ぶ。その間、完全に仕事から離れていたので、体も心も少し鈍っている感じがしていた。研修は絶対に必要とはいえ、現場を離れる不安感は想像以上に強かった。

今後自分は、次第に現場を離れていくに違いない。自分で動くのではなく、現場にいる刑事たちを指揮する立場を目指していくのだから……それでも、現場の興奮は何物にも替え難いものがある。それが監視という、しばしば無駄足に終わるだけの仕事であっても。

秋山の自宅は、ＪＲ阿佐ケ谷《あさがや》駅から歩いて五分ほどのところにあるマンションだった。名義は秋山本人……この辺の物件だと、いくらぐらいするのだろう。豪華なタワーマンションを購入するほどは儲けていないかもしれないが、あの年齢で二十三区内にマンションを所有しているというのは、かなり稼いでいる証拠だろう。五年前の詐欺事件で稼いだ悪銭が原資だろうか。

「地味だな」中杉《なかすぎ》通りを挟んで向かい側にあるマンションの前から監視対象を見上げながら、八神が言った。

「ですね……金を使うには慎重な人間なんだと思います」

「車も持っていない──ボロ儲けした若い人間は、だいたい家と車に金を使うんだけどな。金融商品や貴金属に金を突っこんでいるのかもしれないけど」

「あるいは時計とか」

「腕時計も、いいやつは相当な額になるからね。それこそ数千万円とか。しかも、買った後でかなり値上がりすることも珍しくないらしい」

「高級時計って、何がいいんでしょうね」由宇は首を捻った。「スマートウォッチで十分じゃないですか」

実際由宇も、数年前からスマートウォッチに切り替えていた。ただ時間を確認するだけでなく体調管理もできるし、軽いし、この方が何かと便利だ。そもそも時間を確認するだけなら、今はスマートフォンを見れば済む。

「それは人それぞれ──好みの問題じゃないかな」そう言う八神もスマートウォッチだ。

「金持ちアピールするみたいで、ちょっと嫌味ですよね。昔から、金ピカの時計をしている成金っていたでしょう」

「まあ……欧米のセレブの考え方としては、海辺のリゾートで裸になってる時に、自分の立場を証明できるのは腕時計だけ、っていう話を聞くけどね」八神が苦笑する。

「私たちには縁がない世界ですね」

「そうだね」

取り敢えず、秋山のマンションの敷地に入ってみた。低層階の新しい物件でセキュリティはしっかりしており、ロビーの中にも入れない。監視カメラも二ヶ所……郵便受けを確認してみたが、名前は入っていない。中も覗《のぞ》けなかった。

「これは、このまま監視ですね」現在、昼の十二時半。夕方まで何の動きもないことも考えられる。「一ヶ所で固まらないようにしましょう」

「分かった」

中杉通りは、駅前から続く人通りの多い通りである。二人でずっと同じ場所にいて監視を続けていたら、近所の人たちは不審に思うかもしれない。張り込みしている警察官が一一〇番通報されて……という話は、実はよくあるのだ。それを避けるために、微妙に立ち位置を変えたり、時々休憩を入れて一人になったりして、変化をつける。

「取り敢えずは、待ちだね」

その「待ち」は長くなった。秋山はマンションから出てこず、ひたすら立ち続ける時間……途中、三十分ずつ交代して休憩を取る。ただ監視しているだけとはいえ、やはり疲れるものだ。三十分の休憩がいい気分転換になるし、トイレも済ませることができる。この辺が、女性が現場に長時間出られない原因にもなるのだが……男性の場合、夜中に覆面パトカーで張り込みをする場合は、空のペットボトルを用意しておいて、そこに放尿してしまうこともある。しかし女性の場合はそうもいかない。

午後二時、八神が最初に休憩を取った。一人になったのでさらに神経が張り詰めるが、どうも今日の張り込みは無駄になりそうな予感がしてきた。投資家——デイトレーダーということは、ずっとパソコンの前に座っているのではないだろうか。

昔の人だったら、こういう時は煙草《たばこ》で一服だったんだろうな、と思う。由宇が子どもの頃は、くわえ煙草で街を歩いている人は珍しくなかったし、歩道の上で数人で固まって、煙草休憩をしている光景もよく見た。今はそんなことをしていると、白い目で見られるだろう。

きっかり三十分後に八神が戻ってきた。

「すぐそこにカフェがある。徒歩一分」

「気づいてました」休憩場所になると目をつけていた店だった。チェーンではない、個人経営のカフェのようだが、窓が大きく、陽光がたっぷり店内に入ってきて明るそうな店に見えた。「三十分で戻ります。ちなみに動きはありません」

「今日は何もなさそうだな」

「――同じことを考えてました」

八神がぼんやりした表情でうなずく。別に気合いが抜けているわけではなく、必要以上に緊張しないようにしているのだと由宇には分かっている。張り込みでぼうっとしているわけにはいかないが、あまりにも緊張していると、周りに殺気を振りまいてしまうし、こちらも疲れる。

大急ぎでカフェに向かう途中、綿谷のスマートフォンに電話を入れる。

「張り込み中か？」

「ええ。動きはないですけど」

「俺たちはいつから監視に入ればいい？」

「明日の朝からお願いできますか？　ただし、八神さんには、明日の朝も引き続き監視に入ってもらいます」

「連続勤務か……まあ、しょうがないな。あいつは、家も大変だから」

八神は双子の娘の父親である。妻は自宅近くの花屋で働きながら子どもの面倒を見ているのだが、どうしても手が回らないこともあるので、八神は積極的に家事に参加している。それは分かっているので、無理に夜の仕事は入れないようにしていた。

「午後からは、私と最上君で張り込みます」

「分かった。それでいいよ。今日の張り込み結果、後で知らせてくれ」

なのだろう。

「分かりました――ゼロになると思いますけど」
「油断禁物」
「肝に銘じておきます」

電話を切ったところで、ちょうど店に到着した。中に客はいない……中途半端な時間なのだろう。

外は、木枯らしが吹き始める時期。熱いカフェラテを頼んでトイレを済ませ、席に戻る。道路に面した席は、窓が大きいせいで寒気が厳しい。脱いだコートはそのまま、膝の上に置いた。

今日一日が無駄に終わる可能性は高い。おそらく明日も、明後日《あさって》も……動きがあるのはずいぶん先かもしれない。しかし宮原は、わずか一週間の間に、秋山がかつての仲間と三回会うのを確認したという。動きは急な感じだ。

カフェラテを飲みながら、スマートフォンと睨めっこをする。秋山の顔は頭に叩きこんでいたが、ともすると印象が薄れがちになる。イケメンはイケメンだが、顔が薄い……街で一度会っただけで、絶対に忘れないタイプ、というわけではない。詐欺師というのは、それぐらいがいいのかもしれないが。すぐに特徴を覚えられてしまう人間は、人を騙すのに向いていない――そう言えば先ほど雑談の中で、宮原が手術で黒子《ほくろ》を取ってしまった詐欺師の話をしていた。鼻の横にひどく目立つ大きな黒子があり、そのせいで被害者に顔を覚えられて二度逮捕された――二度目は実刑判決を受け、娑婆《シャバ》に戻った瞬間に整形手術を受けたというのだから、犯罪者として筋金入りである。こういう人間は、絶対に真っ当な商売はできないものだ。

秋山の顔を完全に頭に叩きこんだと思えたところで、カフェオレを飲み干す。休憩時間に入って二十五分、もう戻らないといけない時間だ。

会計を済ませ、十一月の冷たい風の中に一歩を踏み出す。急いでコートのボタンを止め、急ぎ足で歩き出した。今年は寒くなるのが早いような気がする。もうウールのコートを出してもいいぐらいだ。

「遅くなりました」

「ジャストだよ」八神が由宇の顔を見もしないで言った。「動きはない」

「明日の仕事の割り振りを、綿谷さんと話しました。八神さん、明日も朝から入ってもらえますか」

八神がちらりと由宇の顔を見た。少し渋い表情をしている。

「俺はいつでも大丈夫だよ。そんなに気を遣ってくれなくてもいいのに……子どももう、そんなに手がかからない年齢なんだぜ」

「でも双子ちゃん、小学生でしょう？　まだまだ大変じゃないですか」

「そんなこともない。うちの双子は、二人で何とか上手くやってるよ」

どういう意味があるかは知らないが、双子の女の子はいつも髪型を逆にしているという。一人が伸ばしている時は一人はショート。見分けをつけるため……ではないようだ。互いの髪型が羨ましくなって、定期的に変えているだけではないだろうか。

「でも、そういうことにしました。明日も早いですけど、お願いします」

「朝が早い方が、楽は楽だけどね」

「じゃあ、そういうことで」由宇はこの話をさっさと打ち切った。

二人はたまに待機場所を変えたり、少し距離を置いたりして監視を続けた。時折、三階のベランダを見上げる。そこが秋山の部屋だということは分かっているのだ。しかし洗濯物が干してあるわけでもなく——他の部屋もそうなので、ベランダでの干し物は禁止なのだろう——生活ぶりはまったく窺えない。動きもなかった。

二人は途中で、もう一度三十分ずつの休憩を取った。同じカフェ……数時間のうちに二度現れた由宇を見て、店員が怪訝《けげん》そうな表情を浮かべたが、何も言わなかった。先ほどカフェオレを飲んだので、今度はブレンドをブラックで。ブレンドの方が味に切れがあって美味しかった。

しかし——宮原の読みはどうなのだろう。八神は無条件でその「勘」を信じていたが、宮原のことをよく知らない由宇には何とも言えない。特殊詐欺のグループは、頻繁にメンバーが入れ替わるのが普通で、メンバー同士、顔も名前も知らないということも珍しくない。全容を把握しているのはトップの一握りの人間だけ……そうしないと、警察が手を突っこんだ時に一網打尽にされてしまうからだ。そういう意味で、非常にドライな人間でないと、こういう犯行には加われない。しかしどうも、秋山はそういう感じではないようだ。もしかしたら、特殊詐欺ではなく、もっと大きな犯罪を計画しているのかもしれない。

六時。すっかり街は暗くなり、風も冷たくなっている。帰宅を急ぐ勤め人も増えてきて、中杉通りは賑《にぎ》やかになっていた。そろそろ切り上げ時か……判断すべき時間帯だと思った瞬間、八神が「出てきたぞ」と短く言った。見逃した――いや、さすが八神と言うべきだろうか。彼の場合「人間レーダー」でもあるわけだ。

「打ち合わせ通りに行きましょう」

「了解」

由宇は、ちょうど信号が青に変わった目の前の交差点を渡った。八神は渡らず、そのまま歩き出す。一人が真後ろから、もう一人が距離を空けて反対側の道路で尾行するというのは、よくあるやり方である。中杉通りはこの辺は片側一車線と狭いが、街路樹がきちんと並んでいるせいで、斜めの位置からの監視は厳しい。しかし八神にはあの「目」があるし、秋山は一八〇センチの長身なので、簡単に見逃すとは思えなかった。

由宇は真後ろについたので、秋山の顔を直接見ることはできない。目印はその長身だけだ。薄手の、濃紺のダウンジャケットに、色が抜けた細身のジーンズ。普通に街を歩く格好である。黒いストラップが背中を区切っているので、おそらく小さなバッグを斜めがけにしているのだろうと想像できた。

それにしても歩くのが速い。長身のせいもあるだろうが、意識して速歩きしているのではないかと思った――尾行や監視を警戒して。

尾行中は、基本的にパートナーとは連絡を取らない。由宇はひたすら、秋山の背中を凝視し続けた。遠出するわけではないだろう、と予想できる。荷物は少なそうだし、駅の近くまで行って夕飯、というだけかもしれない。

しかし秋山は、中杉通りから阿佐ケ谷駅前のバスロータリーを抜け、駅の構内へ入っていった。そのまま中央線快速に乗って、東京駅方面へ向かう。東京駅まで行かれたら面倒だな、と思った。日本最大の巨大ターミナル駅である東京駅の中で、相手を見失わずに尾行を続けるのは至難の業だ。

悪い予感は当たった。秋山は東京駅で降りた。八神と連絡を取り合いたいと思ったが、そうしている間にも、秋山は姿を消してしまうかもしれない。とにかく歩くのが速いから、もしも尾行に気づいたら、すぐに由宇を振り切ろうとするだろう。八神がどのポジションで尾行しているか分からないから、自分が見失わないようにしなければならない。

幸い、秋山はすぐ近くにある五番ホーム――山手線の品川・渋谷駅方面行きに向かった。ホッとして、電車が来るのを待つ間に、八神に「東京駅で山手線に乗り換えました」とメッセージを送る。すぐに既読になったが、返信は来なかった。追いつこうとして手一杯なのかもしれない。

秋山は有楽町駅で降りた。街は人で賑わっている。由宇は無意識のうちにマスクをしっかり顔にフィットさせた。コロナ禍もほぼ三年、マスク暮らしにもすっかり慣れてしまっている……しかしこの人出は別の意味でまずい。人が多いほど、尾行は難しくなるのだ。それでも由宇は長身を目印に、何とか秋山の背中を追い続けた。行き先は銀座方面……秋山は交通会館の脇を抜け、西銀座通りに出ると、巨大ショッピングセンターの「銀座シャイン」に入っていった。コロナ前は、日本人よりも中国人観光客の方が多い場所だったが、今は閑散としている。

中へ入るとほっとして、スマートフォンを見た。八神から返信はないが、間違いなく尾行を継続しているだろう。見逃したりすれば、連絡が入ってくるはずだ。

その一瞬で、秋山を見逃してしまった。

まずい。

銀座シャインは、まるで迷路のような造りになっている。中央が大きく開いていて、その周辺に店舗が配されているのだが、店舗は基本的に二重……細い通路を挟んでずらりと並んでいるのだ。そのため、誰かを捜す時にも、前後を行ったり来たりしなくてはならない。しかもショップは六階まである。もしも買い物が目的なら、上階だろう。一階から三階までは婦人向けの服やグッズの店で、紳士向けの売り場は四階から上なのだ。

一階の店を覗きながら、八神に連絡を入れる。

「すみません、見失いました」

「俺もだ」八神の声に焦りが見える。「取り敢えず、一階から順番に捜してみる」

「私は四階から行きます」

「分かった」

エスカレーターを駆け上がって四階へ急ぐ。途中、子ども連れの夫婦がエスカレーターを塞いでいたので、急いで声をかける。

「すみません！」夫婦がぎょっとした表情を浮かべて同時に振り向いた。由宇はわずかな隙間をすり抜けるようにして先を急いだ。

四階はさらに閑散としている。今やデパートやショッピングセンターの紳士服売り場は、どこもこんな感じだ。皆、どこで服を買っているのだろう。そういう由宇も、最近はデパートで服を買うことはまずないのだが。

フランスの高級靴の専門店、ダウンジャケットばかりを揃《そろ》えた店、スポーツウエアの店……順番に見ていったが、やはり秋山の姿は見当たらない。次第に焦ってきて、由宇はいつの間にか駆け出していた。男性トイレにでも入られたら追跡できない。ただどこかで買い物をしているだけだろうと自分を慰めようとしたが、尾行に失敗した悔しさは消えない。最初からこんなヘマをしているようでは、宮原に申し訳ないではないか。

その時、突然爆発音が聞こえた。爆発？　こんなところで？　まさかと思ったが、すぐに悲鳴が聞こえ、さらにケミカルな臭いが鼻先に漂ってきた。本当に爆発なのか？　音は少し遠いところから聞こえてくる。慌てて建物中央の吹き抜けに駆け寄り、上下を見渡すと、下の方――三階から煙が上がっていた。

まずい。

由宇はスマートフォンで八神を呼び出し、下りのエスカレーターに向かって駆け出した。

「何だ？　何が起きた？」

「三階から煙が出ています。爆発かもしれません」

「こんなところで？」

「今向かっています。確認します」

「俺も行く。気をつけろよ」

返事をせずに通話を終え、下りのエスカレーターを全力で駆け降りた。

大混乱だ。吹き抜けに近い方ではなく、奥の通路の方から煙が吹き出している。店内は閑散としていたはずなのに、どこにこんなに人がいたのかと思えるぐらい多くの人が、右往左往していた。エスカレーターは普通に動いている。しかしエレベーターはどうだろう。もしもエレベーターに何かしかけられていたら、大惨事になる。

由宇はバッジをかざしながら、「エスカレーターで避難して下さい！」と叫んだ。階段の方へ向かっていた若い女性がUターンして、エスカレーターに走っていく。ぶつかりそうになり、由宇は慌てて身を翻した。女性の方はバランスを崩して転びかけた。由宇は素早く手を伸ばして彼女を支え、「急いで下さい」と告げた。

さらに幼い子ども連れの若い母親……子どもの顔は恐怖で引《ひ》き攣《つ》り、そのせいか足がもつれて転びそうになった。由宇は二塁に滑りこむ一塁ランナーのように、足からスライディングして子どもの下に入りこみ、腕を思い切り伸ばして体を支えた。子どもが暴れたが、母親が何とか抑える。

「すみません」母親が泣きそうな顔で頭を下げる。

「大丈夫です」

由宇は立ち上がった。体力的に自分は男性に勝てない。筋力でも、持久力でも……しかし、体の軽さを活《い》かした俊敏さにだけは自信があった。今も、子どもが怪我《けが》しなくてよかった。あの勢いで転んだら、床でもろに後頭部を打っていたかもしれない。

「エスカレーターで逃げて下さい！」繰り返し叫びながら、由宇は火元を探した。中央部に広い吹き抜けがあって空気の流れはいいはずなのに、フロア全体に早くも煙が充満しつつある。マスクはしているものの、これだけでは煙は防ぎ切れない。それに涙が止まらない……ただ木材などが燃えているわけではなく、有害な煙のようだった。

二重になっている店舗の間の通路に駆けこむと、激しく煙が吹き出している場所を見つけた。煙がひどいせいで、何の店か、はっきりとは見えない。炎は見えなかったから、そこまでひどい火災ではないのか……いや、この煙の様子からすると、相当な火勢のはずだ。

「避難して下さい！」声をかけられて振り向くと、制服姿の警備員が険しい形相で立っていた。

「警察です」由宇はバッジを示した。「消火器はどこですか」

「消火器はそこに……」

「それほど大きくない火災だと思いますから、消火器で消し止められるかもしれません。避難誘導をお願いします」

警備員が、慌てて消火器を取りに行った。さすがにおしゃれビルなので、剝《む》き出《だ》しではない。壁の一角に、小さく「消火器」と書かれた札があり、その下の扉を開けて取り出すようになっている。

煙が少し薄れてきている。自然に鎮火したのだろうか……由宇はマスクを左手で押さえ、右手で消火器を受け取り、煙の中に突入した。やはり目は刺されたように痛い。マスクをしていても、刺激臭が容赦なく入ってきて呼吸が苦しくなる。これは本格的な装備が必要なのではないか？　しかし一刻も早く火を消し止めないと、被害は広がる一方だ。こういう巨大な建物だから、消防が実際に消火活動を始めるまでには時間がかかるだろう。

ふと、従姉妹《いとこ》の麻美《あさみ》の顔が脳裏に浮かぶ。まだ二十歳の麻美は厳しい表情を浮かべて首を横に振っている。こっちへ来ないで——。

馬鹿言わないで。私は大丈夫。

床が濡《ぬ》れている場所を見つけた。あそこだ——スプリンクラーが作動したに違いない。あれで火が消えてくれていればいいのだが……実際、火はまったく見えない。煙もかなり薄れていて、今は店の陳列物が何とか見えるぐらいになっていた。

火元らしいセレクトショップの前に立ち、消火器を用意する。しかし火は見えない。本当に火事だった？　ただガスが発生するような装置が置かれたのではないだろうか。目を細め、火元を何とか特定しようとする。すぐに、ショップの床に一人の女性が倒れていることに気づいた。まだ若い女性で、盛んに咳《せ》きこんでいる——ということは、まだ生きている。

由宇は消火器を床に置いて、彼女に駆け寄った。自分も苦しい……しかし何とか彼女の傍《そば》にしゃがみこみ、「大丈夫ですか」と声をかけて揺さぶる。女性——制服を着ているので高校生だろう――は必死に膝立ちになろうとしたが、力が入らない様子で上手く行かない。由宇は腕を摑んで、強引に立たせた。自力では歩けないようで、全体重が由宇にかかってくる。通路の床は水で濡れており、滑りやすいことこの上ない。何とか踏ん張り、とにかく前進した。この店が火元ということは、離れれば離れるほど安全なのだ。

女性は何とか歩いているが、咳が止まらない。かなり煙を吸っているようだが、大丈夫だろうか。非常ベルが激しく鳴り響く中、自分のスマートフォンが鳴る音が聞こえた。八神だろうが、今は止まるわけにはいかない。

その時、目の前で炎が爆発した。本能的に若い女性を庇《かば》おうとしたが、不意に自分の体が宙に浮く感覚に襲われる。何が起きた――直後、由宇は床に叩きつけられていた。

3

全身が痛む。どこを怪我したのかも分からない……由宇は何とか起き上がろうとしたが、体が言うことを聞かなかった。自分が病院にいることだけは分かった。特有の消毒薬の臭いが、不快に鼻を刺激している。

しばらくもがいて、何とか上体を起こすことができた。少し休憩して鼓動が治まるのを待ち、今度は床に足を下ろそうと試みる。しかしこれは、今の自分には無理な動きだと悟った。もしかしたら足をやられた？　あるいは下半身全体が麻痺《まひ》してしまったとか？　車椅子が必要になるなら捜査に復帰するのは難しい、と絶望的な気分になった。

枕元のナースコールに手を伸ばす。自分の体がどうなっているか、とにかく説明してもらわないと……押したものの、そんなにすぐに看護師は来ないと分かっている。ベッドサイドのテーブルに目をやると、自分のバッグが置いてあるのが見えた。何とか手を突っこんでスマートフォンを取り出し、時刻を確認する。午後十時五分。ショッピングセンターに入ってから――火災が起きてから、三時間ほどが経《た》ったことになる。

ニュースサイトを見て、状況を確かめようとする。「銀座シャインで爆発」という見出しは確認できたが、タップする前に看護師が入ってきた。

「気がつきましたか？」

「どこを怪我してるんですか？」

「それは今、先生が説明しますね。それと、同僚の方が待機しています」

「こんな時間に？」病院の面会時間はとうに過ぎているはずだ。

「話せそうですか？　ずいぶん急いでいる様子でしたけど」

「話すだけなら」

「では、先生から説明した後で。いいですね？」

「すみません、お願いします」由宇は頭を下げた。すると左肩に鋭い痛みが走る。ここが一番ひどい——骨が折れていたら、回復にはかなり時間がかかるだろう。

すぐに、看護師が医師を伴って戻ってきた。五十代に見えるがっしりした体型の医師で、頼り甲斐《がい》がありそうだ。

医師は由宇の手首を取って脈を確認した。うなずき、「受け身に失敗したようですね」と曖昧に告げる。

「爆風で飛ばされた経験はありますか？　受け身なんか取れませんよ」思わず皮肉で反論してしまう。

「しかし、これだけの怪我で済んだのは大したものだ。身が軽いんでしょう。体操選手並みの身のこなしができないと、もっとひどい怪我になっていたはずだ」

「身体能力としては、それぐらいしか自慢できるものがないですから」

「ちゃんと話ができるということは、聴覚も大丈夫なようですね」医師は平然としていた。「日本では、こういう経験をする人は滅多にいませんからね。紛争地ならともかく」

「私は、本当に爆発に巻きこまれたんですね？」

「吹き飛ばされたのは間違いないですよ。左の鎖骨は折れています。頭も打っていますから、明日の朝一番でＭＲＩの検査をします。腰と左膝も強打していますが、こっちは骨には異常なし。すぐに痛みも消えるはずです。耳は、どんな具合ですか？」

「大丈夫ですけど……」実際には、ずっと軽く耳鳴りがしている。それを告げると、医師がうなずいた。「MRIで脳の方は分かりますけど、耳の検査もしておきましょう」

「いつ出られますか？」

「それはまだ気が早い」医師が苦笑する。マスク越しなので顔ははっきりしないが、髭《ひげ》を生やしていることだけは分かった。「鎖骨の骨折だけなら、自宅療養でいいですけど、とにかく検査が全部終わってから判断しますから」

「――分かりました」医者に逆らっても仕方ないと思い、由宇は素直にうなずいた。

「気持ちが悪いとか、そういうことは？　吐き気はどうですか」

「今のところはないです」唐突に空腹を覚えたが、それを言って医師を困らせることはないだろう。バッグの中に、非常用食料としてチョコレートバー、それに結城からもらったマカロンが入っているから、この後それを食べればいい――何か食べていいかどうかは分からなかったが。

「では、明日の朝、詳細な検査をします。それまではゆっくり休んで下さい……警察の人が来ているけど、話せますか？」

「大丈夫です」意識が戻って時間が経つに連れ、普通に話せるようになってきている。その分、体の各所の痛みもはっきり意識するようになっていたが。それにしても、コロナ禍で入院患者への面会は厳しく制限されているはずなのに、どうやって入りこんだのだろう。「捜査」「緊急事態」で押し切ったのか。

医師と看護師が出ていくと、入れ替わりで二人の刑事が入ってきた――顔も名前も知らない私服の二人組である。その後ろから、申し訳なさそうな表情を浮かべた八神が続く。個室とはいえ狭い病室の中は、人で一杯になってしまった。

「本部捜査一課の清水《しみず》です」年長で背の高い方の刑事が名乗った。「怪我は？」

「痛みますけど、話すぐらいはできます」

「今夜は取り敢えず、手短に済ませるから」清水と名乗った刑事が、椅子を引いて座る。若い相棒は、立ったまま手帳を広げた。記録係を座らせる方がよさそうな気がするが、相手が立ったまま――自分がベッドにいる状態で事情聴取を受けるのも気が進まない。見下ろされる格好になると、やはり圧力を感じるものだから。それに清水は、非常に愛想が悪く、相手をすくませてしまうタイプだ。さすがに由宇には通用しないが、そういう目つきの男から長時間見下ろされていると、嫌な感じになるだろう。怪我の治りも遅くなりそうだ。

「正式な事情聴取は明日以降に回すとして、取り敢えず何が起きたのか、教えてくれないか？」

由宇は記憶を整理して、できるだけ時間軸が正確になるように話した。突然爆発音がしたこと、直後に煙が流れ出したので、客を避難誘導しながら消火器を摑み、火元を探そうとしたこと、倒れている女性を発見し、救助している最中に二度目の爆発が起きて吹き飛ばされたこと——ただし、二度目の爆発については記憶が定かでないので、「何が起きたかはっきり覚えていない」と証言した。

「なるほど……一人で火元に突っこんで行ったわけか」清水が意地悪そうに言った。

「直ちに状況を確認する必要がありました」

「消防を待つべきだったのでは？　ああいうショッピングセンターの構造は特殊だ。素人がうろちょろすべきではなかったね」

「だったら、手出ししなければよかったんですか？」

「避難誘導だけしておけばよかったんだ。人的被害がなければ、事態は二段階ぐらい低いレベルで処理できた」

「人的被害？　私のことですか？　私は別に——」

「違う。君が庇った女性だ。吹き飛ばされた後、頭を強打して意識不明だ。しばらく入院することになるだろう」

由宇は絶句した。そんなことに……もしかしたら、床に叩きつけられた時、自分が上になってしまったのかもしれない。吹き飛ばされた衝撃に自分の体重が加わったら、とても受け身など取れなかっただろう。

「……大丈夫なんですか？」

「命に別状はないだろうという話だが、まだ予断は許されない状況だ」

「でも、私が助けなければ、煙に巻かれて亡くなっていたかもしれません」

「それは分かる。しかし、適切なやり方がある」

「それは――」

「俺の仕事は、君を査定することじゃない」清水が冷酷に言った。「ただ、状況を正確に記録しておく必要があるだけだ」

「――今言った通りです。その女性の身元は分かってるんですか？」

「高校生だ。家族とも連絡が取れて、確認できた。今は念のため、ＩＣＵに入っている」

「見舞いは――」

「無理だ」清水が、由宇の言葉を断ち切った。視線はさらに冷たくなっている。「今は会えない」

「――そうですか」ここは無理に押すことはできない。痛むのは自分の良心だけで、そこは我慢すればいい話だ。負傷した高校生は、いずれ意識を取り戻す――取り戻して欲しい。その時にきちんと謝罪しよう。

「俺が決めることじゃないけど、君の判断は問題になる」

「何がですか」

「一人で突っこんだことが、だ」

「清水さんだったらどうしました？　援軍が来るまで、ただ待ってるだけですか」

「そうだな」清水があっさり認めた。「戦力を温存するのも、警察の基本じゃないか。とにかくこの件は、後で監察が責任を持って担当する」

「監察――」由宇は焦った。「警察の警察」である監察に目をつけられたら、自分のキャリアがぶち壊しになりかねない。「それぐらいで監察が出てくるとは思えません。何かあるんですか？」

「強盗だよ」

「強盗？」

「二度目の爆発の後、どさくさに紛れて三階の宝石店から商品が盗まれた。まだ被害額は確定していないが、九桁になるかもしれない」

一億……由宇は顔から血の気が引くのを感じた。

「君がもう少し慎重に動いていたら、強盗事件は防げたかもしれない」

「それは結果論じゃないんですか」思わず反発した。

「結果論かどうか決めるのは俺じゃないんでね。後で、監察に詳しく話してくれ」

いきなり引き戸が思い切り開き、廊下の冷たい空気が部屋に入ってくる。

「そこまでにしてもらえますか」聞き覚えのある声――常に由宇に安心感を与えてくれ

る声。

清水が振り向き、声の主の姿を認めて立ち上がる。

「どちらさん？」

「総合支援課の柿谷《かきや》です」

柿谷晶《あきら》。由宇の同期で、捜査一課から総合支援課に転身した女性刑事である。由宇にとっては盟友と言っていい。彼女が来てくれたということは——自分は犯罪被害者なのか？

「病院側に確認しました。長時間の事情聴取はまだ無理です。明日、ＭＲＩの検査結果が出てからにしていただけますか？」

「まだ終わらないんだよ」清水が晶を睨んだ。

「彼女は犯罪被害者です」

「いや、警察官だ」

「警察官も被害者になることがあります。無理をしてはいけない——被害者の回復優先です」

「しょうがねえな」舌打ちして、清水が晶と向き合った。「おたくらも、こんな風に捜査の邪魔ばかりしていて、楽しいのかね」

「邪魔はしていません。仕事をこなしているだけですから。犯罪被害者を守るのが我々の仕事です」

「――分かったよ。明日、出直す」

「事情聴取には我々も立ち合います」

「冗談じゃない」清水が色をなした。

「冗談じゃありません」晶が平然と言った。「いつもそうやっています。これも事件ですし、彼女は被害者なんですから」

「はいはい」溜息《ためいき》をついて、清水が若い刑事に向かってうなずきかけた。「行くぞ」

晶は、引き戸が閉まるまで、そちらを凝視していた。振り返って由宇を見ると、「捨《す》て台詞《ぜりふ》がなかったね」と皮肉っぽく言った。

「覚えてろ、とか？」

「街を出るな、とか」

思わず笑ってしまった。それが鎖骨の痛みに響いて、つい前屈《まえかが》みになってしまう。

「大丈夫か？」八神が近づいて来た。

「何とか……」由宇は歯を食いしばった。

「こちらは？」八神が晶に視線を向ける。

「総合支援課の柿谷です」晶が改めて名乗った。

「わざわざこんな時間に？　支援課の正式業務として？」

「いえ、ボランティアです」晶がかすかに笑った。「刑事が被害者だから、強引に突っこんでいるんじゃないかと思って……ちなみに、八神さんですよね？」

「ああ。君は……一課で一緒だったな」組んで仕事をしたことはないが、互いに顔は知っている、という間柄のようだ。捜査一課は四百人の大所帯だし、係ごとのユニットで動くから、全員がよく通じ合っているわけではない。

「困りますよ。こういう時、一課の好き勝手にさせたら駄目です」晶が忠告した。

「しかし、連中も仕事なんだからさ」八神の方が明らかに分が悪い。同じ捜査一課出身といっても、晶は今や完全に支援課のスタッフとして馴染《なじ》んでいるようだ。被害者を守るためなら、捜査をストップさせることも厭《いと》わない――。

「捜査一課の感覚は大事ですけど、被害者を守るのも警察の仕事ですから。それに、同僚なんですし」

「……面目ない」やりこめられ、八神がうなだれた。

「とにかく、今後は支援課でもケアしていきますから」

「分かった――ちょっとキャップに連絡してくる」八神が由宇にうなずきかけて、病室を出ていった。

「やり過ぎじゃない？」由宇は心配になって言った。捜査一課の連中はともかく、八神をあんなに攻撃することはなかったのではないか。

「常に教育だから。警視庁の全職員が、被害者や被害者家族のサポートを考えていかなくちゃいけないでしょう」

「分かった、分かった……でも本当に、支援課が乗り出してくるの?」

「今日はあくまで、個人的なボランティア。朝比奈の名前を聞いたから、やばいかなって思って飛んで来ただけ」

「勝手にそんなことしていいの?」

「上には言ってあるから。それにうちの仕事は、スタッフの自由裁量によるところが大きいのよ。ところで、何か食べた?」

「——夜は抜いてる」また空腹を意識する。

「はい、これ。食べても大丈夫なんでしょう?」椅子に座った晶がバッグからサンドウィッチを取り出す。「コンビニのサンドウィッチだけど」

「ありがたくもらうけど、わざわざ買ってきてくれたの?」

「卵サンドは、支援業務の定番なのよ。きつい時でも、こういう柔らかいものなら食べられるでしょう」

「確かに」

　由宇は遠慮せずにサンドウィッチを受け取り、早速食べ始めた。医師の許可なしで食べてしまって大丈夫だろうかと心配になったが、空腹には勝てない。卵サンド一つではとても満腹にならないが、それでも眠れるぐらいには空腹は解消された。そこで、自分のバッグの中身を思い出す。手を伸ばしたところで、晶に止められた。

「何？　取るよ」

「紙袋が入ってるはずなんだけど」吹き飛ばされた衝撃で潰れていなければ……。

「これ？」

晶が差し出した紙袋を受け取る。中を覗くと、マカロンは無事だった。ホッとして晶に一つ勧め、齧《かじ》り始める。晶が呆気《あっけ》に取られたような顔で見ながら、自分も食べた。

「美味《おい》しいけど、あんた、こんなものを持ち歩く人だっけ？」マカロンを食べた晶が首を捻る。

「もらったのよ」

「誰から？」

「──男の人」結城の手作りとは言えなかった。事実なのだが、この話が広がるのを、結城は好まないのではないだろうか。

「これ、手作りだよね？　スイーツ作りが趣味の人とつき合ってるの？　意外だわ」

「違う、違う。研修が終わったから、お疲れ様でもらっただけ」

「何だか怪しいな」

「ちょっと体調が……」

「嘘《うそ》言わないの」晶がぴしゃりと言った。しかしすぐに相好を崩した。「ま、その件は退院してからじっくり聞くから。今、何か困ってることはない?」

「大丈夫。特にない」

「誰かに迷惑かけられたら、すぐ連絡して。ぶん殴りに来るから」

「頼むから、穏便に行こうよ」

　捜査一課から総合支援課に異動になっても、晶の基本的な性格は変わっていないようだ。しかしこれが、彼女のまとった「鉄の衣」だということは分かっている。傷つきやすい心を守るための、頑《かたく》なな態度。晶は「犯罪加害者家族」なのだ。彼女が大学生時代、兄が殺人事件を起こして服役した。情状の余地がある事件だったが、彼女の兄はプロの格闘家としてデビューしていた人だったので、裁判ではそこが問題視された。格闘家の拳は凶器——というのは、昔から言われていたことである。晶は警視庁の採用試験を受けている最中で、一次試験は突破していたのだが、さすがにそこで辞退しようと思ったそうである。しかしそこへ一本の電話——そのまま試験を受け続けるようにという誘いがあって、晶は結局それに乗った。後で分かったことだが、警視庁は犯罪被害者支援課を、加害者家族のフォローまで含めた総合支援課にアップデートしようとしていて、晶はそこに必要な「駒」と判断されたようだ。そして晶は警視庁に入庁し、捜査一課を経て、新生総合支援課に異動になった——こういう特異なキャリアのせいか、彼女は警視庁の中ではある種の有名人である。いや、腫れ物に触るような扱いをされていると言った方がいいかもしれない。しかし由宇にとっては、何でも言い合える貴重な同期である。

「私は穏便だよ。ただ、守るべき人を守るためなら、何でもする」

「柿谷に守られるようになったら、私もおしまいだね」由宇は肩をすくめようとしたが、鎖骨の痛みが電流のように肩を刺激する。

「しばらくは、少し大人しくしていることね。誰か、面倒を見てくれる人、いる？」

「すぐ退院するから」

「でも、一人だときついでしょう」

「じゃあ、頼れるのは叔母さんかな」由宇は咄嗟《とっさ》に言った。

「ああ、南大田《みなみおおた》署の……」

由宇はうなずいた。南大田署交通課長の吉村《よしむら》は、由宇の叔父だ。その妻・美栄子《みえこ》にも昔から可愛がってもらっている。大学進学で東京に出てきてからは、ずっと親代わりだった。自分が警察官になったのも、この叔父の影響である。いや、叔父一家というべきか。

「叔父さん一家とは今もつき合いがあるの？」

「昔ほどじゃないけど」晶は昔の事情も知っている。

「連絡した？　まだだったら、私から電話しておくけど」

「電話ぐらいできるけど……柿谷、何か変わった?」

「何が?」居心地悪そうに、晶が体を揺らした。

「昔って、そんなに面倒見、よくなかったよね。支援課に行って変わったのかな」

「どうかな。自分では分からないけど」

「でも……悪くないと思う。そういうの、いいな」

「あ、そう」素気なく言ったが、晶の表情は穏やかだった。「とにかく、何かあったらすぐに呼んで。私が来られなくても、支援課のスタッフが必ず駆けつけるから」

「分かった……ちょっと情けないけど」

「そういうこと、言わない」真剣な表情でうなずき、晶が立ち上がった。「じゃあね」

由宇はうなずき返したが、また鎖骨に痛みが走る。死ぬことはないだろうが、この痛みにはしばらく悩まされそうだ。

晶と入れ替わりに八神が戻ってくる。相変わらずバツが悪そうな表情……晶の叱責が効いたようだった。

「すみません、うちの同期は激しい人間が多くて」

「同期なんだ……でも、支援課の人間として来たんだろう?」

「両方ですかね。それより、強盗の件、どうなってるんですか? 聞いたことのない手口です」

「海外だと、あるよ」今度は八神が椅子に腰かける。「放火したりして騒ぎになってい
る間に強盗に入る——でも、日本ではほとんどない手口だな」
「じゃあ、犯人は外国人ですかね」
「いや、それは……」八神が渋い表情を浮かべる。「俺が捜査しているわけじゃないか
ら、何とも言えない。でも、情報が入ったら伝えるよ」
「お願いします。自分の身を守るためにも情報が必要です……それより、秋山はどうし
てますか？」
「家に帰ったのは確認できている」
「間違いないですか？」
「百パーセントじゃないけど。現場では見失ったままだった。念のために家を確認した
ら、部屋の灯《あか》りは灯《とも》っていた——夕方に家を出た時は暗かっただろう？」
ええ、と相槌《あいづち》を打ったが確証はない。ただし八神の記憶は間違いなく正確だと思う。
あのマンションのあの部屋に灯りがついていた——それを映像的に記憶できる能力は、
由宇には理解が難しいものだったが。
「明日からどうするんですか」
「監視は続行するよ」
「私も——」

「それは無理だよ」八神が急に険しい表情を浮かべる。「とにかく今は、怪我を治すことだけを考えてくれ。余計な心配すると、治りが悪くなるよ。全ての元凶はストレスなんだから」

「頭から追い出すことは無理ですけどね」由宇は溜息をついた。

「そこは努力してくれ。何かあったら必ず情報を入れるから」

「……分かりました」意地を張っても仕方がない。これは自分のミス——それなら、捜査に参加できずに苛々《いらいら》するぐらいの罰は受けるべきではないだろうか。

4

鎖骨を痛めたことで一番影響を受けたのは睡眠だった。

由宇は元々寝つきがいい方だし、昨夜は疲れもあって、あっという間に寝てしまった。ところが、夜中に目を覚ますこと数回……寝返りを打つ度に、痛みで眠りから引きずり出されてしまうのだった。

六時に検温があって起こされたのだが、完全に寝不足で、昨日よりもダメージが大きくなっている感じがする。

体温は正常。念のためということだろうか、朝食にはお粥《かゆ》が出た。これでは物足りないし、眠気覚ましにコーヒーも欲しかったが、どうしようもない。幸い下半身の負傷は大したことがなかったので、ベッドを抜け出ることはできたのだが、少し長い距離の移動はまだ無理のようだ。頭がフラフラして、すぐにバテてしまう。看護師は、「動けるなら動いて、筋肉が固まらないようにした方がいい」と言っていたが……筋肉が固まるって、高齢者じゃないんだから、とムッとしたものである。しかし実際には、体の各部が、自分の意思に従ってくれない。情けないことこの上なかった。

それでも、時間が経つに連れて体力が戻ってくるのを意識する。昼食には、頼みこんでお粥ではなくご飯を出してもらった。やっぱりお粥だと力が出ない――エネルギーをしっかり充塡して、午後はリハビリで廊下を歩くことができた。

その後、看護師が大きなトートバッグを持ってきてくれた。

「叔母さんからですよ」

「すみません」

叔母の吉村美栄子だ。コロナ禍のせいで、入院患者の見舞いが制限されているので、取り敢えず着替えだけ持って来てくれたようだ。由宇の家の鍵を持っているわけではないから、わざわざ買って来てくれたに違いない。後でお礼をしないと、と頭の中にメモして、ようやく着替えることができた。病院で用意してくれた寝巻きは少し大きく、裾からずっと風が入ってくるような感じがしていたので、助かる。新品のパジャマは少しちくちくしたが、少なくとも気持ちは落ち着いた。

スマートフォンでニュースをチェックする。今時は個々の事件記事の扱いも小さくなり、新聞各紙も夕刊段階では続報を書いていなかった。結構大変な事件だと思うのだが……日本では、こんな乱暴な手口の強盗はあまりない。要するに犯人は、爆発物を二つしかけ、混乱に乗じて宝石店を襲撃したのだ。

爆発物はどうやって持ちこんだのだろう、と考える。前々――例えば前日からしかけておくことは不可能だろう。おそらくショッピングバッグに入れた爆弾を、指定時刻の数分前、あるいは一分前に店先に放置したのだろう。店員も、常に店内をチェックしているわけではないだろうから、片隅に置かれたショッピングバッグには気づかない可能性が高い。しかも爆発の一分前なら――そしてしかけた方は、一分あれば十分安全な場所へ避難できる。

実際に爆弾だったかどうかは分からないが、仮に爆弾だったとしても、それほど破壊力の強いものではないはずだ。むしろ一種の火炎放射器のようなものかもしれない。ただし二発目は、間違いなく爆発物だ。その瞬間は、現場の防犯カメラに映っているだろう。

夕方近く、昨日とは違う刑事がやって来た。いや、刑事ではない――監察官室のスタッフだ。いくら何でも入院中の人間に事情聴取は早過ぎるが、それだけこの件を重視している証拠だろうと考え、由宇は一気に緊張した。

年配の二人組で、応対は丁寧だった。しかしすぐに、慇懃《いんぎん》無礼なだけだと分かってくる。言葉遣いこそ丁寧なのだが、こちらに反論や弁明を許さない感じで話を進めていく。由宇は次第にストレスが高まっていくのを感じたが、何とか爆発せずに耐えた。

しかし、事情聴取が終わった後で、つい確認してしまう。

「要するに、単独行動で突っこんだことが問題なんですね」

「それは、現段階では何とも言えない」年長の監察官が、冷たい口調で言った。

「単独も何も、あそこに警察官は私一人しかいなかったんです」八神は別のフロアにいたわけで、「三階には由宇しかいなかった」のは事実だ。

「銀座シャインの警備員はいた」

「でも、消火器も持ってこなかったんですよ。役割を果たしていませんでした」

「上手く協力すれば、被害は抑えられたかもしれない」

「仮定の話です」

「現段階では、まだ何か言うことはない」監察官が繰り返す。「体調の回復を待って、再度事情聴取を行うことになる……それで、現在の調子は？」

「それを最初に聞いて欲しかったですね」

監察官はさっと頭を下げるだけで何も言わなかった。内輪の人間を事情聴取するにしても、もう少し礼儀というものがあるべきだろう。それに、自分の判断がそれほど間違っていたとは思わない。あの状態では、誰だって正しい判断はできなかっただろう——いや、そもそも正しい判断とは何なのか。二発目の爆弾がしかけられていることを予測するのは不可能だったはずだ。あのまま現場に行かなければ、倒れていた女子高生はさらに爆発に巻きこまれて、死んでいたかもしれない。

夕食は午後六時と早い。これから消灯まで三時間、時間を潰すのに苦労しそうだ。いつもは時間がなくて焦っているばかりなので、この環境の変化には戸惑ってしまう。

そう言えば、ＳＣＵからはまったく連絡がない。電話してみようかと思ったが、向こうは向こうで仕事中だろう。八神は「連絡する」と言っていたから、それを信じて待つしかない。

顔でも洗おうか、とベッドから抜け出したところで、メッセージの着信を告げる音がした。急いで確認すると、八神。忘れられていなかったのだとホッとしながら内容を確認する。

朝から秋山の監視続行中。昼に一度外へ出て駅前で昼食を摂《と》ったが、その後、午後六時の段階で動きなし。今日の監視は間もなく終了する。

自分がベッドに縛りつけられている間、八神たちもじりじり待つ時間に耐えていたわけだ。由宇も辛《つら》いが、八神もきついだろう。失敗するのも辛いが、何も起きない張り込みは徐々に精神を削っていく。

由宇はすぐに返信し、それから八神とのやり取りが始まった。

他の人間の出入りはありましたか？

なし。誰かと直接会っている気配はない。今、夜まで監視を拡大できないか、キャップが検討中。

誰がやるんですか？

所轄の応援をもらう予定。

まずくないですか？　所轄まで巻きこむと面倒なことになるのでは？

判断はキャップ。

捜査二課が「何でもない」と判断した事件である。宮原は密かにＳＣＵに話を持ちこんできたわけで、所轄まで巻きこんで監視活動を始めたら、絶対に問題になる。そもそも夜中の監視に人を駆り出したりすれば、手当の問題が出てくるから、さすがにそれはないのでは、と由宇は思った。

昨日の女子高生は無事ですか。

意識は回復した。しばらく入院することになるが、心配無用。支援課もフォローしている。

この情報に一番ホッとする。万が一のことがあったら、悔やんでも悔やみ切れない。後で機会を作って見舞いに行こう、と決めた。

しかし、苛つく……メッセージのやり取りだけでは話が進まない。

電話していいですか？

電話できるのか？
通話可能エリアに出ます。

由宇はベッドから抜け出し、廊下の片隅にある通話可能エリアに向かった。監察の事情聴取を受けたせいか、ひどく疲れているのを意識する。しかしそれ以上に由宇を悩ませているのは、肩の痛み……しかも鎖骨固定バンドで両肩を固められているので、動きにくくて仕方がない。それでも、手術をしないで済んだだけでよしとしよう。鎖骨骨折の場合、部位によっては手術するのが標準治療、という話を由宇は担当医師から聞いていた。いずれにせよ、しばらくはこの鎖骨バンドのお世話にならなければならない。自分で着脱できるタイプとはいえ、何だか心配だった。少なくとも一ヶ月はこのままにしておかねばならないようだが、先々のことを考えただけでうんざりする。

八神の声がスマートフォンから流れ出してくると、ほっとした。

「動き回って大丈夫なのか？」八神は心配してくれた。

「歩く分には何ともないですから。上半身が少し不自由なだけです」

「無理するなよ」

「無理ができる状態じゃないです……爆発事件の捜査の方は、どうなってるんですか？」

「俺も今日、監察に話を聞かれただけで、そっちの捜査の動きは把握できてないんだ。申し訳ない」

「いえ……」謝られると恐縮する。

「折を見て情報は収集するけど、まだ容疑者は特定できていないようだ」

「銀座シャインなら、防犯カメラは大量にあると思いますけど……」

「爆発後は、映像が不鮮明らしい。あれだけの煙だろう？　一種の目眩《めくらま》しになって、犯人を特定するまでには至っていないんだ」

そこまでが犯人の狙いだったのでは、と由宇は推測した。現場を混乱させるだけでなく、視界を悪化させることで、防犯カメラを実質的に無力化する。最近の犯罪の多くが、防犯カメラに残された映像がきっかけになって容疑者逮捕につながっていることを考えれば、犯人が防犯カメラを「殺す」ことを真っ先に計画してもおかしくはない。物理的に防犯カメラを壊すよりも、バレる心配も少ないはずだ。

「素人じゃないですね」

「ああ」八神が同意する。「ただ、昨日も言ったけど、ああいう手口を使う人間は日本にはいない」

「外国人の可能性はありますね」近年——ここ三十年ほど、外国人による犯罪は増加の一途を辿っている。

「その可能性は否定しないけど、それほど高くもないんじゃないかな。国内での外国人犯罪を見ても、こういう乱暴な手口はないんだ」

「そもそも、ああいう場所の宝石店を狙うのが、あり得ないですよね」

高級な宝石店は、都内にはいくらでもある。しかしそういう店は、だいたいは繁華街にあって、常に周囲に人がいるものだ。だからこそ、そういう店が狙われるのは、人通りが消えた深夜になる。今回は、ショッピングセンターの三階、しかも営業時間内という、犯人側から見れば危険過ぎる犯行だ。

それを指摘すると、八神が唸《うな》った。

「一か八かではなかったと思うんだ」八神の解説はどこか苦しそうだった。「防犯カメラを無効化する手口は、乱暴だけどよく考えられている。準備は入念だったはずだ」

「犯人像が浮かびませんね」

「そうなんだよな……まあ、俺にはこの件を捜査する権利はないけど」八神はどこか寂しそうだった。捜査一課を追い出されたわけではない――結城の強い引きがあってSCUに来ただけだ――のだが、本人はまだ一抹の疑いを抱いているようだ。SCUに異動してくる直前、八神はある捜査で後輩と一緒に犯人を追跡していたのだが、その後輩がビルから転落死した。八神にはまったく責任がない、と判断が下されたものの、八神自身は「裏の人事」が働いたのでは、と疑っている。正式の処分が出なくても、問題のある警察官を異動などで冷遇することはよくある。八神の能力を考えれば、そんなことをしたら大きなマイナスなのだが。

とにかく八神は、自分は捜査一課を追い出された、という疑いを未《いま》だに抱いている。それ故、古巣に対しては複雑な気持ちを持っているようだ。

自分もそうなる？

監察からは正式な処分はないかもしれないが、ＳＣＵから外されて、どこか僻地《へきち》の所轄に飛ばされる可能性はある。もちろん、係長になるはずで、表向きは警部補としての「昇進」人事だ。ただしそれで、出世ルートから外れてしまうのは間違いない。取り戻すまでに何年も時間がかかって、結局自分もガラスの天井にぶち当たってしまうかもしれない。「女性だから」は論外だが、ミスが原因になるのは何とも情けない。八神につい愚痴をこぼしてしまった。

「監察から事情聴取を受けたんですけど、ちょっと心配です。一人で突っこんでしまったことがまずい、と」

「だったら俺にも責任がある。出遅れたんだから」

「八神さんは別のフロアにいたんだから、しょうがないですよ」

「とにかく、あまり心配しない方がいい。キャップが何とかしてくれるよ」

「キャップは、監察にも顔が利くんですか？」

「分からないけど、信じていいと思うよ」

「あんな無愛想な人が、どうして網の目のような人脈を作れるんですかね」

「人の弱みを握ってるのかもしれない。公安って、そんな感じじゃないかな」

「嫌な話です」普段は普通に仕事をしているが、結城は自分たちの問題点も探っているのかもしれない。いや、由宇には問題になるようなことはないはずだが。

「とにかく、あまり気にしないで静養してくれ。入院はいつまでだ？」

「頭も大丈夫でしたし、問題は鎖骨の骨折だけなので……週末には退院してもいいと言われてます」

「そんなに早く？」八神が疑い深げに言った。

「無理しなければ何とかなりますよ。できるだけ動かないようにして」

「まさか、仕事に復帰しようなんて考えてないよな？」

「動かないと、駄目になりそうなんですよね。動けばリハビリになりますし」

「とにかく、少しゆっくり休んでくれ」

　八神は電話を切ってしまった。何だか自分だけが、世界から取り残されてしまった感じがする。仕方ないとはいえ、気は急《せ》くばかりだった。こういうストレスが怪我の治りに悪いことは分かっているのだが。

「あんた、本当に大丈夫なの？」叔母の吉村美栄子が心配そうに言った。

そう言われるのも無理はない。実際、由宇はシートベルトを締めるのにも苦労していた。体を捻るような動きが、一番負荷がかかる。助手席で何とかシートベルトを締め終えると、美栄子はすぐに車を発進させた。車体が大きいホンダ・ヴェゼルなので、室内がゆったりしているのはありがたい。極端に背が高いＳＵＶや、しゃがみこむように乗りこむスポーツカーだったら、誰かの手助けがないと無理だっただろう。

「うちへ来てもいいんだけど」

「そんな迷惑、かけられませんよ」

「迷惑も何も、私も面倒見られないけどね」

叔母夫婦には今、子どもがいない。美栄子もフルタイムで区役所の仕事をしているので、家に身を寄せても、昼間は由宇一人になるのだ。夜、誰かが一緒にいるのは心強いし、学生時代からあの家にはよく行っていたから、居心地の悪い思いはしなくて済むだろうが……あくまで一人で何とかするつもりでいた。

「お風呂がきついだけだと思います」

「お風呂にゆっくり入れない人生なんて、意味ないわねえ」

その台詞に思わず笑ってしまった。美栄子はとにかく長風呂で、叔父はよく文句をこぼしていたのだ。

「叔父さん、何か言ってましたか？」

「別に――別にというか、ああいうことだからしょうがないって」

「何だか冷たいですね」

「そんなこともないのよ。見舞いに行くって何度も言っていて、必要なら見舞いの前にＰＣＲ検査も受けるって言ってたぐらいだから」

それを聞いて申し訳なく思った。叔父は鼻が敏感で、鼻の穴に検査キットを突っこむＰＣＲ検査など真っ平だ、としばしば言っていた。それを我慢しても見舞いに来ようとしていたのだから、ありがたい話ではないか。

「それにしても、火の中に突っこむなんて……あの子の二の舞いになったらどうするの」

そう言われると胸が痛む。

吉村家には由宇と同い年の従姉妹・麻美がいて、長い休みには互いの家を訪ねて遊ぶのが何より楽しみだった。麻美は大柄で、子どもの頃からスポーツ万能。高校では陸上の槍投《やりな》げ選手として活躍し、体育大学からスカウトが来るぐらいだったが、それを断って警察官になった。幼い頃から身近に父の仕事を見ていて、自分も警察官になるのが当然だと思っていたのだという。

ちょうど由宇は、大学進学で上京した年だった。警察学校は厳しそうだったが、それでも充実している様子で、会う度に顔つきがはっきりと変わっていた。将来何をするか決めていなかった由宇にすれば、一足先に社会に出た麻美の存在は頼もしく感じられた。しかし彼女は、卒配《そつはい》で勤務していた所轄で、事故に巻きこまれた。自分が勤める交番の管内で、夜中にビル火事が起き、誘導していた彼女が煙に巻かれて死亡したのだ。自分が煙に巻かれそうになった時に、麻美の顔が見えたのは……いや、死者は忠告に来ない。

警察官になろうと思ったのは、明らかに麻美の影響だ。警察官になって生き生きしていた従姉妹が、人を助けようとして自ら犠牲になった——衝撃だったのが、叔父夫妻が葬儀で涙も見せずに平然としていたことだった。叔父の送る言葉は今でもはっきり覚えている。短い警察官人生だったが、娘は本分を全うした……その後由宇は、両親に言われて叔父夫妻となるべく時間を一緒に過ごすことにした。心配してのことだろうが——麻美のこと、叔父の仕事のこと、あれこれ話し続け、由宇はしばらく考えた末に、自分も警察官の道を選んだ。それを告げた時、叔父は最初うなずいただけだったが、その後、いきなり長々と説教を始めた。

「君は、娘と違って体力があるわけじゃない。だけど頭はいい。だから頭を使え。そして出世しろ。警察も改革の時期に来ているんだから、女性がぶつかるガラスの天井を破ってみろ。できるか？」と。

叔父の挑発に、由宇は自分は生涯の目標を見つけたと悟った。警察のことも、女性が組織の中でどれだけきつい思いを味わっているかもろくに分かっていなかったのだが、ガラスの天井を破って出世することが、麻美の理想を継ぐことにもなるのではないか――まだまだその理想には近づけていないが。

病院から自宅までは、車で三十分ほど。取り止めもない会話を交わしているうちに、あっという間に家に着いてしまう。

「久々にあなたの家、見学しようかな」美栄子が後部座席の荷物を下ろしながら言った。

「いやあ、それは……」何だか査察を受けているような気分になる。

「あら、見られるとまずいものでもあるの？」

「そんなこともないですけど、自慢できるようなものでもないです」

しかし部屋に入った美栄子の第一声は「案外綺麗《きれい》にしてるじゃない」だった。それはそうだ……部屋はこぢんまりとした1DKで、物も少ないから散らかることもない。週に一回、きちんと掃除機をかけていればそれで十分、という感じだった。

荷物を下ろし、取り敢えず着替える。それだけで気持ちが入れ替わってホッとした。本当はシャワーを浴びたいところだが、それは少し我慢……叔母に手伝ってもらうのも情けないし、今後のためにも自分一人で何とかしたかった。

「お茶でも飲む？」

「自分で淹れますよ」

「いいから。一応、怪我人でしょう」

美栄子の言葉に甘えて、ソファに腰を下ろす。叔母が差し入れてくれた服の洗濯も面倒だな……と思ったが、週末に入るので何とかしよう。退院に際して、結城からは「来週一杯は休んで構わない」と言われているし。しかし実際に、そんなにゆっくりできるものだろうか。今でも「取り残されている」感覚は強く、一日でも早く現場に復帰したかった。ただし、この状態で何ができるかは分からなかったが。

叔母が淹れてくれた紅茶は美味しかった。いつも自分が飲んでいるものだし、ティーバッグなので誰がどう淹れても味は同じようなものに思えるが、叔母はいつも上手く紅茶を淹れる。それを言うと「あなたは雑だから」とあっさり言われてしまった。

「普通に淹れてますよ」

「ティーバッグでも何でも、紅茶を上手く淹れるコツは、急がないこと。心のゆとりが大事ね」

「そんなものですか？」

「そういうこと」

その後美栄子は、部屋の中をチェックして回った。一回り中を見ると「危ないところはないわね」と言った。

「一番面倒なのは、やっぱりお風呂と着替えでしょうね。腕、上がる？」

「まだ厳しいですけど、ボタンをかけるようなブラウスなら何とかなります」頭から被《かぶ》る服は難敵になりそうだが。

「食事はどうするの？　一人でやれる？」

「ご飯ぐらい、どこでも食べられますよ」

「外食ばかりだと体に悪いんだけどな」

「外食も悪くないですよ」

　由宇の両親――美栄子の兄夫婦は、愛知県でイタリアンレストランを経営している。そのせいか、子どもの頃から外食が多かった。店が休みの日には、「研究」名目で食べ歩きをする両親につき合っていたのだ。由宇自身も、東京で美味しい店を見つけては記録に残している。久々に、そういう店をハシゴしてみるのもいいだろう。怪我で休み中とはいえ、動き回るのに大きな問題はないし、食欲もある。

「あなたも、そろそろいい人を見つけないと」美栄子が唐突に言い出した。

「今、その手の発言はアウトですよ」

「親戚でも？」

「そういうわけじゃ……」しかし美栄子のしつこさには参っている。ここ二年ほどは、会う度に必ず「誰かいないの？」と聞いてくるのだ。確かに自分も三十歳を過ぎ、結婚を意識しないわけではないのだが、今は仕事が優先である。美栄子は世話好きというかお節介なので、「誰か紹介して欲しい」と頼めば見合い写真を何枚でも揃えそうな感じがするが、そんな気はまったくなかった。

「こういう時、一人だときついでしょう。やっぱり誰かいないと」

「それは、今晩一人になって本当に寂しく感じたら考えます」

冗談で言ったつもりだが、あまり冗談になっていないと気づいた。一人の夜、自分は何を考えるのだろう。

第二章　置き去り

1
「何、いきなり」

晶は何の予告もなしに家にやって来た。いくら親しい仲といってもこっちは怪我人
……少しぐらい気を遣ってくれてもいいのに。

「元気そうじゃない」晶はまったく意に介していないようだったが。

「まあまあ元気だけど……」

「これ、お見舞い」晶が、有名スイーツ店の紙袋を差し出した。

「……どうも」

「何か不便してない？」晶はさっさとパンプスを脱いで部屋に入ってくる。

「別にないけど――」由宇の視線は、晶の大荷物を捉えた。「まさか、泊まっていくつ

もりじゃないよね？」

「そうだけど、迷惑？」

「別に……迷惑じゃないけど」

「一応、面倒見る気で来たんだけど。夕飯、どうするつもりだった？」

「今日は外で済ませようかなって」

「駄目駄目」晶が厳しい表情で言った。「それじゃ栄養バランスが悪いから。作ってきたよ」

「マジで？」由宇は目を見開いた。自分と同じで、晶もほとんど料理をしないタイプだ。だからこそ、二人でよく食べ歩きをするのだが。「あなた、料理なんか……」

「ビーフシチュー」

「そんな、いきなりハードルが高いものを」

「別に難しくなかったよ。時間をかけて煮こむだけだから。近くで見張ってればＯＫ」

「そうなんだ」

「食べるまで、冷蔵庫に入れておいて」

言われるままに、ビーフシチューの入った容器とケーキを冷蔵庫にしまう。小さな冷蔵庫なので、それだけで庫内が一杯になってしまった。午後四時……何だかおかしな週末の締めくくりだ。

この土日はゆっくり休めた。夜、肩の痛みで頻繁に目が覚めてしまうのには悩まされたものの、昼間はできるだけ外に出て歩き回り、体力の回復に努めた。普通に歩く分には問題ないと自信が得られたが、通勤には不安が残る。固定してある鎖骨が、満員電車の圧力に耐えられるかどうか、分からなかった。身動きが取れない満員電車の中で押され、くっつきかけた骨がまた折れてしまったら、と考えるだけでぞっとする。

「ほんとに不便はない？」ソファに腰かけながら、晶が訊ねる。

「何とかやってる。コーヒーないけど、紅茶でいい？」

一瞬、晶の顔が歪《ゆが》む。彼女は無類のエスプレッソ好きで、外で何か飲む時はだいたいエスプレッソだ。というより、エスプレッソのある店をわざわざ探して、そこでお茶にしようとする。

「いいよ」

「ハンディエスプレッソメーカー、買うって言ってなかった？」

「ずっと検討してるけど、たぶん買わないかな」

「そうなんだ」

「迷ってるってことは、きっと必要ないものなんだよ」

「そっか……ケーキはどうする？　今食べるか、デザートにするか」

「私は夜のデザートのつもりで持ってきたんだけど」

「じゃあ、そうしようか」

由宇は紅茶を用意した。右手は自由に動くので、ほとんど困らない。不意な動きをした時に、左肩に鈍い痛みが走るのが不快なだけだった。しかし、確実に回復しているのは間違いない。

「何か、姿勢よくなった？」由宇がテーブルを挟んで直《じか》に床に腰を下ろした途端、晶が言った。

「これのせいじゃない？」由宇は右手で左肩に触れた。「鎖骨の固定バンド」

「ああ、それで」納得したように言って晶がうなずき、紅茶を一口飲んだ。「ところで、朝比奈の家も久しぶりだね」

「そう？」

「半年ぐらい来てないよ」

「そうだっけ？」

「忙しいと、友だちのことは忘れがちになるよね」晶がからかうように言った。

「そんなことないよ。私は気にしてるから……柿谷は、彼氏と上手く行ってるのかな、とか」

「それは——」晶の耳が赤くなった。「あの弁護士のことだったら、別につき合ってるわけじゃないから」

「私の聞いてる情報と違うな」由宇は痛みに襲われないよう、慎重に肩をすくめた。

「私の情報源、信頼できるんだけど」

「そういうの、よしなよ。そっちのキャップの悪い癖、移ったんじゃない？」

結城は人の弱点を見つけてコントロールしようとしている――八神の推測が脳裏に蘇《よみがえ》る。まさか本当にそんなことはないと思うが、悪いイメージは外にまで広まっているのかもしれない。

「変なこと、言わないで。私は粗探ししてるわけじゃないから……柿谷の場合は、相手が変わってるから噂になってるだけだよ」

「別に変わってないと思うけど」

「でも、弁護士だよ？　刑事と弁護士だと、何だか禁じられた愛って感じじゃない」

「支援業務では、そんなに仕事の内容が離れてるわけじゃない――それに、そもそもつき合ってないから」

「いつもそう言うけど、噂が全然消えないのはどうしてかな」

「情報がアップデートされてないだけじゃない？」

「まあ、いいか」由宇も紅茶を飲んだ。「夜は長いし、話す時間はたっぷりあるからね」

「私、お見舞いに来たんだけど」晶が唇を尖《とが》らせて抗議する。

「飛んで火に入る夏の虫っていうことよ。白状するまで寝かさないからね」

晶がうんざりした様子で首を横に振った。しかしすぐに、真剣な表情になる。

「それで——監察から搾られたって聞いてるけど」

「今週も、どこかで顔を出さないといけないのよ」言われて気分が一気に落ちこむ。

「朝比奈、監察にチェックされるほどのミス、した？」

「一人で突っこんだのが問題になってるみたい。結果的に、客の女の子を怪我させちゃったし」

「その子だけど、うちがサポートしてるから」晶が打ち明けた。

「そうか……」

「その子だって犯罪被害者でしょう？　かなりショックを受けてるって、捜査一課から相談を受けて、うちでちゃんとケアしてる」

「うん」

「入院中だけど、もうICUから出て、後遺症も残らないみたいだから、心配しないで。朝比奈が庇ってなかったら、もっと大怪我をしてたかもしれないんだよ」

「分かった」言って、由宇は溜息をついた。ずっと心にのしかかっていた重石《おもし》が、少しだけ軽くなった気がする。

「あの状態だと、私は朝比奈の判断は間違ってなかったと思うよ」

「私は、間違っていたかもしれないと思う。他に何か方法があったんじゃないかって……常に最善の道を選ばないと。もしかしたら、宝石店の強盗も防げたかもしれない」
「どうしようもないこともあるでしょう。他に人がいなかったんだから、指揮すること
もできなかったんだし」
「それでもね」由宇は首を横に振った。この動きまでなら、鎖骨は痛くない。自分はリ
ーダー失格、いや、警察官失格ではないかと暗く思い始めている。本調子でないせいか、
どうしても悪い方へ考えてしまう。
「朝比奈は、少し深刻になり過ぎるところがあるよね。警視庁に、リーダーになる人材
が必要なのは分かるけど、あまり若い時から結果ばかり求め過ぎても」
「そうなんだけど、人の上に立つエキスパートがいてもいいじゃない？　後続の女性に
も道を開いてあげたいし」
「肩に力入り過ぎ」晶が肩を上下させた。
「そうかもしれないけど……」釣られてつい、同じ動きをしそうになる。
「私たちがサポートするから。一人で頑張ってもしょうがないよ」
「柿谷は、これからどうするつもり？」
「私？」晶が自分の鼻を指差した。
「ずっと支援課にいるのか、捜査一課に戻るのか、それとも全然別の仕事をするのか
……私は、柿谷は捜査一課一筋のタイプかと思ってたけど」

「その辺は、まだ決めかねてる」晶の表情が急に真剣になる。「捜査一課が懐かしいと思うこともあるし、正直、支援課の仕事はきつい。いつになったら終わるか分からないし、相手によって毎回やり方も変わるし、体よりも頭が疲れるっていうのかな……被害者やその家族に裏切られることもあるし」

「出世は考えてない?」

「それはないかな」晶がさらりと言った。「現場にいたい——現場がどこであっても、その気持ちに変わりはないから」

「そうか……でも、弁護士夫人になって結婚退職という選択肢だってあるんじゃない?」

「それは絶対ない。だって、貧乏弁護士だよ? 刑事事件専門だし、あとは被害者支援……そういうのは、お金にならないから」

「じゃあ、共働きで」

「だから、仮定の話をいくらしてもしょうがないでしょう。そもそもつき合ってないんだし」うんざりだ、と言いたげな表情だった。

「いいよ。でも、時間はたっぷりあるから。今夜、お泊まりに来たのが、柿谷の判断ミス」

「勘弁してよ」

そこで笑いが弾《はじ》けた。真剣な会話から一転して、どうでもいい話――結婚話となると、どうでもいいとは言えないが。しかしこれで急に気が楽になった。

持つべきものは、やはり気のおけない同期だ。


翌朝、由宇は電話の音で眠りから引きずり出された。スマートフォンを取り上げて時刻と発信者を確認する。午前六時……相手は八神。一瞬で意識を尖らせて、電話に出る。週明け、こんな早い時間に電話がかかってくるのは、絶対に異常事態だ。

「朝比奈です」

「朝から申し訳ない。秋山が遺体で発見された」

由宇は一気にベッドからはね起きた。途端に肩に激痛が走る。まだ無理はできない……痛みに耐えていると、心配そうな八神の声が耳に飛びこんできた。

「大丈夫か？」

「ちょっと変な動きをしただけです。それより、どういうことですか？」話しながら、ソファで寝ている晶を見やる。既に覚醒しかけているのか、もぞもぞと体を動かしていた。昨夜は一時過ぎまで話しこんでしまって、互いに寝落ちの状態だった。

「監視の隙間だった。昨日も夜まで監視していて、動きがないんで引き上げたんだけど、夜中に出かけたらしい。射殺された」

「現場は？」鼓動が高鳴る。射殺というのは尋常ではない。日本ではあまりない手口なのだ。

「世田谷西署管内で、野川《のがわ》に遺体が浮かんでいるのが見つかった」

どの辺だろう？　由宇はまったく明るくない場所だった。八神が告げる住所を、取り敢えず頭に叩きこむ。

「どうしてうちに連絡が入ってきたんですか？」

「キャップ経由だ」

「殺しの情報まで？」

「あの人の情報網は分からない」力なく八神が言った。「取り敢えず俺は、現場に行ってみる。最上も来るはずだ」

「私も行きます」それを期待して電話してきたのだろうと思い、由宇はベッドから抜け出た。

「それは駄目だ」

「じゃあ、何で電話してきたんですか」

「君を蚊帳の外に置いておきたくなかっただけだから」八神の声は頑なだった。「キャップも、君を現場に出すなと言っている。まだ療養中なんだから、そこは自戒してくれ」

「……分かりました」ここで言い張っても仕方ないだろうと、由宇は引いた。ただし、このまま黙って引き下がるわけにはいかない。目の前に餌をぶら下げられて、ただ家で寝ているなんて絶対無理だ。

「とにかく、現場には来ないように。知らせただけだからな」釘《くぎ》を刺し、八神が電話を切った。

「何だって？」晶が訊ねる。既に声は完全に覚醒していた。

由宇が事情を話すと、晶がソファから起き上がった。大きく伸びをして、「じゃあ、行こうか」と軽い口調で誘う。

「来ないように、散々釘を刺されたんだけど」

「それは振りだよ。逆に来いっていう意味でしょう？」

「まさか……」

「じゃあ、黙って大人しく寝ているつもり？」

「――そうじゃないけど」

「でしょう？」晶が嬉《うれ》しそうに笑った。「じゃあ、行こう」

「柿谷は関係ないじゃない」

「朝比奈一人じゃ頼りないよ。うちにも関係あるかもしれないし、私も現場に行く」

晶は既に戦闘モードに入っている。「戦闘モード」というのはおかしいかもしれないが、とにかくやる気満々だ。支援課の仕事は疲れることばかりだといつも愚痴をこぼしているが、それでも仕事に対する意欲はまったく失っていない。

現場で生きる覚悟の強さを、由宇は思い知っていた。

満員電車に乗る恐怖から、由宇はタクシーを拾ってしまった。晶が車で来ていれば、それに乗ったのだが……いや、それも無理か。晶の愛車は、既にクラシックカーに分類されてもおかしくないMG-RV8である。二人乗りのコンパクトなオープンスポーツカーで、運転は楽しいかもしれないが、助手席に乗っている人間はたまらない。がちがちに硬い足回りが路面の凸凹を極めて正確に拾うから、今の自分は、その振動には耐えられないだろう。しかも晶は、むきになってルーフをオープンにしたがる。寒さが日々厳しくなっている十一月、オープンエア・ツーリングは自殺行為以外の何ものでもない。

「そうです……ええ、取り敢えず様子だけ見てきます」タクシーの中で、晶が電話での会話を終えた。上司に報告し、現場へ向かう許可を得たのだろう。ただし今回、支援課の出番はないのではないだろうか。秋山は一人暮らしだし、実家は山口県である。山口に住む家族の面倒まで警視庁が見るのは無理がある。

タクシーは世田谷通りを経て、多摩堤《たまづつみ》通りに入った。このまま南下していけば、二子玉川《ふたこたまがわ》に出る。周辺は静かな住宅地で、とても殺人事件、しかも「銃殺」事件が起きるとは思えない土地柄だ。

小さな橋を渡り終えた先が現場だった。パトカーが何台も停《と》まっている。由宇は、パトカーの隊列の先で降ろしてもらうように運転手に頼んだ。

タクシーを降りてすぐ、現場の様子を頭に叩きこむ。道路と交差して、水量の少ない、ごく狭い川が流れていた。草に覆われた狭い河川敷、斜面にも草が生い茂っている。両サイドには辛うじて自転車が通れるぐらいの小道があるが、野川とはフェンスで隔てられていた。

右側の道路を歩いていこうとした瞬間、腹に響くバイクの排気音が聞こえ、すぐに停まった。聞き覚えがある——と思って振り返ると、最上功太がバイクから降り立つところだった。ＫＴＭというメーカーの大排気量バイクだというが、バイクに興味がない由宇は詳しくは知らない。一度リアシートに乗ったことがあるが、視界の高さに驚いたぐらいだった。

最上が小走りにこちらに近づいて来る。

「何でここに？」

「何で、はこっちの台詞ですよ。朝比奈さん、何してるんですか」最上の表情は険しい。

「休むのも仕事のうちですよ」

「私が怪我してるように見える？」由宇は挑みかかるように言った。実際、そうは見えないだろう。折れた鎖骨は固定してあるが、服を着てしまえば、固定バンドをしているのも分からないはずだ。普通にゆっくり歩いている分には、どこかを怪我しているとは思われまい。

「知りませんよ……早く帰った方がいいんじゃないですか？　キャップに知られたらどやされる」最上が冷たく言った。

「キャップが激怒したところなんか、見たことある？」

「ないから怖いんですよ。そういう人が爆発したら、大変じゃないですか」

「分かるけど……自分の身は自分で守れるから。それより、何でバイク？」ＳＣＵは、本部のある新橋のビルの地下駐車場に、二台の車と一台のバイクを待機させている。スタッフが五人しかいない職場では、破格の装備だった。指揮車のランドクルーザー、スピード重視のルノー、どこへでも入っていける万能バイクのＫＴＭ。これらの整備と運転は、ほぼ最上の仕事だった。そもそも大型バイクの免許を持っているのは最上だけだし。

「今日、朝からテストランの予定で、週末は家に置いておいたんです」

「そうなんだ」車やバイクは定期的に走らせてエンジンに負荷をかけてこそ、本来の性能を発揮する——そういうわけで、最上は時々、ＳＣＵの捜査車両を遠くまで走らせている。これが仕事だったら楽なものだ、と皮肉を考えることもあった。特に、春秋の穏やかな気候の時にバイクで高速を走るなど、趣味のようなものではないか。

「とにかく、様子を見て来いということで……あの、ご一緒ですか？」傍に立つ晶をちらりと見て、最上が訊ねた。

「どうも。総合支援課の柿谷です」晶が快活な声で挨拶する。

「ああ、柿谷さん」納得したように、最上が大きくうなずく。名前だけは知っている様子……実際晶は暴走しがちで、あちこちで支援課の悪評を生んでいる。由宇の感覚では晶のやり方が正しくて、他の部署が支援業務に理解がないだけだと思うが。「何でこんな早い時間から一緒にいるんですか？」

「昨夜、お泊まりで」晶がさらりと言った。

「女子会ですか」

「今時、女子会なんて言わないよ」由宇は忠告した。

「失礼しました……とにかく、現場を見ますか」

橋から五〇メートルほど下流に歩くと、また小さな橋にぶつかる。そこに制服警官が何人もいた。どうやって降りたのか、狭い河川敷を鑑識のスタッフが動き回っている。

「遺体は川に浮いてたっていう話ですよね」最上が言った。

「私もそう聞いてる……でも、浮くほど水量はないわね」

このところ雨がまったく降っておらず、橋の上からでも川底がはっきり見えるほど水量は少なかった。これだと、下に落ちても流されずに遺体はその場に残るだろう。

もう一ヶ所、右手の川沿いの通りにも鑑識のスタッフがいた。そこのフェンスを入念に調べている。どうやらあそこで撃たれて、川に落とされたようだ。

「寒そうだなあ」言って、最上がライディングジャケットの襟を立てた。バイク用のウエアは防寒性、防風性に優れているはずで、十一月の冷たい空気ぐらい、簡単にシャットアウトしてしまいそうだが。「あそこの捜索、やるんでしょうね」

「川で遺体が見つかったら、周辺の捜索は必須だから」晶がさらりと言った。

「川の中の捜索、経験ある？」由宇は晶に訊ねた。

「ある。でも、八月だったからそんなにひどくなかった」

「今だったら……」

「普通の長靴だったら、きついよね」捜索の様子を見ながら晶が言った。「内張りのある暖かい長靴が欲しくなると思うよ」

「ですね」最上がうなずく。「取り敢えず、状況だけでも把握しませんか？　現場に所轄の仕切りがいるはずですよね」

おそらく通報・発見は夜中だったのだろう。初動では当直責任者が対応したはずで、今もそのまま現場で捜査を仕切っているかもしれない。

昨夜の当直責任者は刑事課長だと分かった。五十絡みの大柄な男で、非常に機嫌が悪い。当直の際に起きることといえば交通事故ぐらいで、大抵は暇——東京は世界の他の大都市に比べると圧倒的に安全だ——なのだが、今日は安眠を妨害されたことだろう。明らかに髭剃《ひげそ》りも必要になっていた。

「一一〇番通報は本日午前四時前——正確には三時五十五分。銃声のようなものが聞こえた、という話だった。通報者は……」刑事課長が体を捻り、自分の背後のアパートを見上げる。「そこの住人だ。ただし、あんたらは話をするなよ。ＳＣＵにも支援課にも関係ないんだから」

　課長の忠告を無視して、由宇は訊ねた。

「そんな遅い時間——というか朝早い時間に通報ですか？　そんなに大きな音がしたんでしょうか」銃声は、車のバックファイアのようだとよく言われるが、実際にはバックファイアの方がはるかに音が大きい。銃声で、静かに眠っている人が必ず目覚めてしまうとは思えなかった。

「いや、起きてたんだよ。大学生なんだが、勉強していたらしい——本当に勉強していたかどうかは分からないが、とにかく変な音を聞いた、と」

「パンクの音やバックファイアではないと、すぐに分かったんですね？」

「この辺には、車はあまり入ってこない」刑事課長が由宇を睨み、視線を据えたまま続けた。「何か変だと思って外を見たら、対岸の脇道を走って、多摩堤通りに逃げていく人を見たそうだ。人が歩いているような時間帯じゃないんだが」

「それで一一〇番通報してきたんですね」

「ああ。助かったよ。無視してもおかしくないのに……それでうちの警官が急行して、川の中で倒れていた遺体を発見した」

やはり「倒れていた」で、浮いていたわけではないのだ。口伝《くちづ》てで流れる情報は、どうしても途中で歪んでしまう。

「身元は間違いないんでしょうか」

「免許証で確認できた。今、家族にも連絡を取っている——実家は山口のようだな」

「ええ。こっちで一人暮らしのはずです——撃たれたのは間違いないんですか」

刑事課長が、自分の後頭部を二度、平手で叩いた。

「後ろから？」

「少なくとも二ヶ所、後頭部と首に銃創がある。詳しいことは解剖の結果待ちだが——それで、あんたらはどうしてここに？　俺は署長から言われたから説明しているだけなんだが」

そこも、結城が裏から手を回したのだろう。どれだけ人脈が広い人なのかと考えると、ぞっとしてくる。SCUは総監直轄の組織だから、総監の名前を出して頼んでもいい、ということになっているのかもしれないが……それはそれで、虎の威を借る狐《きつね》のようで嫌だ。

「被害者は、うちの監視対象でした」由宇は答えた。

「おたくが監視？　何でまた」

「それは捜査上の秘密があるので、何とも言えないんですが……」

「もう死んでるんだぜ？　秘密も何もないだろう」

「もう少し状況が分かったら、説明させてもらいます」

「こっちの捜査に関係あることかもしれないだろう」刑事課長がはっきりと苛立ってきた。

「分かってる情報があるなら、全部渡してもらいたい」

「上と相談します」ここでは一歩引くしかない。自分もこの件を担当してはいたのだが、最初の監視に参加しただけで、その後の状況を全部把握しているわけではないのだ。世田谷西署に説明するとしたら、八神が適任だろう。

「なるべく早くしてくれ。銃殺事件だから、極めて重大だ。本部の捜査一課も入ってきて、今日の夕方には最初の捜査会議を開くと思うけど、それまでには耳を揃えて情報を提供してくれよ」

耳を揃えて、という言い方にかちんときた。まるで借金を返せと言っているようなものではないか。しかし由宇は、じっと耐えて反論しなかった。今の自分は、偉そうなことが言える立場ではない。

刑事課長が去っていくと、晶が「偉い、偉い」と子どもをあやすように言って、由宇の無傷な右肩を叩いた。

「何が」

「あんな偉そうな言い方されたら、普通はキレるよ」

「それは柿谷だけだから。私は寛大なの」

「私が知ってる朝比奈は、そういうタイプじゃないけど」

つい笑ってしまった。こういうやり取りは昔から変わらない。お互いに「相手の方が過激だ」と言い合っているだけで、結論が出るような話でもないのだ。要するにただのじゃれあいである。

そこへ、綿谷がやって来た。

「お疲れ」コートのボタンを止めながら自然に朝の挨拶をする。「どんな感じだって？」

由宇は詳しく事情を説明した。話が進むうちに、綿谷の表情が険しくなる。由宇が話し終えた瞬間「外国人かもしれないな」と曖昧な推測を口にした。

「暴力団じゃないんですか」

「手口がなあ……後ろから二発っていうのは、中南米のマフィアの処刑スタイルなんだよ」綿谷の顔が歪む。

「日本ではないケースですか？」

「俺が知ってる限りでは……しかし、中南米のマフィアが日本に入ってきてるという話は聞かない」

「秋山が、そういう連中と組んで、何かやろうとしていた可能性はありませんか？」

「うーん……」綿谷が、短く刈りそろえた髪を撫でつけた。「監視の過程では、そういう情報は出てきてないんだよな。もう少し裏に手を回して調べてみないと分からない」

「世田谷西署に、情報は全部渡すように言われましたよ」

「それで？」

「上司に相談すると」

「君は、上に相談する必要なんかないじゃないか。判断を間違ったことはないんだから。それとも、何か引っかかるのか？」

「――いえ」実際には二つある。一つは、今自分の判断力に自信がなくなっていること。もう一つは、この件はSCUが担当すべきで、むざむざ情報を他人に渡すべきではないというプライド……どちらも自分のわがままであることは分かっている。プロに徹するなら、さっさと世田谷西署に全ての情報を渡すべきなのだ。今のところは、宮原、そして八神と話すまでは世田谷西署に情報を提供しないことにしようと思った。宮原はいわば「依頼人」で、彼の意向を確認しておくのは大事だ。

そこへ、転落現場の様子を見てきた最上が戻ってきた。

「かなりはっきり、血痕が残ってますね。あの場所で撃たれて、すぐに川へ落とされたのは間違いないと思います」

「どうもなあ……やっぱりマル暴ではない感じがする……けどな……」今朝の綿谷は、どうにも歯切れが悪い。

「あまり考えてもしょうがないですよ」由宇は綿谷を慰めた。「八神さんはどうしてるんですか?」

「所轄へ行ってるはずだ。向こうで、二課の宮原と落ち合うと思う」

「我々も世田谷西署へ移動しましょう」

「分かった」

由宇は晶の方に向き直って「柿谷はどうする?」と訊ねた。

「私も念のために、世田谷西署へ行こうかな。支援課として何ができるかは分からないけど、情報は収集しておかないと」

だったら全員で世田谷西署へ移動……しかし、少し遠い。環八通り沿いにある署までは、ここから三キロか四キロぐらいあるだろう。歩けば時間がかかるし、バスルートも分からない。所轄のパトカーに同乗させてもらうこともできないだろう。結局タクシーを呼ぶしかない。

「ヘルメットがもう一つありますから、一人は一緒に行けますよ」最上が遠慮がちに申し出た。

「バイクは寒いから……最上君は先に行って。私たちは後からタクシーで追いかける」

「了解です」由宇に向かってうなずきかけ、最上がいち早く現場を離れた。

三人は世田谷通りに戻り、すぐにタクシーを摑まえた。

「そう言えば朝比奈、現場にいても大丈夫なのか？」リアシートに並んで座った綿谷が訊ねる。

「別に平気ですよ」

「キャップは気にしてたぜ」

「私のミスを、ですか？」言った途端に暗い気分になる。

「違う、違う。怪我のことだ——君、苛ついてないか？」

「多少は」否定しても仕方ないと思い、由宇は認めた。

「そもそも変な感じで始まった事件だからな。俺もまだ整理がつかない——銀座シャインの事件と今回の事件、つながってる可能性もあるんじゃないか」

「登場人物は同じです」由宇は指摘した。

「となると、今回の件もうちがやることになるか……」綿谷が顎を撫でる。「しかし、面倒なことになりそうだな。二課が何を言ってくるか、読めない」

「宮原さんの立場がまずくなるかもしれませんね」由宇は急に心配になってきた。「うちに相談したことは、二課には内緒でしょう？　それがバレたら、面倒なことになると思います」

「そうだな」同意して、綿谷が渋い表情を浮かべる。「とにかく、少し大人しくしておこうか。面倒なことはキャップに任せた方がいいと思う」

結城自身がまずい立場に追いこまれる可能性もあるのだが……今は余計なことを考えない方がいいだろう。とにかく情報を収集して、全体像を組み立てる。そこから先、何が見えてくるかだ。

2

世田谷西署に到着すると、ＳＣＵのランドクルーザーが駐車場に停まっていた。キャップか……タクシーを降りるとランドクルーザーのドアが開き、予想通り結城が顔を見せる。

「ちょっとこっちへ」

結城に促されるまま、車内に入る。鯨のように巨大なこの車は、ＳＣＵのメンバー五人が乗っても窮屈にならない。指揮車として、あるいは現場で内密の打ち合わせをする時にも便利な一台だった。

　車内には八神もいた。これで全員集合——嫌でも緊張感が高まってくる。

「八神、宮原と連絡は取っているか？」運転席に座るなり、結城が切り出した。

「今朝一番で電話して、黙っているように念押ししました」

「それでいい……ただし、いずれはバレるだろうな」

「ええ。いつまでも隠してはおけないでしょうね」八神が暗い声で答える。「どうしますか？」

「うちとしては、余計なことは一切言わない。二課から何か言ってきたら、俺が対応する」

　綿谷が心配していた通り、面倒なことになる可能性が高い。宮原は内密にSCUに話を持ちこんできて、そのターゲットが殺された……ただし、二課が宮原を吊《つる》し上げることはできないだろう。宮原が勝手に秋山をマークしていたのはまずいかもしれないが、それと秋山が殺されたこととの関係は証明できないからだ。しかし、上の方が何を考えるかは予想もできない。捜査二課長はキャリアだし、それを支える理事官や管理官ら幹部にも曲者《くせもの》が多い。寝技も得意だ。SCUと全面的に戦うつもりはないにしても、宮原は処分を受ける可能性がある。

「俺はここで根回しをしておく。八神、捜査会議に入って、情報を収集してくれ。何か言われたら、秋山を追っていたことだけは説明すればいい」

「二課との関係はどうしますか？」

「話す必要はない。うちが独自にマークしていた人物、ということにしておこう」

「分かりました」

「綿谷も同席してくれるか？　君の専門になるかもしれない」

「マル暴の手口ではないですけどねえ」綿谷は組織犯罪対策部の出身で、暴力団捜査のエキスパートだが、外国人の犯罪には詳しくないはずだ。本当に中南米の人間が絡んでいるとしたら、スペイン語を話せる人間が必要になってくるかもしれない。

「念のためだ。最上はもう少し現場に張りついて、何か分かったらすぐに知らせてくれ」

「分かりました」

「キャップ、私は――」

「どうしてここにいる？」結城が、今まで聞いたことのないような冷たい口調で言い放った。

「事件ですから、当然です」

「今週一杯は静養するように言ったはずだが」

「キャップから直接は聞いていません」それは事実だ――間接的に伝えられただけ。

「それは屁理屈《へりくつ》だ。鎖骨の骨折だと、まともに仕事はできない」

「ここまで普通にやってました」由宇は反論した。

「何かあったら、うちとしては逆に戦力ダウンになる。最初から休んでくれていた方が、マイナスにはならない」

冷たい言い方にかちんときたが、由宇は何とか気持ちを抑えた。こういう時は、カッとなった方が負ける。

「駄目な時は駄目と言います。自分の面倒は自分で見ますから」

「今の君を戦力とは見なせない」

「戦力になれば、嬉しい誤算ですよね？」

ハンドルに両手を置いたまま、結城が溜息をつく。しかしその短い時間にあっさり気持ちを切り替えたようだった。口調が平静に戻っている。

「調子が悪くなったら、すぐに離脱するように。ただし、うちでは一切面倒を見ない」

「当然です……捜査会議には出ます」

由宇は車を降りた。捜査会議は夕方……それまでは刑事課に陣取って、課長にうるさがられながら情報収集することになるだろう。

駐車場の隅で待機していた晶が近づいてきた。

「それで、どうするわけ？」

「このまま捜査に参加するわ」

「大丈夫なの？」晶が眉をひそめる。

「自己責任で」由宇は肩をすくめようとして途中で動きを止めた。危ない、危ない……。

「無理しない方がいいんじゃない？」

「怪我だから、何とかなるわ。病気だと苦しいかもしれないけど」

「病気だったらそもそも動けないからね」晶がうなずいた。

「それで――柿谷はどうするの？」

「私もしばらく、ここで情報収集。実際に遺族のケアをするかどうかは、これから支援課で検討する」

「家族が都内にいない場合も多いでしょう？」東京は地方出身者、そして独身者の街だ。

「そういう時、どうやって家族をフォローするか、ルールは決まってるの？」

「バラバラ。家族は遺体の確認や葬儀のために上京してくるから、その時に会って様子を確認して、対応を決めることが多いかな」

「大変なんだ」

「うちの仕事には、明確なルールもないから……一応マニュアルはあるんだよ？　でも、扱うケースが増える度にページ数が増えていって、今は五百ページぐらいになってるから、とても読みきれない」

「五百ページ？」由宇は目を見開いた。「枕本——分厚い単行本ぐらいあるじゃない」

「要するに、マニュアルはあまり役に立たないっていうこと。その都度考えて対応するしかないよね」

「大変だね」由宇は首を横に振った。「それでも続けていきたい？」

「今、そんな話をしている場合じゃないでしょう」晶の表情は険しい。完全に仕事モードに入っている。

「了解。じゃあ、また後で」

「後でって言って、半年後は駄目だよ。連絡は頻繁に取らないと」

「気をつけます」

由宇は右手で敬礼した。それだけで左肩に痛みが走る。右利きだから、左腕が自由に動かせなくても、日常生活の七割はカバーできると思っていたのだが、実際にはそんなに簡単なものではなかった。

しかしこれぐらいの痛みは気力でカバーできるはずだ。頑張ろう——キャップに邪魔者扱いされないためにも。

しかし、由宇の気合いは空回りした。昼前に監察官室から電話がかかってきて、出頭を要請されたのだ。

「今、仕事に入っているんですが」この抵抗は無駄だろうと思いながらも、由宇は言ってみた。

「いや、こちら優先だ」

「でしたら、キャップの許可をもらえますか」

「一々そちらの上長の許可を得る必要はない。それが監察の仕事だ」向こうはあくまで強硬だった。

「――分かりました。何時に出頭しますか？」

「午後イチで構わない。ゆっくり昼食を済ませてくれ」

電話を切ると、肩の痛みがひどくなっているのに気づく。ストレスがかかると痛みが激しくなるのだろうか。それを言い訳にして、何とか逃げられないかとも思ったが、嫌なことが少し先送りになるだけだろう。こういうのはさっさと済ませてしまった方がいい。

世田谷西署の庁舎を出て、駐車場のランドクルーザーに向かう。結城は誰かと電話で話していたが、由宇の顔を見ると電話を切り、窓を下ろした。

「監察官室から呼ばれました。午後に顔を出してきます」

「勝手なことを……」結城が険しい表情を浮かべる。「怪我人には配慮するように忠告しておいたんだが」

「監察官室が、そんなに気を遣うとは思えません。それにキャップも、変に工作しない方がいいんじゃないですか？」

「工作じゃない。ＳＣＵとしての公式の依頼だ」

「でも、効果はなかったようですね……何とかします」

「当時の状況は、もう話したんだろう？」

「ええ、病室で」考えてみれば、あの連中もよく病室まで入ってきたものだ。爆破事件・強盗事件の捜査を担当する捜査一課の人間ならともかく、緊急性が高いわけでもないのに。

「やり過ぎだな。監察官室は暇だから、こういうことになる」

「監察官室が忙しかったら、警察はまずいことになるんじゃないですか」

「……その通りだ。とにかく、行って話してこい。嘘をついたり取り繕ったりする必要はない。これまで俺が聞いた話だと、厳しい処分に発展するとは思えないから、気楽に行け」

「キャップの判断と監察官室の判断は違うと思います」

　結城が難しい表情を浮かべたままうなずいた。今はそれどころではないか……当たり前だ。由宇は一礼して車から離れたが、結城が外に出てこなかったことが急に気になり出した。まるで自分と距離を置こうとしたようではないか。

被害妄想だと自分に言い聞かせたものの、ざわつきは消えない。

監察官室に足を踏み入れるのは初めてだった。さすがに緊張したが、部屋の中は警視庁の他の部署と同じ素っ気なさ……違うのは、そこにいるのがベテランばかりということだった。監察官室は「警察の中の警察」と呼ばれることもある。同僚を調べることもしなければならないから、あらゆる部署の仕事に精通した署長経験者が配されることが多い。

自分を取り調べる相手は――顔を見た瞬間にホッとする。顔見知りだったのだ。駆け出しの所轄時代に副署長だった古賀《こが》。会うのは数年ぶりだったが、白髪がぐっと増えていた。考えてみれば彼も、間もなく定年になる年齢である。

取調室――よりは明るい部屋に通される。窓が大きく、十一月の陽光も普通に入ってきていた。通常の取調室は窓が極端に小さいか、そもそも窓がない場合も多い。逃亡を防ぐためだが、さすがに警察官を調べる場合はそんな心配はいらないということだろう。もちろん、明確な容疑があって逮捕された場合は別だ。

とはいえ、取り調べは取り調べだ。もう一人、記録係の人間がデスクにつく。ここで供述した内容は後で読み上げて確認し、拇印《ぼいん》を押すことになるだろう。今まで由宇も、何人もの人間の供述を取って、拇印を押してもらったのだが、全員が嫌そうな表情を浮かべていたのを覚えている。インクの汚れは拭けば消えるのだが、警察で話を聴かれた記憶は残るわけで、いい気分はしないだろう。

今日は自分がそれを味わうことになる。

「お久しぶりです」感じよくしようと、由宇は最初に丁寧に挨拶した。

「怪我の具合は？」古賀は淡々と応対した。

「鎖骨骨折なんて大したことはないと思ってましたけど、結構痛みますね。思い切って手術した方がよかったかもしれません」本当にそう思った。手術した人間相手なら、監察官室も追及の手を緩めたかもしれない。

「無理はしないように。今日は、前回事情聴取した内容を確認して、もう少し詳しく話を聴くことになる」

お手柔らかに、と言おうとして言葉を呑《の》みこんだ。弱気になっていると思われたくない。

「始めます」

古賀が静かに事情聴取を始めた。元々公安出身の人で、副署長時代には得体が知れないところがあると思っていたのだが、実際に会って話してみると、そんなこともない。話が進むうちに、由宇は少しだけリラックスしてくるのを感じた。

「では、現場で会った銀座シャインの警備員は一名、ということで」

「はい。名前は確認していません」

「それはこちらで確認できている——君はすぐに、消火活動に向かった」

「そうなります」

「応援を待つという選択肢はなかった？」

「非常時でしたから。客は少ない時間帯で、避難は順調に行われていましたので、火を消す方が優先と考えました」

「二度目の爆発は予期していなかった？」

「それはまったく考えていませんでした。兆候もありませんでした」

「最初、爆発音が聞こえたという話だったが……」古賀が自分のメモ帳を見下ろした。

「その件については、複数の証言が得られている。単なる火災ならともかく、爆発というのは異常事態だ。仕組まれたものという考えはなかった？」

「仕組まれていようがいまいが、火を消すのが最優先と判断しました」

「なるほど……しかし一一〇番通報も一一九番通報もしていない。まず、応援の人を集めることを考えるべきではなかったかな」

「その暇はありませんでした。それに現場は公共の場所で、警備員と店員が何人もいました。私が通報しなくても、必ず通報が行くと確信していました」それは本音だったが、言い訳するようについ早口になってしまう。

「すぐに報告、連絡は警察の基本だが」

「古賀さん、はっきり言って、私はミスしたとは思っていません」顔見知りということに賭けて、由宇は思い切って言った。「私の他に怪我人が一人出ていますが、死者はいません。宝石店強盗事件を予期できなかったことが問題だと言うなら——あれだけ短い時間で、予期しろというのは無理だと思います」

「もしも煙の中に突っこんでいかなかったら、強盗犯を確保できていたかもしれない。無闇に突っこむだけが正解じゃないぞ」

「そうかもしれませんが……」

「避難誘導に徹していれば、強盗被害を防げたかもしれない」

「それは仮定の話です」由宇は言い張った。

「全ては仮定の話だ」古賀がうなずく。「状況は分かった。今後も補足で話を聴くことはあるかもしれないが、監察官室としての正規の事情聴取は、これで終わりにします」

「……私は処分を受けるんですか？」怪我した上に処分を受けたら、踏んだり蹴ったりだ。

「それはこれから、監察官室全体で検討する……君も、もう少し判断力を養った方がいいな」

説教じみた言い方に、かちんときた。あんな状況に一人で巻きこまれることなど、どんな警察官でもまずない。そこで判断力をどうのこうの言われても……しかし由宇は何も言わなかった。喋《しゃべ》れば喋るほど、自分が不利になりそうな気がしている。

「君は、警視庁全体の期待を背負ってるんだぞ」

「そんなこともないと思いますが」

「女性初の部長を目指してるんだろう」

「――はい」

「俺は女性が出世することには賛成だが、君の年齢で『部長になる』と言うのは早過ぎる。それに、自分で言葉にすることでもない」

性差によるハラスメントではなく、年齢によるハラスメント――古賀は、そういうことは問題ないと思っているのだろう。由宇は言葉を呑んだ。余計なことは言わない方がいい。

「いずれにせよ、ミスはミスだ」

「分かっています。でも、動かなければ人は助けられません」確かに何もしなければ、ミスは起きない。ただ昇任試験の勉強をするだけの日々なら、絶対にマイナス点はつかないのだ。しかしそれでは、面接などで不利になる。

「無理な仕事をするな、ということだ。今回の君は、少し無理をし過ぎた」

「古賀さんも、判断ミスだとお考えですか」

「私の個人的な判断を公表するのは差し控える」古賀の表情は硬い。「とにかく、現場ではバタバタしない方がいい」

「それじゃ、キャリアの人たちと同じじゃないですか」警察は、最初から幹部候補生として国家試験に合格して入ってくるキャリア組と、それ以外の多くのノンキャリア組から成る。一緒に仕事をしていても、この差は明確かつ厳密であり、絶対に縮まらない。そしてノンキャリア組の幹部は、キャリア幹部を「お客様」と捉えがちだ。任期中に不祥事やミスがなければ「無事に卒業してもらった」とホッとするのである。大きな事件の捜査が成功すれば「箔《はく》がついた」と喜ぶ。由宇にはこの「お客様」接待の感覚がよく分からない。そんなことでは、キャリア組の指揮能力は身につかないと思うのだが……。

「とにかく、部長になるなどと、堂々と言わない方がいい――ここから先の話は、監察業務とは関係ないが、俺からの忠告として聞いてくれないか」

「はい」由宇は背筋を伸ばした。

「君も引っ張られてSCUに行ったわけだが、そろそろ他の部署へ移ることを考えた方がいいんじゃないか。警部補に昇任したんだし、本来は所轄で管理職への道を歩き出すべきだ。慎重に、確実にな。四十代後半で警視になっていたら、その時は女性初の部長になると言っていい」

　由宇はすぐに古賀の提案に反発した。

「仕事はします。マイナス点を考えるのではなく、ちゃんと手柄を立ててプラスのポイントをいただきます」

「君がそう考えるのは自由だが、控えめでいることも大事だ。これは監察官ではなく、警察官の先輩としての忠告だ」

「ご忠告、ありがとうございます。でも、言わないと気持ちは伝わりません。言うことで自分を追いこむ意味もあります」むかつきは消えない。まったく、いろいろな人がいろいろなことを言うものだ。自分はしっかり自分の考えを持って――しかし、その「自分の考え」に迷うことも多い。

3

監察官室の事情聴取が終わって、午後二時半。今から世田谷西署へ向かえば、夕方の捜査会議には間に合うだろう。しかし本部の庁舎を出たところで、また邪魔が入った。電話……スマートフォンに、見慣れぬ携帯電話の番号が浮かんでいる。無視しようかと思ったが、反射的に出てしまった。しかし名乗らないように気をつける。

「――はい」

「朝比奈か？」いかにもこちらを知っているような口調――由宇もどこかで聞いた記憶

がある声だった。

「朝比奈です」

「一課の大友《おおとも》です」

大友鉄《てつ》か……それで声に聞き覚えがあるのだと思った。以前、どこかで話をしたはずだ。それに大友はある意味、警視庁内での有名人で、知らない人はいない。警視庁でイケメンコンテストをやったらぶっちぎりで優勝——と言われていることはどうでもいいが、取り調べの名人としても知られているのだ。彼の前に座ると、何故《なぜ》かどんな相手でも話し出してしまう。これは一種の特殊能力ではないだろうか。そして、愛妻家というか家族を大事にする人間としても有名だ。元々捜査一課の若きエースとして活躍していたのだが、妻を交通事故で亡くした後、子育てのために、基本的に勤務時間が決まっている刑事総務課に自ら希望して異動した。しかし子どもが無事に高校を卒業したのを機に、十年ぶりに捜査一課に復帰していた。警察官の働き方ということを考えさせられる生き方でもある。

「大友さん——どうかしましたか？」

「今から、話ができるかな」

「大丈夫ですけど……何ですか？」

「今、銀座シャインの強盗事件の特捜本部にいるんだ」

「あ、そうなんですね」あれだけの事件だから、所轄だけでなく本部の捜査一課も当然応援に入っているだろう。

「君が怪我したから遠慮してたんだけど、先週末に退院したって聞いたから……話が聴きたいんだ」

「ああ……はい」古賀とのやり取りで気力と体力をだいぶ削られていたが、捜査一課の仕事だったら協力せざるを得ない。変に非難されることもないだろうし。「今、本部にいます」

「だったら、僕がそっちに行こうか？」

「いえ、私が所轄に行きます」

銀座界隈を管内に持つ銀座署は、実際には銀座ではなく築地《つきじ》にある。警視庁からは近い。桜田門《さくらだもん》駅から最寄駅の新富町《しんとみちょう》まで、わずか三駅なのだ。この機会に、銀座シャイン事件の特捜本部に顔を出して、情報を入手しておいてもいいだろう。大友なら、話してくれそうだし。

「怪我は大丈夫なのか？」

「今日はもう、フル回転してます」さすがに少し疲れていたが、それでもまだ「へバった」というほどではない。

「だったら、銀座署で待ってる」

に入った。


「十五分ぐらいで行きます」

「急ぐ必要はないから」

とはいえ、一休みしてから、というわけにはいかない。由宇は急いで、地下鉄の構内に入った。


大友も年齢を重ね、若さよりも渋さが目立つ。もう「イケオジ」と言っていい年齢なのだが、それでも容姿が衰えているわけではない。女性だったら、確かに何でも話してしまいそうな気もするが、その神通力は男性相手でも通じるというのだから訳が分からない。


「見た感じでは、怪我はそんなにきつそうじゃないね」特捜本部の片隅で向き合って座った瞬間、大友が切り出した。

「結構不自由ですよ。肩をがっちり固めているので」

「走るようなことがないように祈るよ」

「同感です」

「すぐに済ませるから……ちょっとこれを見てくれないか」

大友が、数枚の写真を由宇の前に置いた。銀座シャインの店内——出火場所のセレクトショップのすぐ近くだと分かる。

「防犯カメラから切り出した画像ですか？」

「ああ。写っている人を確認して欲しいんだ」

由宇は一枚ずつじっくりと写真を見ていった。人が写っていたりいなかったり……煙がひどく、人影が見えても、男性か女性かも分からないぐらいだった。八神なら、こんなぼやけた写真からも何かを見つけ出すかもしれないが。

「すみません、見覚えがない人ばかりです」

「そうか……この写真なんだけど」大友が、由宇が最後に見た写真を指差した。煙に霞《かす》みながらも、二人が写っているのは見える。ただし辛うじて二人だと分かるぐらいで、やはり性別も判然としない。「この右側に宝石店があって、この二人はそっち方面から来ているように見える」

「……荷物を持ってますね」二人とも大型のスポーツバッグらしきものを持っている。いかにも盗品を運んでいるような感じ。ただし「宝石店」がキーワードになって、二人が窃盗犯だという先入観が頭に入りこんだだけかもしれない。

「見てないか？」

「現場では見ていません」

見ているわけがない。宝石店が襲われたのは、二度目の爆発の後だ。自分はあれで吹き飛ばされ、意識を失ったのだから。

「そうか……」大友が腕組みをした。「えらく乱暴な犯人なんだけど、緻密さもあるんだよな」

「騒ぎを大きくして、それに乗じて盗んだ、ということですね」

「ああ」大友がうなずく。「パニック状態を利用したんだよ。今のところのタイムラインは――宝石店の人が全員避難してから二分後に、二度目の爆発が起きている。この映像は、その一分三十秒後だ」

「そんなに短時間で盗んだんですか？」由宇は目を見開いた。

「おそらく、事前に入念に下見をしている。どこに高額なものが置いてあるか、ちゃんと把握していたんだろう。事実、通路に近い方の、安い商品が入っているケースは手つかずだった」

「それで被害総額一億円ですか……日本人の手口じゃなさそうですね」

「それも視野に入れて捜査してる。ただ、手がかりがまだないんだ」

「中南米の事件みたいです」由宇は、以前父から聞いたメキシコ旅行の経験談を思い出した。高級なブランドショップの前では、機関銃を持ったガードマンが警戒しているというのだ。周囲が物騒だというより、ガードマンが機関銃を持てることに驚いたものだが、そこまでしないと店を守れないのだろうか。高級ブランドの店と機関銃は、まったく合わない感じがするのだが。

「確かにそうなんだけど、中南米の人間は、日本にはそんなにいないからな。日系ブラジル人はたくさんいるけど、ここまで乱暴な犯行は過去に例がない」

「となると、そういう乱暴な手口を真似《まね》て、日本人がやったのかもしれませんね……すみません、役に立たなくて」由宇は頭を下げた。

「いや、いいんだ。万が一と思ったんだけど」

「誰か怪しい人を見ていれば、すぐに特捜に連絡しています」

「そりゃそうだ……申し訳ないね、ご足労おかけして」

「いえ、これも仕事ですから」

「それより、安静にしてなくていいのか」

「安静にしているほどの怪我じゃないです」つい強がりを言ってしまった。

「それならいいけど、今、何やってるんだ?」

「世田谷西署の射殺事件の捜査です」

「あの件? 何でSCUが?」

「ここだけの話にしてもらっていいですか」由宇は声を潜めた。大友は信頼できる——そういう第三者の意見を聞きたかった。

「もちろん」大友も声のトーンを落とした。捜査本部の置かれた会議室の中には、他にも刑事たちがいる。

「うちがマークしていた人が被害者なんです」

「何者だ？　発生は聞いてるけど、ずっとこっちに詰めてるから、詳しい情報は知らないんだ」

「表向きは投資家ですけど、捜査二課が昔、特殊詐欺の首謀者としてマークしていた人間なんです。それがまた動き出していて」

「そんな話なら、捜査二課がやるべきじゃないのか？」大友が首を傾《かし》げる。

「既に終わった事件ということで、関心がないみたいです」

宮原のことは出すべきかどうか……由宇が迷っているうちに、大友が勘鋭く言った。

「二課の誰かに頼まれたんだね？」

「――分かります？」

「そいつをマークしていた刑事が上に進言したけど、受け入れられなかった。だからSCUに泣きついてきた。そんなところじゃないか？」

「何でそこまで分かるんですか？」まさかこの話が表に漏れている？

「警察的な考え方は、身に染みついてるよ」大友が苦笑する。「まあ、どこが担当するのか分からないような事件をマークするのが、SCUだから……しかし、今回はミスったね」

「それも私のせいだと思います」

「何で」

「私が戦列を離れていたから監視が甘くなって、こういうことになりました」

「おいおい」大友が溜息をついた。「何でも自分一人で背負いこむなよ。一人でできることには限界があるんだから。それに君の仕事は、指揮を執ることだって聞いてるよ。だったら、現場でジタバタしちゃ駄目だ」

「その指揮ができていなかったんですから、指揮官失格ですよ」

「そんなに自分を追いこんでもしょうがないよ。誰にでもミスはある。問題は、その後どうやってリカバーするかだ」

「そういうの、慣れてないんです」

「今までミスなしか」

「自分ではそう思ってます」

「だったら、これも貴重な経験だと思えばいいんじゃないかな」大友が気楽に言った。「百戦百勝で警察官人生を終える人なんかいないんだからさ。若いうちに失敗の味を知っておけば、いい教訓になる」

「でも、そもそも警察官は失敗してはいけないと思います」

「まあね……一つ、説教臭いことを言っていいかな」大友が人差し指を立てる。

「――はい」

「部下ができた時、絶対ミスするな、なんて言わない方がいいよ」

「どうしてですか？」

「君が上に立つ頃の若い刑事たちがどんな風か、想像してみなよ。今だって相当ひ弱だろう？　それがどうなっているか……」

「──すぐに辞めそうですね」

「だろう？　だから、言い方も考えないと」

「肝に銘じておきます」

「まあ、僕みたいな平《ひら》の刑事が言っても説得力がないかもしれないけど」

「先輩の言葉は、いつでもありがたいです」

「じゃあ──」大友が写真をかき集めた。「そっちの捜査も頑張ってくれ。それと、銀座シャインの件で何か思い出したら、連絡してくれよ」

「もちろんです」

大友と話して少し気が晴れた。ただし、依然として自分がまったく役に立っていないのが気がかりだった。

夕方、世田谷西署に戻る。捜査会議は午後六時から、と聞いていた。ＳＣＵのメンバーで打ち合わせをしてから会議に臨む──と思っていたら、八神が宮原と話していた。

何となく近づきにくい雰囲気が漂っているが、構わず二人の会話に割って入る。

「宮原さん、すみません」由宇はまず頭を下げた。

「ああ……」宮原はいかにもバツが悪そうだった。「こっちこそ申し訳ない」

「宮原は謹慎処分になった」八神が言った。

「何でですか」由宇は思わず八神に食ってかかって後悔した。八神には、何の罪もないのに。

「うちに話をしていたことがバレたんだよ」八神が渋い顔で言った。

「それで謹慎ですか？　正式な処分なんですか？」

「取り敢えず、通常の業務からは外れる、ということなんだ」宮原が沈んだ口調で告げる。

「今日、捜査会議で情報を仕入れて報告したら、明日からは二課で電話番だよ」

「すみません、私が役に立っていなくて」由宇は頭を下げた。

「いや、謝るのはこっちだ。あなたの怪我も、俺の責任だからね」

「そんなことないです。自分のミスです」ミス、と認めると心が痛んだが。

「まあ、お互いに頭を下げ合っていても何にもならないから」八神が二人を慰めてから、宮原に視線を向ける。「それより、これからどうするんだ？」

「だから、電話番だよ」

「それは昼間だけだろう?」

「そりゃそうだけど……」

「夜が空いてるなら、俺たちと一緒に捜査しないか?」

「この件、SCUが特捜に入るのか?」宮原が目を見開いた。

「やり方はまだ決まってないし、協力するかどうかも分からないけど、一枚噛《か》むことにはなるだろうな」

「そうなんですか?」由宇は思わず聞いた。この方針は初耳だったのだ。「でも、特捜と関係なく動いていたら、無駄じゃないですか?　そもそも秋山は亡くなっているんだから、うちが捜査する意味はなくなったと思いますが」

「キャップの勘だよ。秋山の死は、宮原が目をつけていた件と何か関係がある」

「それでも、特捜がやることじゃないんですか?」

「何か分かれば引き渡す——熨斗《のし》をつけて進呈、ということだ。それに、特捜よりも早く事実に迫れれば、宮原を助けられるかもしれない」

「——捜査二課が秋山を見逃していたことがミスになる、というわけですね?」

「俺のことならいいんだけど……」宮原は弱気だった。実質的に謹慎処分を喰《く》らったのが、よほど応えているのだろう。ここは大人しくして、嵐が過ぎ去るのを待つのが得策と考えているのではないか。

「これは絶対、二課の判断ミスなんだよ。人を動員して監視していれば、事件は防げた。そのミスをお前一人に転嫁しようとしているんだから、許されないことだ——とキャップが言っていた」

そういうことか。結城はあまり熱くならないように見えるが、内心では怒りを燃やしているのかもしれない。

「というわけで、俺と宮原は捜査会議に出る。朝比奈は……まだ動けそうか？」

「大丈夫です」変な動きをするとまだ痛みが走るのだが、どうすればいいかは、だんだん分かってきた。頭で考えるよりも、体に覚えこませる方が、圧倒的にいいようだ。

「よければだけど、綿谷さんと一緒に動いてくれないか？」

「構いませんけど、何でですか？」

「綿谷さんは、マル暴絡みの線を疑ってるんだ。処刑スタイルは日本の暴力団に合わないけど、銃と言えばやっぱり暴力団だから……今夜、ネタ元に会うそうだ。それにつき合ってくれないか？」

「私は構いませんけど、いいんですかね」警察官にとっても、ネタ元との関係は重要だ。そしてその関係は、概《おおむ》ね一対一。濃密な関係を築いて、確実に情報が流れてくるようにするには、多くの人間は絡ませない方がいい、というのが常識だ。

「君が大丈夫なら……何でも経験した方がいいよ」

「それもキャップの判断ですか」

「ああ」

結局、出てくれれば働かされるわけだ。苦笑しながら、由宇は綿谷と動くことを了承した。綿谷の情報源は暴力団員だろうが、そういう人間と会うことも、経験しておいて悪いことはない。

現場にはあらゆる経験が転がっている。


綿谷と落ち合うのは午後八時過ぎになったので、夕方六時に開かれる捜査会議にも顔を出すことになった。何となく居心地が悪い……結局、ＳＣＵが秋山を監視していたことは、結城から特捜本部に伝えられていたのだ。宮原の名前は出していないが、ＳＣＵが反発を喰らうのは自然だろう。あんたらがちゃんと監視していないからこんなことになる——。

本部捜査一課の係長・三角《みすみ》が会議を仕切った。最初の捜査会議ということで、捜査一課長も出席している。それだけで、会議室の温度が二、三度上がった感じがしている。

由宇たちは会議室の一番後ろに座り、大人しく報告を聞いていた。既に、秋山の昨夜の動きがかなり明らかになっている。

自宅マンションの防犯カメラをチェックしたところ、午前三時に秋山が出る場面が映っていた。その後、秋山を乗せたタクシーも割り出されている。秋山はどこへも寄らず、現場付近でタクシーを降りたことが分かった。いかにも誰かと待ち合わせしたような感じだが、その相手はまだ割れていない。

現場である野川の左岸には工場があり、そこの防犯カメラが秋山の姿を捉えていた。しかし基本的には住宅街で、他には防犯カメラはない。現場へ来たことは分かっても、そこでの動きはつかめていなかった。何しろ午前四時、歩いている人も車も少ない。目撃者探しは難航していた。日付が変わってから現場で定時通行調査が行われる予定だが、そこで何かが分かるとも思えない。

当面、現場での聞き込み、そして秋山の交友関係を当たる捜査が中心になる。その方針が示された後、捜査一課の係長がメモを読み上げた。

「捜査二課からの情報だが、秋山は五年前に二課が摘発した特殊詐欺事件の首謀者と見なされている。逮捕は免れていたが、最近、当時の犯行グループのメンバーと接触していたという情報がある。そのリストをもらっているから、まずは動向監視、それから事情聴取という方向へ持っていきたい」

刑事たちから「おお」という声が漏れた。気合いのかけ声ではなく、予想外の事実を知らされた驚き。

係長が、こちらに視線を向けた。SCUとして何か話さなければならないのかと警戒していたら、その予想が当たってしまう。

「秋山に関しては、ＳＣＵが動向監視をしていた。その件について、ちょっと報告してくれないか」

八神が由宇に身を寄せてきた。「君が報告してくれ」と小声で告げる。

「私は中途半端にしかやっていませんが」

「うちの仕切りは君だ」

そう言われると、立ち上がらざるを得ない。一番後ろにいるので、由宇が話し始めると、刑事たちが一斉に後ろを向いた。異様な注目を浴びている感じになる。前に出て話した方がよかったかもしれない。

「ＳＣＵの朝比奈です。先週、秋山が新たな詐欺事件を画策している可能性があるという情報を入手して、監視を始めていました。ただし秋山はほとんど外出せず、人と会っていた形跡もありません。投資をしているという情報もありますが、実際に家の中で何をやっていたかは分かりません。通話やメールなどの記録入手などはまだです。今朝の件は、監視が引き上げてから発生したことでした」

「二十四時間監視じゃなかったのか」一人のベテランの刑事が訝しげに言った。

「そこまでのきつい監視ではありませんでした」由宇は正直に言った。「極端に動きの少ない人間でしたから、夜中の監視までは必要ないと判断しました」

「それで、詐欺の証拠は？」別の刑事が声を上げる。

「現段階では摑んでいません」

「手がかりなし、ということでいいんだな？」係長が冷徹な声で告げる。

「申し訳ありませんが、まだ手がかりは摑んでいません」

「分かった……では、こちらで改めて一からやり直す」

嫌味な言い方に怒りを覚えたが、由宇は腰を下ろした。

「それでいいよ」八神が静かな声で言った。

「負けを認めたみたいで嫌ですね」

「いや、静かに引く――みたいな感じで」

「あとは隠密《おんみつ》行動ですか」

「そういうこと」

捜査会議はそのまま終わり、三人はそそくさと会議室を出た。午後七時……綿谷と落ち合う場所は新宿である。遠くはないが、世田谷西署は駅までかなり遠いから、ゆったり夕飯を食べている時間はないだろう。まあ、ネタ元との会談がそんなに長引くとは思えないから、その後で遅めの夕飯にしてもいい。

「そう言えば、最上君はどうしてるんですか？」

「あいつはずっと聞き込みをしてる」

「一人で？」

「いや、キャップも一緒だ」

「キャップが自ら聞き込みですか？」これは異例だ。結城は警視。自ら現場に出ることはない——出てはいけない。管理職が現場を駆けずり回るような組織は、そもそも組織の体を成していない。実際、結城が打ち合わせなど以外で現場に出ることはまったくなかった。SCUの本部でどんと構えていてくれないと、何だか落ち着かない。

「キャップ、この件に結構入れこんでるんだよ」

「何だか申し訳ない」宮原が頭を下げる。

「そんなに卑屈になるなって。俺たちが何とかするから。それに君も、捜査には参加してもらう。これから現場の聞き込みに行こう」

「八神さん、いいんですか？　双子ちゃんは？」

「今日は義理の両親の家にお泊まりなんだ。だから俺は、徹夜でもいい」八神は何だか嬉しそうだった。

「徹夜なんかすると、明日に響きますよ」童顔で若く見える八神だが、もう四十歳である。徹夜が後々響く年齢だろう。

「そうならないように適当にしておくよ。それで、明日朝は通常通り本部に集合。情報をすり合わせてから、動きを決める」

「分かりました」

本当は自分が仕切っていかねばならないところだが、今はその自信がない。怪我もあるし、慎重にやって行くしかないだろう……悔しいが、これもリハビリだと考えることにした。

リハビリで暴力団関係者と会うのは、かなりハード――ハード過ぎる経験になりそうだが。

4

綿谷とは、紀伊國屋《きのくにや》書店本店の前で落ち合った。まだ営業中で、この時間でも人の出入りは多い。

「飯食ったか？」綿谷が第一声で訊ねる。

「捜査会議に出ていたんで、まだです」

「大丈夫か？」

「この後で食べますよ」

「分かった。じゃあ、行くか」

二人は歌舞伎町に足を踏み入れた。コロナ禍で一時は瀕死《ひんし》の状態と言われていた東京の繁華街も、今ではすっかり活気を取り戻している。昼間のように明るい光を撒《ま》き散らすネオン、道を占領してだらだら歩いている酔っ払いたち。毎度のことだが、この街は湿度が異様に高い感じがして、歩いているだけで体が痒《かゆ》くなってくる。

　今や歌舞伎町の新しいシンボルになった東宝ビルを通り過ぎ、綿谷は古びた雑居ビルに入っていった。入る前に看板を見ると、ほとんどが呑み屋のようである。エレベーターの動きが鈍い……六階で止まった時は、体が一瞬浮くような衝撃があった。

　エレベーターの前のバーが目当ての場所のようだが、綿谷はすぐには中に入らず、問題のネタ元について説明し始めた。

「富島《とみしま》という男なんだが、要は組員だ。菱沼会《ひしぬまかい》系の岩屋組《いわやぐみ》」

「どんな人なんですか」

「いわゆるインテリヤクザだよ。荒っぽいことはしない。逮捕歴は二回、いずれも二十代の頃で、その後は警察とは縁がない」

「スパイになって、摘発を免れているんですか？」

「ネタ元は大事にしないとな」綿谷が真顔でうなずいた。「向こうもそれは分かってるから、無茶はしない」

「綿谷さんとは、つき合いは長いんですか」

「かれこれ十年かな」

「ということは、信頼できる相手ということですね」

「ただし向こうは、何でもかんでも知ってるわけじゃない。それでも、知らないことは知らないとはっきり言うから、逆に信頼できる」

「私は、余計なことは言わない方がいいですか」

「何だ、ずいぶん遠慮するんだな。いつもの君らしくない」

「ちょっと自信喪失気味なので」

「それこそ君らしくない」

由宇は首を横に振るしかなかった。自分の個人的な問題だから、人に言われてもどうしようもない。

綿谷がドアを押し開ける。組員と会うというからどれほど危ない場所かと思ったが、中は普通のバーだった。照明はさほど暗くない。右側に長いカウンター。左側にボックス席が四つ、並んでいる。カウンターの中には真面目くさった顔のバーテンダーが二人……まさに酒を呑むためだけの店だ。

綿谷は迷わず、一番奥のボックス席に向かった。会う時はいつも同じ場所で、と決まっているのかもしれない。

五十歳ぐらいの男が一人、足を組んで座っていた。ほとんど黒に近いグレーのスーツに、薄いグレーのシャツ。ネクタイはしていない。組員というより、水商売の人という感じがした。しかも複数の店を経営しているような、やり手の経営者。

「珍しいね」富島が由宇に好奇の視線を向けてきた。「二人で来るとは」

「今日は重要な話なんでね」綿谷は富島の向かいに腰を下ろした。由宇は綿谷の横。すぐにバーテンダーがやって来て、綿谷がウーロン茶を二杯、頼んだ。

「ウーロン茶の時点で、重大な話だと分かるよ」富島の口調は軽かった。「酔ったらまずいわけだ」

「そういうこと……最近、景気は？」

「よくないね。そのうち、うちもおたくらも失業するんじゃないか」

「そういう時代が来るのはいいことだと思うけどね」

何を言っているのか……暴力団はしぶとい。長い歴史を持ち、組同士の抗争、警察の摘発にも負けずに長い命運を保ってきた組も珍しくはない。「必要悪だ」とまで言う人間もいるのだが、由宇は決してそうは思わない。ただし、暴力団が消滅しても、組織犯罪対策部がなくなることはないだろう。暴力団がなくなっても、その空白地帯に別のワルが入りこむだけだ。それこそ半グレの連中とか。

ウーロン茶が運ばれてきて、綿谷が顔の前で乾杯の仕草をする。富島も応じて、小さなグラスに入った茶色い液体を一気に呑み干した。バーテンダーがすぐにお代わりを持ってくる。まったくアルコールの影響を受けた様子がない。細い顎。髪はオールバックにしているので、秀でた額が目立つ。どことなく狐を彷彿《ほうふつ》させる風貌だった。

「世田谷の事件なんだが」綿谷が本題に入った。

「あれはひどい手口だな」

「何か情報は入っていないか？」

「いや」あっさり否定する。「あれは、うちらのやり方じゃない。外国人じゃないか？」

「その線も含めて、何か聞いてないか？」綿谷がさらに突っこむ。

「俺の耳には入っていないな」

「そうか……」綿谷がウーロン茶を一口飲んだ。「後ろから二発、というやり方は聞いたことがない」

「日本人の手口じゃないね。銃の扱いに慣れていて、何人も人を殺したことがある人間のやり方だ」

「そっちの業界でも話題になってるんじゃないか？」

「ああ。殺された奴《やつ》——秋山だっけ？　半グレみたいなものだろう」

「五年ほど前に、特殊詐欺の首謀者と見なされていた」

「だけど逮捕はされてないんだよな？　よく逃げ切ったな」

「逮捕されたメンバーが、関係を明かさなかった」

「そいつもおかしな話だ」富島が首を傾げる。「特殊詐欺のグループらしくない。だいたい、闇サイトで人を集めてくるから、仲間同士の忠誠心なんかないはずなのに」

「ちょっと毛色の違うグループという感じだな」綿谷がうなずく。

「リーダーを売らなかったんだから、鉄の結束があるってことか——しかし、正体がよく分からない人間だな」

「あんたらの業界でも話題になってるのか？」

「うちの庭に入って来てるわけじゃないから排除はしないけど、要警戒という感じだな。ある意味、業界全体の期待のルーキーかもしれない」

言って、富島が低い声で笑い、綿谷も表情を緩める。しかし由宇は、内心ムッとしていた。綿谷には馴染みのジョークなのかもしれないが、何が「期待のルーキー」だ。ワルが増えるだけではないか。

「うちの二課は、追い切れなかったんだろうな」

「秋山って奴は、よほど下っ端に信頼されてるんだろう」

「金で面倒を見ていたという話もあるそうだ。詐欺で儲けた金を上手く隠して、後で分配したんだろう」

「結局金ってことか」富島がうなずく。「……ちょっと変な噂を聞いてるんだが」

綿谷が無言でうなずき、ウーロン茶を一口飲んだ。「で？」と短く言って先を促す。

「まったく新しい組織ができるという話がある」

「それは、どういう――」

「まだよく分からないんだ」富島が首を横に振る。「俺らとは違う。半グレみたいにアメーバのような感じでもない。何かを隠《かく》れ蓑《みの》にして……みたいな感じなんだ」

「表面上は会社を装ってとか？」

「ああ。それで裏では――」富島が両手を叩き合わせる。

「どこまで具体的な話なんだ？」綿谷がテーブルの上に身を乗り出す。

「まだはっきりしない」富島が首を横に振った。「ただ、あんたの情報とくっつけたくなるよな」

「まだ弱いと思う」

「何か分かれば連絡するよ。うちの庭を荒らされたらたまらないからな。警察にも守ってもらわないと」皮肉っぽく唇を歪める。

「分かった。待ってる」

「ちょっと待って下さい」由宇はつい口を挟んだ。

「そう言えばそちらのお嬢さん、まだ名前を聞いていなかったな」富島が、どこか馬鹿にしたような口調で言った。

「SCUの朝比奈です」少し戸惑ったが、由宇は名刺を差し出した。富島が丁寧に両手で受け取る。その時初めて、右手の中指に異常に太い指輪がはまっているのが見えた。

いかにも暴力団っぽい金の指輪……かと思ったが、カレッジリングにも見える。

「綿谷さんの部下かい」

「いや、うちを仕切ってるのが彼女なんだ」綿谷が修正した。「仕切ってるというか、作戦立案担当というか、参謀というか」

「警察もようやく、女性が普通に仕事できるようになったのか――それで？」富島が由宇に視線を向ける。

「本当はどこまで知ってるんですか？」

「全部話したよ」

「わざと小出しにしてませんか？　私にはそんな風に聞こえました」

富島が無言で、由宇の顔を凝視した。ほどなく居心地が悪くなってきたが、由宇も富島の顔を正面から見続けた。事は殺人事件なのだ。腹の探り合いをやっている場合ではないだろう。

「ここはいい店だけど、煙草が吸えないのはきついね」尻を滑らすように、富島がシートから出た。「そろそろニコチンが切れてきた。今夜はこれで」

「新宿区は路上喫煙禁止だぜ」綿谷が指摘する。

「外で車を待たせてある」富島が由宇を見下ろした。そうされると、彼の背の高さを意識する。「お嬢ちゃん、物事には順番ってものがあるんだぜ」

「今回は――」

「じゃあ」富島が綿谷に目配せして、さっさと店を出ていった。

「参ったな」綿谷が顎を撫でる。綿谷がソファに背中を預ける。「追いこむなよ」

「でも、間違いなく情報を出し惜しみしてましたよ」

「そんなことは分かってるよ。こういうのは、お互いにお約束でやってるんだ……君、どうしたんだ？」綿谷が目をすがめる。

「私は……」言われて自分のミスをはっきりと意識する。

「らしくないな。焦る気持ちは分かるけど――飯にしようか」

「追いかけなくていいんですか？」

「後でフォローしておく。あいつも別に怒ってるわけじゃないよ。本気で怒ったら、あの程度じゃ済まない」

「そうですか……」失敗を嚙み締めざるを得ない。自分はいったい何をやっているのだろう。焦りがこうさせた、と分かっている。ミスを取り戻そうとしてまたミスしてしまうのは、よくあることだ。

「この店は乾き物しかないから、外でラーメンでも食べるか」

「歌舞伎町でラーメンですか？」湿気の多い街で熱いラーメンを食べるのは、あまり気が進まない。それに歌舞伎町のラーメンというと脂っこいイメージもある。

「呑み屋が多い街には、いいラーメン屋もたくさんあるんだ。紹介するよ。ラーメンはお洒落《しゃれ》じゃないけどな……君の好みじゃないか」

「それは別に、構いません」

「じゃあ、行こうか。こんな時間にラーメンを食べていいかどうかは分からないけど」

八時をだいぶ過ぎた時間で、夕飯を食べるのに遅過ぎるわけではないが、最近綿谷はやけに食事のことを気にしている。格闘技の達人——柔道四段、剣道二段、空手二段で、今も頻繁に道場のある所轄に出向いて稽古を欠かさない——なのだが、このところ微妙な体重増加で悩んでいるらしい。見た感じではまったく変わっていないのだが……何事でも道を極める人は、他人なら気にも止めない些細《ささい》なことが引っかかるのかもしれない。

湿気の多い街——しかし店にいたわずかな時間で気温がぐっと下がり、ビル風が強く吹いているせいで、空気が少し乾燥したようだった。コートがあるので寒さは気にならないし、むしろ快適なぐらいである。ただし路上を埋め尽くす酔っ払いの群れは、鬱陶しくてならなかったが。

この辺に何軒か馴染みのラーメン屋があるようで、綿谷は「醤油《しょうゆ》、味噌《みそ》、塩、とんこつ、どれがいい？」と候補を挙げた。

「普通に醤油でいいです」両親がイタリアンレストランを経営するという環境で育った

せいで、由宇は食べ歩きが趣味だが、ラーメンはその中に入っていない。愛知の人間は、あまりラーメンに熱中しないタイプが多いと思う。子どもの頃の食習慣というのは、いつの間にか自分の基礎になっているものだ。

綿谷は、煮干し系のラーメン店に連れていってくれた。煮干し系というのも初めてだったが、店に入ると確かに、魚の匂いが濃厚に漂っている。こんなに煮干しが強いと、生臭くなるのでは、と心配になるぐらいだった。

二人とも基本の「中華そば」を頼む。カウンターに並んで座り、すぐに出てきたラーメンをまずは観察する。見た目は普通の、透明感が強い醤油ラーメン。しかし煮干しの匂いは、濃厚に鼻先に漂っている。微妙に心配になりながらまずスープを啜ってみると、想像していたよりも魚の風味は強くない。普通の醤油ラーメンに香ばしい煮干しの香りがプラスされたようなものだった。

そして食べているうちに、何だかクセになってくる。普段の食生活で煮干しを意識することはあまりないのだが、出汁《だし》文化で育った日本人として、煮干しの味は細胞レベルに刻みこまれているのかもしれない。細めの麺、トッピングは、大きいが薄いチャーシューとメンマ、ネギだけという潔さだ。途中、何だか日本蕎麦《にほんそば》を食べているような気分になってくる。

「どうだい？　グルメの朝比奈としては」先に食べ終えた綿谷が面白そうに訊ねる。

「煮干し系、初めてですけど、初めてみたいな感じがしないですね」

「日本人の味覚の基本って感じだよな……この後、コーヒーでも飲むか？」

「そうですね。ちょっと口の中をさっぱりさせたいです」いかに煮干し系といっても、やはりラーメンには油を感じる。

九時近くの歌舞伎町で、コーヒーが飲めるか……喫茶店はいくらでもあるのだが、二軒が満員で、三軒目のチェーンのカフェでようやく席が確保できた。由宇はカフェラテを、綿谷はアイスコーヒーを注文する。外は寒いがアイスもありだな、と由宇は一瞬後悔した。ラーメンの後で口をさっぱりさせるには、苦味の強いアイスコーヒーの方が適しているかもしれない。

「焦ってるのか」綿谷がいきなり聞いてきた。

「焦りは……ないではないですね」

「今日、監察に何を聞かれた？」

「強盗当日の様子です。でも、判断ミスは指摘されました」

「あの状況で判断ミスと言われても、納得できないよな」綿谷が渋い表情で言った。

「だったら何が正解なのか——正解なんてないんじゃないか」

「でも、ミスはミスですから」認めたくはないが、いつまでも言い訳するのもみっともないと思う。

「それで、ミスを取り返そうとしてる」

「まあ……はい」由宇は認めた。「ミスは、何かのプラスで埋めるしかありません」

「手柄が欲しいところだな。でも今日は、焦り過ぎだ」

「――すみません」ここは謝るしかない。失敗は自分でも分かっている。「綿谷さんの大事なネタ元ですよね」

「まあな」

「ああいう人と、どうやって知り合うんですか」

「先輩から引き継いだ。もう退職したけど、組対《ソタイ》に荒熊《あらくま》さんっていう伝説の刑事がいてさ。名前の通りの荒っぽい人で、本人の方が、よほどマル暴みたいだった」綿谷の表情が緩む。仲のいい先輩だったのだろう。

「刑事は捜査対象に似てくることがあるって言いますよね」

「いかつい顔に坊主頭、ダブルのスーツが定番の服装なんだけど、足元はいつもコマンドブーツだった。これが合ってないんだよ」

「それはそうですよね」由宇は思わず苦笑してしまった。「何でそんな滅茶苦茶《めちゃくちゃ》な組み合わせにしたんですかね」

「相手の尻を蹴飛ばすには、ごついブーツの方がいいってよく笑ってたけど……本人が格好いいって思ってたんだろうから、後輩としては何も言えないよな」

「変わってますね。組対にはそんな人が多いんですか？」

「荒熊さんは特別だよ。組対のドンって言われてた」

「ああ……そういう人、いますよね」

「とにかく富島は、荒熊さんからの引き継ぎだった。つき合いは長いから、あれぐらいじゃ関係は切れないよ。しかし今夜は、君らしくなかった」

「そうですか……」

「強引に突っこむような人じゃないと思ってたけどな。指示を飛ばす時は別だけど、通常の捜査では、もう少し搦《から》め手《て》から攻めるタイプじゃないのか？」

「そうかもしれません」

「ま、焦るなよ。リーダーは、絶対に焦っちゃ駄目だ。下の人間はそういうのをよく見てるからな……俺も偉そうなことは言えないけど」

「肝に銘じておきます」

　完全にペースが狂ってしまっている。どこかでしっかり立て直さないといけないのだが、今はそのタイミングがまったく見えなかった。

　翌朝、ＳＣＵの本部に顔を出した瞬間、スマートフォンが鳴った。こんな早い時間に……と訝ったが、画面に浮かんでいるのは本部の電話番号である。

古賀だった。

「連日申し訳ないが、すぐに来てくれないか」

「事情聴取は終わったと思いましたが」急な呼び出しに、さすがにムッとする。

「状況は刻一刻と変わるんだ。とにかくすぐに出頭してくれ」

「それはどういう――」

古賀はもう電話を切ってしまっていた。

いったい何だろう？　昨日、あれから何か動きがあったのだろうか。監察官室の調査で、何か新しい事実が出てきたのかもしれない。結城が出勤して来たので、今の電話の件を報告しておく。

「おかしいな」結城が目を細めて訝しむ。「昨日で一段落したんじゃないのか？」

「私もそう思ってました。とにかく、行って来ます」

「体は大丈夫なのか？」

「一時間ごとに良くなっています」

結城が疑わしげに由宇を見たが、それ以上は何も言わなかった。由宇はさっと頭を下げ、「失礼します」とだけ言って本部を出た。

何が起きているか分からないので、警視庁本部へ向かう間に緊張が高まってくる。昨日の証言で、何かまずいことを言ったのではないか……いや、自分の記憶にないだけで重大なヘマをして、それが発覚したのではないか。

考えても仕方ないと自分を納得させようとしたが、気持ちは上手くコントロールできるものではない。

昨日と同じ部屋に通される。今日も相手は古賀。顔を見ただけでは、何を摑んでいるのか、何を考えているのか、まったく分からなかった。

昨日と同じ話の繰り返しになった。そんなに分からない感じで話していないのに、と訝る。相手の質問を的確に理解し、理路整然と話したはずだ。さすがに苛ついてきて、由宇は途中で急いで質問を挟んだ。

「昨日と同じ話になっていますが、何か問題でもあったんですか」

「上がね」古賀が人差し指で天井を指した。「この件は早くまとめたいと言ってるんだ。そう言われたら、こっちは詰めて仕事をするしかない」

「必要なことは全部話したと思います」

「一つ問題なのは……どうして君が通報しなかったか、ということだ」

「ですから、私が通報しなくても誰かが必ず通報する——そういう公共の場所だったんです。人気のない場所で夜中に起きた事件じゃないですから」

「パニックになって判断が鈍ったということはないか？」

「それは——」これは自分の「資質」を問う事情聴取なのか？　警察官は常に冷静で、

的確な判断を求められる。それができなかったので、指揮官失格の烙印《らくいん》を押されるのではないか……いや、それはないだろう。常識的に考えれば、あの状態で誰かに連絡している暇はない。消火、救助活動が優先されて然《しか》るべきなのだ。人を見捨てて連絡が先、という考えこそが非常識ではないだろうか。

「ああいう時こそ、冷静にならないといけないんじゃないか。警部補の研修でも、そういうことは散々言われたと思うが」

「それは分かっています」

「しかし、今回のようなシビアな件は、なかなか経験できないだろう?」

「あんなことがしょっちゅうあったら困ります」

「いろいろうるさく言う人もいるんだ」

「私を降ろせ、と?」特定の後ろ盾がいるわけではないが、多くの人に見守られてきたことは意識している。それが外れて、出世の階段は消え失《う》せるのだろうか。「——要するに処分ですか」

「それを決めるのは俺じゃない」

「だったら——」

いきなりドアが開き、由宇は振り返った。結城が険しい表情で立っている。

「朝比奈、仕事だ」

「結城、今事情聴取中だぞ」古賀が冷たく遮った。

「仕事優先です。事情聴取はいつでもできるでしょう。朝比奈は逃げも隠れもしませんから」

「あのな」古賀が苛立ちを露《あらわ》にした。「また他の部署の捜査に勝手に首を突っこんでるそうだが、こっちも仕事なんだ」

「こちらは現在進行形の捜査なんです。それに、勝手に首を突っこんでいるわけじゃありません。あくまでSCUの正当な業務です」

「いい加減にしろ！」古賀が立ち上がる。「監察の仕事を邪魔するな」

「そちらこそ、うちの仕事を邪魔しないでいただきたい」結城が冷静に言い放つ。

「うちの事情聴取が優先だ。早く処分が決まれば、朝比奈もその後動きやすくなるだろう」

結局、処分することはすでに決まっているわけか、と由宇は唇を噛んだ。問題はどの程度の処分になるのか……戒告ぐらいなら仕事に影響は出ないが、記録には残ってしまう。警察は「賞罰」を非常に重視する職場で、それが後の昇任などに大きな影響を及ぼす。

「抗議は、総監宛てにお願いします」

「SCUはすぐに、総監の名前を出すのか。虎の威を借る狐だな」

「何とでも言って下さい。行くぞ、朝比奈」

古賀は当然不満そうにしていたが、やはり総監の名前は効果抜群のようだ。結局それ以上何も言わずに由宇を解放した。

廊下に出ると、由宇は思わず結城に抗議した。

「自分で何とかできました」

「もちろん、そうだろう」結城が平然とうなずく。「ただし、時間がかかる。そんな余裕は、今のうちにはない」

「……そうですか」

助け出してもらって、本当なら礼を言う場面だ。しかしどうしてもその気になれない。こんなことぐらい、一人で乗り越えてみせるのに。

「時間優先なんだ。別に君のプライドを傷つけるつもりはない」

「傷つきました」

結城が立ち止まる。由宇もそれに倣って、結城の顔を見た。

「これぐらい、自分で何とかできないと――自分の面倒を自分で見ないと、上には行けないと思います」

「それが君の最大の勘違いだ」

「何がですか」むきになって由宇は訊ねた。

「何でも一人でやる——自立した人間としては素晴らしい考え方だ。しかし警察は組織だ。上もいれば下もいる。同期もいる。そういう人間と上手く協力し合っていくのが、結局一番効率がいい」

「キャップもそうやってきたんですか？」

一瞬、結城が口籠る。その顔に、かすかに苦悶《くもん》の表情が浮かぶのを、由宇は見逃さなかった。

「それができなかったから、教訓として君に話している」

「何があったんですか？」

「いずれ話すかもしれない——話さないかもしれない。君はSCUに戻って、秋山の周辺捜査を進めてくれ。俺は少しこっちに用事がある」

「キャップ……」

結城が何も言わず歩き出した。暗い廊下——東日本大震災の後、警視庁はずっと節電を続けていて、廊下の照明は半分しか使われていないという——を歩く背中に、彼の過去が浮かんで……こない。

結城は隠し事が多い男なのだ。というより、自分のことは何一つ話さない。そうやって隠しておかねばならないぐらいの重い過去があるのだろうか。

そんな彼にとって、SCUのキャップを務めることに何の意味があるのだろう。

そして自分は？
考えれば考えるほど分からなくなるのだった。

第三章　消えゆく者たち

1

いつまで経ってもこの車には慣れない。ＳＣＵの捜査車両、ルノー・メガーヌ。ニュルブルクリンクでＦＦ車最速――というのが売り文句だから、とにかく速い車だということは分かる。しかしそのせいか足回りはかなり硬く、路面の小さな凸凹を細かく拾ってしまう。車酔いしやすい人だったら、一キロ走っただけで吐くかもしれない。最上の運転は丁寧なのだが、それでも車の凶暴性をカバーできるものではない。由宇がずっと押し黙っているせいか、そのうち彼も何も話さなくなってしまった。

会うべき相手、村井茜。秋山のかつての恋人である。世田谷西署の特捜本部もマークしているはずだが、ＳＣＵとしても話を聴いておきたい相手だった。

基礎的なデータは宮原が提供してくれた。実家は東村山市。しかし電話で確認したところ、今は実家を出て一人暮らししているという。家族は最上の電話に嫌そうに対応したのだが、結局現在の住所、そして勤務先を教えてくれた。ネット広告を扱う会社で、総務系の仕事をしているという。それなら会社で摑まえられるだろうと判断して、直接そちらへ向かったのだった。場所は新宿。電車の方が早いが、事情聴取する場所がない可能性を考え、車を使うことにした。

会社が入っているオフィスビルの前にメガーヌを停め、そこから村井茜に電話を入れる。勤務中は、個人の携帯には出ないのではないかと思ったが、茜はすぐに反応した。

「ああ……あの、実家から連絡がありました」電話に出てはくれたものの、いかにも迷惑そうだった。

「仕事中に申し訳ないんですけど、どうしても話を聴かせていただきたいんです。ちょっとだけ時間をもらえませんか？　三十分でいいんです」

「そうですね……」

茜は戸惑っている。由宇はさらに押した。

「実は今、会社の前まで来ています」

「そうなんですか？」茜は本気で驚いている——こちらの強引さに呆《あき》れているようだった。

「車で来ています。中で話を聴かせてもらえますか」

「ああ……はい」結局茜は折れた。

「白い車ですから」

「白ですね……パトカーですか？」

「パトカーではないんです」茜を安心させようと、由宇は言った。必ずしも嘘ではない。

「ですから、気楽に来て下さい」

「……分かりました」

由宇は外へ出て、ルノーの車体に体を預けて待った。新宿の高層ビル街に特有の強風が吹き荒れ、体をかすかに揺らす。寒いが、コートがあれば何とかしのげるレベルだ。

五分ほどして、茜らしき女性がビルから出てきた。背はそれほど高くない――一五〇センチぐらいだ。ヒールがほとんどない靴を履いているからだろう。急いで出てきたせいか、ジーンズにジャケットという軽装である。強い風に、長い髪が吹き乱される。ちらりとこちらを見て、軽く頭を下げたので、由宇は彼女の方へ歩み寄って出迎えた。

「村井さんですね」

「村井です」

「ＳＣＵの朝比奈です。こちらへどうぞ」

午前十一時半。昼食前の時間だから、彼女の昼食タイムを削らないようにしよう、と由宇は決めた。勤め人にとっては大事な時間……彼女がさっさと話してくれれば済むのだが。

「寒いですよね。中で話しましょう」由宇は後部ドアを開けて、彼女を中へ入れた。狭くて申し訳ない……指揮車のランドクルーザーで来るべきだったかもしれない。あの車なら車内がゆったりしているから、追い詰められた感じにはならないはずだ。

由宇が横に座る。最上がエンジンをかけ、エアコンの設定温度を上げた。薄着の茜を見て気を利かせたのだろう。体が大きく、ぼうっとしているように見えて、最上は意外に細かいことに気が回る。

「仕事中、ごめんなさい」由宇は丁寧に切り出した。「あなたが以前交際していた秋山さんが殺された話は、聞きましたか？」

「……聞きました」茜の声が暗くなる。「でも、つき合っていたのって、五年も前ですよ」

「その後は全然会ってないんですか」

「会ってません。だって……」

「詐欺事件のことがあったから？　彼は逮捕されたわけではありませんよ」

「そうなんですけど、秋山さんの方から別れるって言い出して」

「事件に絡んで、ということですか？」

「警察に目をつけられているから、迷惑になるかもしれないって……」

「あなたはそれを受け入れた？」

「学生だったんです」申し訳なさそうに茜が言った。「就職も決まっていたし、何かあったら……私、ひどいですか？」

「そんなこと、ないですよ」由宇はすぐに否定した。どんなに愛した相手でも、犯罪者だと分かったら距離を置くのは、自分の身を守る一番簡単で確実な方法だ。「正しい判断だったと思います」

「そうですかねえ」

「今でも未練があるんですか？」

「そうじゃないですけど、正しい判断だったのかどうか、ずっと悩んでるんです。秋山さん、結局逮捕されなかったし」

「彼が何に関与していたか、知ってたんですか？」

「いえ」茜が首を横に振る。「そういうことは一切言わないで、危ないから会うのはよそう、と言い出したんです」

「実際に怪しい雰囲気、ありましたか？」

「それは……」茜が下を向く。しばらく爪をいじっていたが、やがてゆっくりと顔を上げて認めた。「――ありました」

「どんな風に？」

「私が部屋に入っていくと慌てて電話を切ったりとか、夜中に急に出かけていったりとか。それにいろいろな人が、家に出入りしていましたし」

「いろいろな人というのは、友だちとかではない、という意味ですか?」

「年齢も性別もバラバラで。それにそういう人が来た時は、私は外へ出されたんです」

「それもひどいですね」由宇は眉根を寄せた。「追い出された、ということですよね」

「そういうわけじゃないです。乱暴なことは全然なかったですから」

「不満がなかったとしたら、村井さんとしては、別れるのは納得できなかったのでは?」

「でも……変な感じはしてたし、お金ももらったので……」

「手切れ金みたいな?」

「そう……だと思います」

「ちなみにいくら?」

「――百万円でした」

秋山という人間の本質が垣間見えた感じがした。詐欺グループの元メンバーを金銭的にケアしていたというのが本当だとしたら、つき合っていた女子大生に「手切れ金」として簡単に百万円を渡すのも、いかにもありそうだ。心遣いが細やかとも言えるが、由宇は「金で何でも解決するタイプ」と見た。愛想よく話していても、頭は金の計算でフル回転しているに違いない。

「結局、秋山さんが何をやっているかは最後まで分からなかったんですね」

「後から、薄々とは……振り込め詐欺のグループが摘発されたっていうニュースを見て、これかもしれないって……でも、怖くて確かめられませんでした」

「それは当然ですよね」由宇はうなずいた。そして再度確認した。「その後はまったく連絡を取ってなかったんですね？」

「はい」

「そもそもどうして知り合ったんですか？　秋山さんは五歳ぐらい年上でしょう。接点は？」

「友だちに誘われてパーティに行って、そこで……」

「どういうパーティだったんですか」

「タワマンの部屋で開かれたパーティで、そこに住んでいる人が主催した、という話でした。秋山さんの友だちみたいでした。友だちというか、幼馴染み？　急に方言丸出しで二人で話し始めたのでびっくりしたけど、秋山さん、山口の出身なんですよね」

「そう。それで、秋山さんの方からあなたに声をかけた？」

「そのパーティで話して、ちょっといい感じだなと思ってました」

その日は連絡先を交換し、翌日に秋山からメッセージが届いたのだという。強引にデートに誘うわけではなく「昨日は楽しかった」という礼儀正しいお礼のメッセージ。その後もしばらくはメッセージのやり取りだけが続き、実際に二人で会ったのは、パーティの半月後だったという。あまりガツガツ来ないのが、茜にとってはかえって好印象だった。大学に入ってから、いろいろな男性と知り合う機会があったが、強引に来るタイプは苦手……それに対して秋山は年上で、落ち着いていて、紳士的だった。それまで会ったことがない感じの人間で、急激に惹《ひ》かれるようになったのだという。

その時彼女は二十一歳、大学三年生。交際は一年ほど続いた。秋山は自分の職業を投資家——今と同じだ——だと説明していて、大抵は家にいた。彼の家で会うこともあったが、外に出るといつも、高級な店でいい食事を奢《おご》ってもらっていた。

要するに彼女も「寄生」していた感じなのだが、それは責められるものではあるまい。恋愛は自由なのだ。

しかしつき合ううちに、少しずつ危ういところが見えてきて、彼から別れを持ち出されたのはむしろ幸運だったと、茜はあっさり言った。やはり、秋山は優しいところがある男だったのではないだろうか。一年間つき合った年下の恋人に累が及ばないように、別れを選択したのかもしれない。

「今回、秋山さんが殺されたことを聞いて、どう思いました？」

「それはショックですけど……むしろ不安で」

「あなたに危害が及ぶことはないですよ」由宇は茜を慰めた。

「あの、結婚するんです」茜が打ち明けた。

「そうなんですか」

「来年のゴールデンウィークぐらいに。彼は、秋山さんのことは全然知りません。バレたらどうしようかなって」

それなら、不安になるのも分かる。立件されていないとはいえ、秋山は特殊詐欺グループの首謀者と見なされていた人間で、今また、新たな犯罪に手を染めようとしていた形跡がある。そして殺されてしまった——そんな人間と交際していた事実がバレたら、未来の夫は自分も疑うかもしれない。詐欺の片棒を担いでいたのではないか、と。

「結婚相手は……」

「会社の同僚です。結婚しても、私も会社に残って仕事をする予定なので……昨日事件の話を聞いてから、ずっと不安でした」

「何も言わなければいいですよ。それは別に裏切りでも何でもありません」

「でも、寝言とかで言ってしまったら……」茜が頬に手を当てる。

「そこまで心配し過ぎると、ストレスで病気になりますよ？　何か適当な言い訳を考えておけばいいでしょう。あなたは何も悪いことをしていないんだから」

「でも、そういう人と一年つき合っていたと考えると、やっぱり怖いです。人に知られたら、どう思われるか分からないし」

「黙っていればいいんです」由宇は繰り返した。

気を取り直して、由宇は秋山の人となりについて質問を続けた。優しい人だった、と茜は簡単に話をまとめようとしたが、雑談のように話を進めていくうちに、やはりどこか危ないところがあると分かってくる。自宅で札束を見たことがある、と思い出してくれた。百万円の札束など見たことがなかったので、最初はおもちゃか何かだと思ったというが、何度かそういうことがあり、隠れて触ってみて本物だと確信した。デイトレーダーというと巨額の金を扱い、儲けも大きいイメージがあるが、自宅に現金を置いているのはいかにも変だ。そして時々出入りする仲間がいかにも胡散臭《うさんくさ》い……投資に縁のあるような人たちには見えなかったし、一目見て危ないと思えるようなチンピラタイプの人間もいた。

「後から考えると、やっぱり詐欺をやっていたのかなって」

「一緒にいる人たちが怪しかった、ということよね。誰か、名前は分かる?」それが判明すれば、五年前の逮捕者と擦り合わせることができる。

「名前は……分からないです」

「どんな人たちだったたか、具体的に説明できますか? 例えば顔とか、体型とか」ルックスが分かれば、写真と照合して……という手もある。

「五年も前なので、はっきりとは……」

結局分かったのは、若い——秋山よりも若そうな男性が二人、少し年上の女性が一人いたということぐらいだった。これだけでは、相手を特定するのは無理だろう。

「当時、警察には話を聴かれましたか？」

「何度も」茜の顔が暗くなる。「秘密にするという話でしたけど、会社にバレるんじゃないかって心配で」

「結局バレなかったんですよね？」

「だから今、ここで働いています」

「でも警察も困ったんじゃない？　あなたは、秋山さんが何をしていたか、全然知らなかったんだから」

本当に何も知らなかったのだろうか。もしかしたら彼女も、秋山の詐欺に加担していたのではないか？　秋山は、どうして家への出入りを許していたのだろう。犯行の発覚につながる恐れもあるのに……あるいは、いずれ本格的にグループに引き入れるために、気長にリクルート作戦を展開していたのかもしれない。特殊詐欺の場合、相手を騙すために電話をかけたり、振り込まれた現金を引き出したりするために、様々な人間が必要なのだ。しかしそうこうしているうちに、グループは摘発されてしまった……。

「今回の件で、警察の別の部署が話を聴きに来るかもしれません」

「そうなんですか？」

「複数の部署が動いているし、情報共有していても、直接話を聴きたがる人もいるから」実際に情報共有するかどうかは分からない。そこは結城の判断になるだろう。「ちなみに、他に秋山さんがつき合っていた人とか、知らない？　友だちとか」

「そうですね……その、最初に会った時のパーティの主催者の人とか？」茜が自信なげに言った。

「同郷の友だち？　幼馴染みって言ってたわよね？」

「ええ、たぶん」

「誰だか分かる？」

「えーと、名前は……」茜がこめかみに指を当て、しかめっ面を作る。「ごめんなさい、思い出せません」

「誰かに確認してもらうことはできる？」

「今すぐは分かりませんけど……何とか」

「思い出したら連絡してくれますか？」

「思い出せるかどうかは分かりません。ごめんなさい」

空振りか……捜査はいつも確実に進むものではない。それは分かっていても、やはり気は急くのだった。

　夕方、ＳＣＵ本部にやって来た宮原が、遠慮がちに提案した。

「ちょっと考えたんだけど、こちらでも詐欺グループの当時のメンバーを叩く手はあるよな」

「そういうのはもう、二課から特捜に情報が入ってるだろう？　特捜でも話を聴く予定だよね」八神が疑義を呈する。

「全員じゃない。例えば、当時メンバーではないかと疑われたけど、立証できなかった人間が何人かいた。そういう人間に関する情報は、特捜には伝わっていないかもしれない」

「連絡先は分かるのか？」

「何人かは」

　八神が由宇に視線を向けた。悪くない線だが、弱いかもしれない——そう指摘すると、宮原が少しむっとした表情を浮かべる。

「でも、話は聴いてみましょう」由宇は話をまとめた。

「いいのか？」宮原の顔が少しだけ明るくなった。

「やってみないと何も分かりませんから。リストを出してもらえますか？」

「もちろん——ちょっとパソコンを貸してくれ」

由宇は、宮原を自分のデスクにつかせた。宮原が、フリーメールを使って、自分宛てに出したメールからファイルをダウンロードする……本当はこれもまずい。正式な捜査資料だったら「データを不正に持ち出した」ことになるのだから。

「大丈夫ですか？」由宇が小声で訊ねた。「それ、二課の資料では……」

「違うよ」宮原が慌てて言った。「これは、当時の俺の個人的な資料だ。それをファイルにしたものだから――正式な捜査資料じゃない」

「――ですね。すみません、余計なこと言いました」

「いや、心配するのは分かるよ――これでよし、と。プリンターは？」

由宇はドア近くに置かれたプリンターへ向かい、吐き出された紙を取り上げた。ワープロ打ちされた原稿で、箇条書きでまとめられている――三人のデータがあった。スタッフ全員分をコピーして配る。結城は昼からずっと席を外しているようなので、必然的に由宇が仕切ることになる。結城がいない時の、いつもの光景だ。結城がいても、作戦立案は由宇に任せてしまうことが多いのだが。

「宮原さん、一人ずつ説明をお願いできますか」

「了解」宮原はペーパーを見もせずに言った。「一人目が村上多佳子《むらかみたかこ》、三十五歳。独身で、確認できている住所は目黒区だ。仕事については分かっていない。当時、事情聴取には漕《こ》ぎ着けたが、本人は完全に容疑を否認して、物的証拠もなかった。二人目が安塚《やすづか》時央《ときお》、二十八歳。住所は相模原《さがみはら》だな。俺が確認した限りでは、今は派遣社員として食品加工会社の工場で働いている。もう一人、尾島隆《おじまたかし》は二十七歳。住所は新宿区。今のところ、働いている形跡はない」

「三人とも逮捕はされたんですね」

「ああ。ただ、三人とも執行猶予判決を受けた。結局黒幕については喋らずに、組織の実態も明らかにならなかった。こういう特殊詐欺の場合、どうしてもグループの全体像は把握できないことが多い」

「それは仕方ないな」綿谷が同情の声を上げる。「マル暴の捜査も同じようなものだ」

「ですね……でも、連中はマル暴よりも性質《たち》が悪いかもしれません」

「アメーバみたいなもので、実態が分からないからな」綿谷がうなずく。

「全員マークするには人手が足りませんから、一人ずつ、徹底マークする作戦で行きましょう」由宇はすぐに方針を決めた。異論は出ない。「狙うとしたら誰ですか？」宮原に話を振る。

「村上多佳子かな。こいつは、当時も落ちそうな感じがあったんだ」

もしかしたら、茜が目撃した人間の一人が村上多佳子かもしれない。一人、秋山より年長の女性がいたという話だったではないか……二十代から三十代の人間を二人見て、どちらが年上か見極めるのは、なかなか難しいのだが。

「だったら、この人を狙いましょう。今晩から監視に入ります」

「二十四時間か？」宮原が心配そうに訊ねる。

「日付が変わるぐらいまででいいと思います」しかしすぐに、監視が甘くて秋山が殺されてしまったのは失敗だった――と引っかかる。「いえ、やっぱり二十四時間にしましょう。ただし、一人での監視にします」

「それは張り込みのルールに反する」八神が反論した。「二人一組が原則だよ」

「反則なのは分かってます。でも、いまの人数だとそれが精一杯ですよ」

「まあ、しょうがないか……この戦力で何とかするには、こういう手も必要だな」八神が折れた。

「だったら、俺が先陣を切るよ」宮原が手を挙げた。

「大丈夫ですか？　明日も朝から普通に仕事があるんですよね？」

「俺の家、村上多佳子の家の近くなんだ。頑張れば歩けるぐらい。だから、今日の夜中までは俺が担当するよ。その後交代して、朝まで見張ってくれればいい」

「じゃあ、二番手は俺がやりましょう」最上が言って、由宇の顔を見た。「車は出していいですよね？」

「もちろん」

「じゃあ、朝からは俺だな」と八神。「俺もそんなに遠くないから、朝七時ぐらいに監視に入るよ。その後は、また交代を考えてくれればいい」

「いいんですか？　家の方は……」

「緊急事態だから、何とかするさ」

「だったら、明日の日中は私が担当します」

「それはちょっと……」綿谷が渋い表情を浮かべる。「今の朝比奈は、普段の半分ぐらいの力しか出てないぞ」

「そんなに駄目ですか」昨夜の富島の一件を思い出す。今考えてみても、どうしてあんな風に突っこんでしまったのか、分からない。力が出ないというより、精神状態が普通でない感じだ。

「怪我の影響、ないとは言わないぞ。判断力はともかく、体力は平時の半分以下だろう。君が張り込みするなら、一人では駄目だ」

「――分かりました」ここで意地を張っても仕方がない。肩の痛みは、薄皮を剝ぐように薄れてきているが、まだとても万全とは言えない。急に走って追跡、などの場面になったら、間違いなく失敗する。予《あらかじ》めリスクを減じておくのは、あらゆる作戦の第一歩だ。「では私は、バックアップで待機します。今夜も、何かあったら私に連絡を入れて下さい」

「――了解」微妙に不安そうな様子を滲《にじ》ませながら宮原が言った。この人も、女性が指揮を執る――しかも自分よりだいぶ年下の人間に指示されることに違和感を抱いているのかもしれない。

「じゃあ、これから早速監視に入りましょう」

「途中で飯を食ってから行くよ」宮原が立ち上がる。

「何かあったら、よろしくお願いします」

「何かあったら――あるといいけどな」秋山の監視を思い出したのか、宮原が暗い声で言った。何も起きない監視は、とにかく体力を削られる。二人いれば、馬鹿話をしたり交代で休憩したりして時間を潰せるのだが、一人の張り込みは本当にきついし見逃しも起きがちだ。こういうことがないようにするためには、ＳＣＵのメンバーをもっと増やさないといけないのだが、それを考えるのは自分の仕事ではない――いや、今後はこういう組織的、行政的なことも経験していかねばならないだろう。警察で上に立つ者は、捜査だけでなく、人事や金にも目を配らなければならないのだ。そういうことが面倒臭く、上に立つだけの能力もあるのに、敢えて昇任試験を目指さず、現場に留《とど》まる刑事もいる。

自分は……警察の全てを経験しておかなくてはならない。

2

自宅へ戻ると、さすがに疲れを感じた。ゆっくりシャワーを浴びて体を温め、ようやく一息つく。鎖骨固定バンドには安心感はあるが、やはり窮屈だ。寝るまでは何も付けずにおこうか……いや、早く治すためには、やはりしっかり固定しておいた方がいいだろう。鏡で確認しながら、苦労してバンドを装着する。いつかは慣れるかもしれないが、慣れる前に痛みに別れを告げたいものだ。

さっさと寝て、明日は少し早めに出ようか、と考える。結城には今回の捜査についてメールで知らせていたとはいえ、直接会って詳しく説明したい。結城は席を外しがちなので、摑まえられる時に摑まえておかないと、報告も難しくなる。

ベッドに入った瞬間、スマートフォンが鳴る。宮原の方で何か動きがあったのか……と緊張して取り上げると、晶だった。

「何だ、柿谷か」相手の声を聞いた途端、ついがっかりした声を出してしまう。

「何だ、はないんじゃない？　フル回転してるって聞いたけど、大丈夫なの？」

「フル回転せざるを得ないのよ。監察にも呼び出されてるし」

「監察か……逃げられそう？」

結城に助けてもらって……今朝の出来事を思い出すと不快になるので、ただ「大丈夫」とだけ言った。

「そっちはどうなってるの？　支援課はちゃんと仕事してる？」

「秋山さんのお兄さんが上京してきて、会った。お父さんはもう亡くなっていて、お母さんは脳梗塞で入院中」

「じゃあ、動ける家族はお兄さんだけなんだ」

「そう。しっかりした人だから助かってるけど、本人は居心地悪いと思う。秋山さんが詐欺事件の関係で疑われていたことは知らなかったみたいだし……長いこと会ってなかったんだって」

「そう言えば秋山、大学進学で上京してから、ほとんど実家にも帰ってないっていう話だったんじゃないかな」

「故郷を出て——というか、見捨てた感じかもしれないね。田舎を嫌う人はいるし」

「お兄さん、何やってる人？」喋っているうちに眠気が消えて、由宇はベッドから抜け出した。電気ケトルに水を満たして電源を入れる。

「実家を継いでる。果樹園だって」

「じゃあ、食べるには困らないでしょうね」山口名産の果物は何だっただろう？　「でも秋山さんは、それが嫌だったのかもしれないわね」

「お兄さんに任せて飛び出しちゃった感じかもね。それで、手っ取り早く金が儲かる詐欺に手を出したとか」

「普通の大学生が、自分で特殊詐欺を企《たくら》むかな」金を引き出す出し子をするぐらいの感じがするが。実際、摘発された詐欺グループの多くで、金に困った若者がバイト感覚で犯行に加わっていたことが分かっている。

「誰か指南役がいて、その人の下で働きながら手口を学んで……みたいな？」自信なげに晶が言った。「本人が死んでいるから、そういう事情はもう分からないと思うけど」

「こういうケース、支援課では過去にあった？　すごく複雑じゃない？」

「そうだね」晶が認める。「被害者が限りなく黒に近いグレーの人間……あるいはもろに犯罪者っていうことはあったと思うけど、こういう微妙なケースは初めてかも。少なくとも私は経験したことがない」

「秋山のお兄さん、いつまでこっちにいるの？」

「今日解剖が終わって、明日こっちで火葬の予定……それで遺骨を田舎に持ち帰ると思う」

「分かった。何かあったら教えて」

「ちょっと」晶が抗議する。「ＳＣＵはこの件、捜査してるわけ？　特捜と協力してるの？」

口が滑った、と由宇は後悔した。今は勝手に動いているだけなのだから、気をつけないと。晶を信用していないわけではないが、彼女の口から、特捜にこの情報が漏れないとも限らない。

「それは捜査の秘密です」由宇は澄まして言った。

「それはいいけど――私が口を出せることじゃないけど、朝比奈の体を心配してるんだよ」

「私は平気だから」

「無理してない？」

「普通に動いているから……でも、ありがとう」

「何が」

「心配してくれて」

「そういう風に言われると、照れるんだけど」晶が困ったように言った。

「照れない、照れない。持つべきものは友だちだよ」

「そのうち、朝比奈には敬語で話さないといけなくなるかもしれないけど……せめて夜ぐらい、ゆっくり寝なよ」

「分かった」電話をかけてきて睡眠を妨害したのは晶の方なのだが。

電話を切り、ミントティーを用意してゆっくり飲む。少し刺激があるので、寝る前には向かないのだが、安眠を誘うカモミールティーは切れていた。
敬語で話しかけられる――そんな日が来るかどうか、今は自信がない。

翌日家を出る直前、最上からメッセージが入った。

夜間、異状なし。今八神さんと交代。

由宇はすぐに「お疲れ様」と返信して家を出た。朝食は抜いてしまう……肩が自由に動かないせいもあって、最近は簡単な料理を作るのも避けている。朝はトースト一枚に野菜ジュースという簡略版――今朝はそれすら面倒で、SCUの近くまで行って朝食を摂るつもりだった。新橋には、安く手早く食事できる店がいくらでもある。
先日、結城に異動の話を聞いた喫茶店に入る――今朝も結城がいた。向こうはこちらに気づいていないので、知らんぷりして離れた席に座ってもよかったのだが、それはさすがに失礼だろう。どうせ朝イチで報告をしようと思っていたから、ちょうどいい。
「おはようございます」
「ああ」結城が顔を上げる。食べようと思っていたモーニングセットが目の前にある――シンプルかつ定番っぽいようだ。分厚いトーストにゆで卵、それに刻みキャベツのサラダ。

「ここ、いいですか?」

「どうぞ」

向かいに腰を下ろした瞬間、店員がやって来る。由宇はモーニングセットを紅茶で頼んだ。

「昨夜報告した件ですが……」

「ああ」結城がトーストにイチゴジャムを塗りながらうなずく。

「昨夜は何も動きはありませんでした。最上君が今朝、八神さんと交代しています。八神さんは昼まで——それ以降の予定は未定です」

「分かった」

「昨日の監察の件は——」

「時間を無駄にしなくてよかった」結城がちらりと由宇の顔を見た。「あいつら、しつこいからな」

「キャップが目をつけられることはないんですか」

「誰も総監には逆らえない」

「……総監と直接面識があるんですか?」

「報告をすることはある」

結城がトーストに齧りつき、会話を拒否するようにゆっくりと咀嚼《そしやく》する。由宇のモーニングセットも運ばれてきた。ゆで卵……剝くのが急に面倒臭くなったので、後回しにする。トーストにはジャムをつけず、そのまま齧った。そう言えば、サラダがない。

「キャップ、このモーニング、サラダがありますよね」

「いや」

「でも、キャップは――」

「常連になれば、黙っていてもついてくる。食べたかったら頼めばいい」

それも面倒臭く、結局サラダは抜きでトーストを食べ続けた。結城は、この店の常連なのだろうか？　毎日同じ時間に来てモーニングを食べている？　そういう習慣のある勤め人もいるだろうが、何かチグハグな感じがした。自分でお菓子を作るぐらいだから、当然料理もすると思っていたのに。いや、そもそも独身なのだろうか？　結婚しているかどうかぐらいは調べれば分かるのだが、知るのが怖くもあった。何だか厄介そうな人、という初対面での印象は今も変わっていない。

「こちらで、秋山関係の情報が何か分かったら、どうしますか？　特捜に流しますか？」

「もちろん。隠す必要はない。事件の解決が最優先だ」

「分かりました。では、何か分かり次第報告します」

「頼む」トーストを食べ終えた結城が、残ったサラダを一口で片づけた。コーヒーを飲み干すと、すぐに立ち上がる。「先に行っている。ゆっくり来てくれ」

「定時までには行きます」

何だか同席を嫌がっているみたいだ。確かに、由宇の方でも息苦しさを感じていたが……一人になってホッとして、余裕を持って朝食を摂った。紅茶についてきたのはコーヒーフレッシュではなく本物のミルク。それだけでこの店の評価が高くなる。由宇は、コーヒーフレッシュを入れた紅茶がどうにも苦手なのだ。

さて……定時には少し早いが、一日を始めよう。今日という日を、どんな風に動かしていこうか。

昼前、綿谷が監視を交代した。夕方までで、夜はまた宮原が担当することになる。そうなると、深夜の担当がいなくなる……最上を二日続きで徹夜させるわけにはいかないし、八神は朝から昼まで担当していた。本当は由宇自身が昼間を担当して、徹夜の番を綿谷に任せたいところだが、それを申し出るとその場にいた全員が「ノー」を突きつけた。怪我人は当てにしないということだ。となると現在、監視に使える人員は四人。これでは絶対に、長時間の継続は無理だ。

頭が痛いところだ。頭の中で何度も時間と名前を書いては消し、どうにかやりくりしようとしてみたが、まったく上手く行かない。最終的には結城が「夜間だけ人を借りてくる」と言い出した。

「そんなこと、できるんですか？」

「信頼できる人間が何人かいる」結城は平然としていた。「数日なら、何とかなる。その後のことはその後で考えよう」

仕方なく、由宇は結城の提案を受け入れた。まったく情けない……人の配置など、リーダーの仕事の基礎のはずなのに。

午後二時過ぎ、綿谷から電話が入った。

「動き出した」

「どちらへ向かっていますか？」

「都立大の駅方面だ。このまま尾行を続ける」

「私も行きます」二人になれば、自分も少しは役に立てるはずだ。「行き先を逐一教えて下さい」

一瞬間が空いた。綿谷が躊躇《ちゅうちょ》しているのは明らかだったので、由宇はすぐにプッシュした。

「取り敢えず渋谷駅方面へ向かいます。連絡、詳細にお願いします」

返事を待たずに電話を切った。綿谷は呆れているだろうが、自分だけ取り残されるわけにはいかない。

由宇はJR新橋駅へ向かった。村上多佳子が都立大から電車に乗るとすれば、行き先は渋谷……とまず考えたが、そうとは限らない。東急の路線は、東京の南西部から神奈川県にかけて網の目のように広がっているから、どこへ行くかはまったく分からないのだ。横浜方面へ行かれたら、後から行く自分はかなり遅れてしまう。車で行くべきだったか、と一瞬考えたが、徒歩と公共交通機関で動き回っている人間を車で追尾するのは無理がある。

新橋駅から山手線に乗った途端にスマートフォンが鳴る。綿谷からのメッセージ……多佳子はやはり渋谷方面へ向かったらしい。取り敢えず彼女に近づいてはいるのでほっとしたものの、その先、どこまで行くかは分からない。

山手線が渋谷に着く前に、また綿谷からのメッセージが入る。渋谷駅で降りて山手線で新宿方面へ移動中——自分は確実に多佳子を追いかけている、と少しだけ安心した。

数分後、新しいメッセージが入る。多佳子は原宿駅で降りて、徒歩で移動を始めた。新しいメッセージは届かない。せめてどちら方面へ歩き出したのかぐらい、伝えてくれてもいいのに。動きようがなく、由宇は取り敢えず東口を出たところで待機する羽目になった。こちらの動きを教えておくか……「原宿駅東口で待機中」と送信しようとした瞬間、ようやくメッセージが届く。表参道《おもてさんどう》のコーヒーショップに落ち着いた——表参道と聞いて一瞬混乱したが、これは東京メトロの駅ではなく、原宿駅の目の前を通る明治神宮の参道のことだとすぐに気づいた。

数分歩いて、綿谷が教えてくれたコーヒーショップに到着した。チェーン店だが、小洒落たカフェではなく、昔風の喫茶店をイメージさせる店。店の前に綿谷の姿はない。店内に入って監視しているとしたら、かなり大胆な行動だ。多佳子が警察の動きを意識しているかどうか……由宇は店の外から綿谷にメッセージを送った。

到着しました。

すぐに「中に入ってくれ」と返信がくる。二人揃って監視していて大丈夫なのかと心配になったが、実際に中にいる綿谷が問題ないと判断したのだから、大丈夫だろう。いかにも昭和の時代の喫茶店という感じで、店内は落ち着いた雰囲気だった。テーブルは赤だが、深みのある色合いで、浮わついた感じはない。壁板には何枚も絵がかかっている。テーブルはほぼ埋まっており、客の平均年齢も高そうだ。

綿谷はすぐに見つかった。スマートフォンを見ている――振りをして、視線は別の方を向いているのは明らかだった。

由宇は彼の向かいに腰を下ろした。三つ離れた席に多佳子が座っているのが見える。

一人――単にここまでお茶を飲みに来たとは思えず、誰かと待ち合わせているのは間違いない。由宇が座ってから五分で、腕時計を三回も見た。相手は待ち合わせの時間に遅れているのだろう。ちらちらと観察した限り、三十五歳という実年齢よりもずっと年上に見えた。髪は後ろで一つに縛り、表情はきつい。薄い唇、細い目が、冷たい印象を与えた。化粧っ気はほとんどない。

「今年は忘年会、やれるかね」綿谷が呑気《のんき》な口調で言った。怪しまれないための演技――しかし何も、忘年会の話題を出さなくても。

「本部から、何か通達は来てるんですか？　コロナ禍でずっと、夜の活動は禁止でしたよね」

「今年は解禁でもいいと思うけど、どうなるかねえ」

「どうでしょうね」

呑気な会話が途切れ、綿谷が緊張した様子を見せる。由宇は、自分の背後を人が通り過ぎるのを感じた。綿谷の視線がゆっくりと右の方――多佳子が座っている方へ動いて、ほどなく止まった。そのまま視線を戻して、テーブルに置いてあったスマートフォンを取り上げる。すぐに、由宇のスマートフォンがメッセージの着信音を立てた。

誰か来た。安塚かもしれない。

由宇は少し間を置いた。急な動きは相手を警戒させる。店員がコーヒーを運んできたのがいいタイミングになった。右側から持ってきたので、カップを置くのに邪魔にならないよう、少し身をずらす――演技をする。そのタイミングで、素早く多佳子の席を見た。

ターゲットの写真は、宮原が用意してくれていた。多佳子に関しては、どこかで盗撮したもので不鮮明だったが、安塚時央に関しては免許証の写真がある。実物は免許証の写真よりも髪がずいぶん長く伸びていたが、顔立ちはそのままである。小さな鼻、小さな唇、わずかに髭が生えた細い顎。非常に印象の薄い顔で、監視では苦労しそうだ。

二人は、ごく自然な様子で話している。昔からの知り合いという感じ……深刻でもなく、話題が弾んでいるわけでもなく、淡々と世間話をしている様子である。しかしテーブル二つを間に挟んでいるので、当然内容はまったく聞こえない。

「何度も会ってる雰囲気ですね」由宇は小声で言った。

「五年前から知り合いで、今もつながってる感じがするな」綿谷が同意した。

「ずっとここにいるわけじゃないと思いますけど、どうしますか？」

「そうだな……」綿谷が顎を撫でる。

この後二人がどこへ行くか……二手に分かれて尾行という手もあるが、由宇は別の方法を選択することにした。

「二人が一緒にいる限りは監視を続けますけど、分かれたら村上多佳子に集中、でどうでしょう」由宇は提案した。「今はあくまで一人に絞るということで」

「分かった」綿谷が同意する。

「ただし、何か別の動きがあったら――例えばもう一人が合流するとかしたら、その時はその時で考えましょう」

「一応、全員に情報共有しておく」

綿谷がスマートフォンでメッセージを打ちこみ始めた。綿谷がフリック入力ではなく、パソコンなどで一般的なQWERTY入力でスマートフォンを使っていることは由宇も知っている。スマートフォンではフリック入力の方が絶対的に速いと思うのだが、綿谷のQWERTY入力のスピードは、普通の人のフリック入力速度をはるかに上回る。武道の達人というだけでなく、将棋がアマ三段……頭の回転が速く、先読みができる人なのは間違いないが、手先の器用さと関係あるのだろうか。

当然、由宇のスマートフォンにも着信はあったが、無視する。内容は分かっているのだから――コーヒーをブラックのまま一口飲んだ。なかなか美味しいコーヒーだったが、味を楽しむ状況ではない。

そのまま三十分。時々様子を窺ったり、トイレに行くついでに角度を変えて確認したりしたが、特に変わった様子はない。商談しているような感じでもあったが、二人のテーブルには資料の類は一切なかった。安塚は今日、仕事は休みなのだろうか。食品加工会社の工場で派遣で働いているということだが、ローテーションの関係で平日にも休みがあるのか……あるいは、勤務先の情報はアップデートされていないのかもしれない。

由宇は宮原にもメッセージを送った。多佳子と安塚が会っていることを伝え、安塚の現在の仕事について再確認してもらうように頼む。捜査二課の電話番をしていて部屋に縛りつけられているはずだが、彼ぐらいのベテランなら、電話やメールだけでも情報を取れるだろう。

すぐに「チェックする」と返信がきた。それだけ彼も、この調査に集中しているのだろう。

綿谷が伝票を持って立ち上がった。何をしようとしているかは分かる。相手がどんな動きをしてもすぐに対応できるよう、会計を先に済ませておくのは張り込みの基本だ。そして綿谷が戻ってきた瞬間、多佳子と安塚が互いに財布を取り出す。割り勘か……伝票を確かめながら金を出し合っている。由宇は「外で待機します」と言って席を立った。綿谷はうなずきもせず、自分のバッグの中をチェックする振りをしている。

店を出て、少し離れたところに立つ。この後の二人の動きはどうなるか……すぐに別れる可能性もあるし、連れ立ってどこかへ行くかもしれない。とにかく様子を見て、臨機応変に行くだけだ。

すぐに二人が一緒に出てきて、歩き始めた。後から出てきた綿谷が先に立って尾行を始める。由宇はさらにその後ろについた。二人は原宿駅方面へ戻っていく。しかし一緒に改札に入ると、別々のホームへ分かれた。安塚は新宿方面へ、多佳子は渋谷方面へ――綿谷は打ち合わせ通り、多佳子を追っている。由宇もそれに合流した。

午後のこの時間でも、山手線の車内は混み合っている。由宇は綿谷にあまり接近しないように気をつけた。先ほどの喫茶店でもずっと一緒にいたし、多佳子がこちらに気づいている可能性もある。それに、一人より二人の方が何かと目立つものなのだ。

自宅へ戻るなら渋谷で乗り換え――しかし多佳子は渋谷駅をスルーした。どこまで行くつもりかと思ったら、次の恵比寿《えびす》で降り、ガーデンプレイスに向かうスカイウォークに足を踏み入れた。動く歩道は、エスカレーターと同じように左側に立ち、急ぐ人は右側から追い抜くのが暗黙のルールになっている。多佳子はずっと右側を歩いていた。急いでいる――何度も左手を上に上げて腕時計を見ていたから、約束の時間に遅れているのかもしれない。

恵比寿スカイウォークの終点の目の前は、交差点。そこを渡った先が、ガーデンプレイスだ。多佳子はそちらへ行かず、左方向へ……そちらは小さな公園になっている。地面がレンガ敷きだが、緑は多い。この辺で働く人たちの憩いの場になっているのだろう。

公園に入る時に、その名前が「アメリカ橋公園」だと知った。

先行していた綿谷が、街区案内図のところで待っていた。

「二手に分かれましょう。私が接近しますから、綿谷さんはここで待機して下さい」

「了解」綿谷はずっと、多佳子に近いところで監視していたから、今度は少し引いて由宇が前に出るのが、怪しまれないための効果的な作戦だ。

多佳子は公園の奥の方へ進んでいく。植え込みを囲む低いブロック塀に腰かけている若者が数人……かなり汚れているし、本来ベンチではないから、由宇だったら座る気にならない。多佳子も同じようで、「ハトにエサをあげないで!!」という赤い看板の前に立ち、また腕時計を見た。自分はギリギリの時間で約束に間に合ったのに、相手は来ていない——ちらりと見ると、露骨に怒りの表情を浮かべていた。時間にはうるさいタイプかもしれない。

綿谷の方を見ると、公園の出入り口にある自販機で何か飲み物を買っている。先ほどコーヒーを飲んだばかりなのだが、ああいう行為が、怪しまれないための演技になるのだ。由宇自身は多佳子から十分距離を取り、斜め後ろから観察するようにした。二方向から見ていれば、まず見逃すことはない。

ほどなく、多佳子が小さなバッグからスマートフォンを取り出した。どこかから着信——一言二言話して、すぐに動き出した。急いで後を追うと、ガーデンプレイスとは反対の方向へ歩いてゆき、階段を降りて公園を出た。その先は細い一方通行の道路……一台の車が停まっている。

まずい。誰かが車で迎えに来ていたら、この尾行はここで終了だ。

悪い予感は当たるもので、多佳子は小走りに車に近づいて、一瞬中を覗きこんだ後でドアを開け、助手席に滑りこんだ。車はそのまま発進し、あっという間に走り去っていく。この先は——くすのき通りに合流するはずだ。走って追いかけることも考えたが、絶対に追いつけないだろう。由宇は車種と車のナンバーを頭に叩きこんだ。本当は写真も撮影しておきたかったが、カメラの起動が間に合わない。

「やられたな」綿谷がやって来た。さほど悔しそうな様子でもない。

「ナンバーは控えました」

「照合しよう。何人乗ってた？」

「一人——男でしたけど、顔ははっきり見えませんでした」

「それはしょうがないな」

由宇はＳＣＵに連絡して、待機していた八神にナンバー——横浜ナンバーだった——の照合を頼んだ。車種は赤のトヨタ・ＲＡＶ４。これだけでは、どんな人間が乗っているかは分からない。

「若い奴だったか？」通話を終えた由宇に綿谷が訊ねる。

「何とも言えません」

「尾島隆の可能性は？」

「あるともないとも……」情けない。角度が悪くて車内の様子はよく見えなかったのだが、何とかすべきだった。しかし慌てて動き出したら、多佳子、あるいは車に乗っていた人間が異変に気づいた可能性もある。多佳子はだいぶ用心していた様子だったし。

「若向けの車……というわけじゃないな」綿谷が言った。「昔は、年齢によって乗る車が決まってたんだけど、今はそういう感じじゃない」

「いつかはクラウンっていうやつですか」その言葉は由宇も聞いたことがあったが、意味がよく分からない。

「新入社員はスターレット、係長はカローラ、課長がコロナで部長になったらクラウン、みたいな……自動車メーカーの戦略で、年齢と肩書が上がるに連れて車のグレードも価格もステップアップしていくってわけだ。でも今は、車を持つことにも意味がなくなってきた」

「ですね。取り敢えず、村上多佳子の家に戻りませんか？　戻ったことを確認しないと、今後の監視ができません」

「そうだな。しかし、今のは痛かった」

わざわざ言わなくても、痛いのは分かっている——こんなことでカリカリするようでは、まったく余裕がないな、と情けなくなった。

3

綿谷と由宇が夕方まで自宅前で張り込みを続け、その後は宮原に交代したのだが、その時点で村上多佳子はまだ帰宅していなかった。

「帰ってこない予感がするな」宮原が暗い声で言った。

「そうですね……気づかれた可能性もあります」

「村上多佳子っていうのも、鼻が利く感じなんだ。五年前も、かなり手こずらされたよ。危なくなると上手くすり抜ける」

「当時は何をしていたんですか？」

「五年前は、契約社員だった。その合間に詐欺をやってたんじゃないかと思ったんだけどな」宮原は悔しそうだった。詐欺グループを——リーダーも含めて一網打尽にできなかったことを、今でも後悔しているに違いない。その執念は、他の二課の刑事にはなかったのだろう。こういうことはよくあるのだが……全ての犯罪において、常に全体像が把握できるわけではない。グループによる犯行では、全員を逮捕できるとは限らないし、被害額を全て把握できる保証もない。立件できる分だけしっかり固めるのが捜査の常道であり、裁判で有罪を勝ち取れれば、捜査としては「勝ち」と考える警察官が多い。捜査を進める中で、どうしてもピースがはまらない穴が見つかることもある。しかし公判維持に影響がない限りは、検察もそこの捜査を細かく指示はしないものだ。

「私、残ります」由宇は二人に申し出た。

「責任を感じてるかもしれないけど、そんなことをする必要はないぜ」綿谷がやんわりと言った。

「そういうわけじゃないです」由宇はあくまで強がった。「状況が変わってきたから、監視を厚くする必要があると言ってるだけです」

「怪我、大丈夫なのかよ」綿谷は不満そうだった。

「駄目だったら、ちゃんと言ってます。とにかく、相手は車で動き回る可能性もあるんですから、何人かいた方がいいでしょう」

「だけど、俺もあまり賛成できないな」宮原が遠慮がちに言った。「怪我人をそんなに動かせないよ。何かあったらどうする？」

「動けるレベルの怪我ですよ」

「それで何かあったら、ＳＣＵのキャップが責任を取らないといけないだろう。そういう心配を与えるのはどうなのかね」

由宇はグッと唇を噛んだ。宮原の言っていることはまさに正論である。ここで自分が倒れても、結城なら様々な手を使って責任回避できるはずだ。ただし、そんなことで時間を潰させてしまうのが申し訳ない。

「——宮原さん、ご飯、食べました?」

「まだだけど」宮原が怪訝そうな表情を浮かべる。

「ご飯、食べてきて下さい。それまで私が監視しています。それぐらいならいいでしょう」

「まあ……飯は食わないとな」宮原が渋々同意した。

「じゃあ、朝比奈はその後で交代して引き上げろよ」綿谷が釘を刺した。「このまま徹夜なんて勘弁してくれよな」

「徹夜にならないように、手は考えてあります」

実は昼間のうちに、八神が気を利かせて動いてくれていたのだ。マンションの管理人と交渉し、出入り口にある防犯カメラの映像を毎朝チェックさせてもらえることになったのだ。それなら、夜中に多佳子が出入りしても確認できる。それが分かって、他から人を借りてきて徹夜の張り込みをするという当初の計画を結城は撤回した。

由宇は一人での監視に入った。こういう時は、とにかく建物の出入り口に意識を集中しないといけないのだが、今夜はどうしても先ほどの車に意識が向かってしまう。八神がナンバーを照会して、所有者を割り出してくれたものの、宮原のリストにはない人間……朝岡琢磨《あさおかたくま》という人物だった。免許証から住所を割り出し、八神が実際に家まで行ってくれたのだが、不在だった。そちらも監視対象にしなければならないとなると、とても人手が足りない。

夕方なので、人の出入りは多い。しかし多佳子はまったく姿を見せなかった。本当にこのまま消えてしまうのでは……と心配になる。

七時過ぎ、宮原が一人で戻ってきた。合流すると、せっかちな口調でそそくさと「お疲れ」と言って、由宇を帰そうとする。

「ずいぶん早かったですね」先ほど一時離脱してから、二十分ほどしか経っていない。

「刑事の友、牛丼だよ」確かにそれなら、五分で済むだろう。

「もっとゆっくりでもよかったんですよ。何となくですけど、帰ってこない気がします」

「それは俺も同感なんだけど……」

その時、目の前に一台の車が停まった。ＳＣＵのランドクルーザー。運転席にいるのは最上だった。ウィンドウが下がり「お疲れです」と声をかけてくる。

「最上君、今夜の監視は担当じゃないでしょう」

「もう十分休みましたよ。それに、車があった方が便利でしょう。そこのコインパーキングに停めてきますね」

片側一車線の狭い道路なので、ランドクルーザーの巨体を路上駐車していると、他の車の邪魔になる。幸いなことにコインパーキングは、道路の向こう側、マンションを正面から監視できる位置にあった。

「彼は昨夜、徹夜じゃないか」宮原が非難するように言った。「SCUの勤務体制、滅茶苦茶だぞ」

「普段はこういうことはないです。最上君は若いしタフだから、二日連続夜の張り込みでも大丈夫ですよ」

「結城さん、勤務ダイヤをつけるの、大変じゃないかな」

「大変かもしれませんけど、それがキャップの仕事ですから」

「君は厳しいねえ」

「それぞれの役目がある、と言いたいだけですよ」

ランドクルーザーが無事に駐車場に入ったのを確認して、二人はそちらへ移動した。コインパーキングは狭く、よくランドクルーザーの巨体をぴたりと停められたものだと感心する。自分だったら何回も切り返しして、結局諦めてしまうかもしれない。

最上と宮原が前の座席に、由宇は後ろに陣取る。車内は暖房が効いていて、急激に体が緩むのを感じた。今年は十一月になってから、にわかに寒さが厳しくなってきた感じがする。最近の日本は、春と秋が短く、「四季」というより夏と冬しか季節がないようなのだが。これが温暖化、ということだろうか。

「ＲＡＶ４の持ち主、何者か分かった？」由宇は身を乗り出して訊ねた。

「それはまだ分からないです。調査が必要ですね」

「少なくとも、こっちの網にかかっていない人間なんだ」宮原が悔しそうに言った。

「結局、あの詐欺グループの実態は全然分かっていないということだよ」

「でも、詐欺グループかどうかは分かりませんよ。ただの知り合いかもしれません。恋人とか」

「安塚と会った後だからな……やっぱり関係しているとしか思えない」

「秋山は死んでいるじゃないですか。仮に何か新しいことを始めようとしていたとしても、リーダーがいなくなったら身動き取れませんよね？　それとも、秋山以外に参謀役みたいな人間はいたんですか？」

「基本は兵隊ばかりだ。でも、新たに加わった人間がいるかもしれない。俺たちはこの五年間、秋山の動きを完全に監視していたわけじゃないから、詳細は分からない」

「まだ全てが謎、という感じですよね」

　会話が途切れがちになる。次第に人の動きも少なくなり、時間の流れが遅く感じられるようになった。こうなると、張り込みは苦痛でしかない。

　結局由宇は、終電近くまで粘ってしまった。最上がランドクルーザーで送ってくれるというので、それに甘えることにする。宮原は近くにある自宅へ歩いて帰るということだった。

「お疲れ様でした……でも宮原さん、こんなところに住んでるのってすごいですよね」

地方出身の警察官は、都内ではなく千葉や茨城に家を買うことが多い。価格を考えれば、どうしても少し遠くに、ということになるわけだが――宮原は確か、長野出身のはずである。

「いや、うちは二世帯住宅で」

「実家じゃないですよね？」

「嫁さんの実家。俺、婿養子でさ。今の苗字《みようじ》は、本当は長谷川《はせがわ》なんだ。でも、仕事では元の名前を使っている方が何かと便利だから」

「婿養子ですか……思い切りましたね」

「義理の親父《おやじ》さんが、元上司なんだ。最初に勤務した交番のハコ長」

「上司に気に入られて、娘と結婚してくれって頼まれた感じですか？」

「まあ、それはいろいろあったんだけど」どうも説明しにくいようだった。散々あちこちで聞かれて、話すのが面倒になっているだけかもしれないが。

「何か、大変そうですね」

「親父さんはいい人なんだけど、豪快過ぎてね。もう退職してるから、大人しいジジイになってもいいのに、今も週三回ジムに通ってガンガン鍛えてる。俺より元気なぐらいなんだ」

「警察官は、退職すると急に元気をなくすって言いますけどね」

「例外もいるのさ。しかも、俺の子どもが入ってる少年野球チームのコーチもやってる。ちゃんとノックをやるには、自分も体を鍛えないといけないっていう理屈なんだ」宮原が溜息をついた。

二世帯住宅とはいえ、義理の両親との同居は息が詰まるものだろう。とはいえ、あまり同情するのも筋が違うような気がする。この話題を打ち切って、由宇は宮原を送り出した。すぐに最上が車を発進させる。

「無理してないですか」

「それ、いろんな人から散々聞かれて飽きてる」

「でも、骨折ですよ。心配するのが普通でしょう」

「最上君、人の心配するより、自分のことを心配したら？　彼女との関係、どうなってるの？」

「……振られました」冴《さ》えない声で最上が答える。最上は自分の女性関係をあけすけに話すタイプなのだが、どうも毎回、交際は長続きしないようだ。「何か、問題あるのかなって思っちゃいますよ」

「仕事の関係じゃない？　不規則になることもあるでしょう」

「それは否定できないんですよね」

「今の――最新の彼女、普通に働いてる人だったよね」

「勤め先は中央区役所で、勤務時間はきっちり決まっていて休みも取れますからね。こっちはそうはいかない――何回か約束を守れなかったら、そっぽを向かれました。厳しいんだよなあ」

「まあ……でも、そういう中でも皆つき合って結婚してるんだから」

自分が言っても説得力がないな、と思った。異性関係においては、このところの由宇は砂漠のようなものである。このまま真のリーダーになるために、結婚は諦める時期が迫っているのかもしれない。

女性警察官の人生設計は難しい。「女性」と限定して問題になるのは、それこそ男女格差がある証《あかし》なのだが。

その後は会話も少なく、家に着いてしまった。最上はこのままランドクルーザーを運転して家に帰り、明日、これに乗って出勤するわけだ。朝の出勤時間帯の渋滞に巨大なランドクルーザーを運転するのはなかなかのストレスだろう。面倒をかけたな、と申し訳なく思った。

久々に遅くまで仕事をしたせいか、気持ちが昂《たかぶ》ってなかなか眠れなかった。そうでなくても、肩の痛みで、ずっと眠りは浅いのに……翌朝目を覚ました時には、体の芯に重い疲れが残り、寝不足を自覚した。それでも何とか気持ちを奮い起こしてシャワーを浴び、最近の定番——トーストに野菜ジュースの軽い朝食を摂って、早めにSCUに入る。

今日は朝から八神が監視に当たっていて、既に「動きなし」の一報が入ってきている。その直後に、またメールが届いた。村上多佳子のマンションで確保した防犯カメラの映像が添付されている。由宇は疲れた目を瞬《しばた》かせながら、添付されていた映像のチェックを始めた。夜間——午前零時から今日の朝八時までの映像なので、ほとんど動きがない。早送りして、人の出入りがあった時だけ通常スピードで確認したが、結局多佳子の姿はなかった。朝六時を過ぎると人の出入りが出てきたが、やはり多佳子は見当たらなかった。結局昨夜は家に帰っていない、と結論を出さざるを得なかった。その結果を八神に報告する。

「もう少し張ってみるよ」八神の声には疲れが感じられる。「これから帰って来るかもしれないし」

「では、午前中だけでも。これから、安塚時央の方をチェックします」

「そっちは任せてもいい？」

「もちろんです」

念のために、最上をバックアップ要員としてSCUに残し、由宇は綿谷と一緒に出かけた。自宅ではなく、安塚の勤務先へ。彼が勤める食品加工会社の工場は、小田急線鶴川駅から歩いて十分ほどのところにあった。

工場の総務担当者に面会を求め、安塚のことを聴くと、いきなり渋い表情になった。

「実は、昨日から無断欠勤しているんです」

つまり昨日は、仕事をサボって多佳子と会っていたわけだ。無断欠勤してまで会わなければならない用事とは何だったのか……昨日見た限りでは、それほど焦った様子もなく、話し合いも深刻な感じではなかったが。

「今日も、ということですか」由宇は突っこんだ。

「ええ。今、工場は二交代制で回していて、彼は早番なんですが」

「早番は何時からですか」

「午前八時から午後四時までです」

「派遣ですよね？　派遣会社の方には……」

「連絡しました。休むのはしょうがないけど、無断欠勤は困りますからね。調べてくれるという話でしたけど——ちょっと待って下さい」担当者が、制服の胸ポケットからスマートフォンを引っ張り出した。由宇たちに黙礼して立ち上がり、背中を向ける。「はい、はい、お世話になります……そうですか。連絡が取れないということですね？　分かりました。ええ、明日の様子を見てまたご連絡します。はい」

電話を切って、首を傾げながらソファに腰を下ろす。

「連絡が取れないんですね？」由宇は確認した。

「そのようです」

「そちらでも連絡しているんですか？」

「ええ。ただ、最終的には派遣会社の方で責任を持って連絡してもらうことになっています」

「そうですか……もしも安塚さんが出勤するか、連絡してきたら、教えてもらえますか」

「構いませんけど、何かあったんですか」

「参考までに話を聴きたいので、捜しているだけです」由宇は話を小さくまとめようとした。

「何か事件なんですか」担当者が眉間に皺を寄せながらしつこく訊ねる。

「警察の仕事には秘密が多いので、申し上げられないんです。すみません」由宇は頭を下げた。

工場を出て、駅へ引き返す。綿谷がすぐに、「怪しいな」とつぶやいた。

「そうですね。五年前の事件の関係者が二人も所在不明です。何かあったと考えるべきだと思います」

「取り敢えず家を確認してみるか。家と仕事場以外に出没しそうな場所は……現段階では分からないな」

「それは後で調べるしかないですね。行きましょう」

安塚の自宅の最寄駅は、小田急線で三駅離れた相模大野《さがみおおの》だった。駅の南口を出てロータリーを抜け、駅前商店街を歩き出す。今日は暖かい一日になりそう……最高気温は二十度を超える予報だった。由宇は途中でコートを脱ぎ、ジャケット姿で歩き続けた。

相模大野駅は、小田急小田原線と江ノ島《えのしま》線の分岐点になる大きな駅で、駅前も賑わっているのだが、十分ほど歩くと一戸建ての家が建ち並ぶ静かな住宅街になった。その中の、二階建ての小さなアパート……いかにも学生や独身の勤め人が住みそうな建物だった。

「どうする？　ノックするか？」

「そうですね」

「出てきたらどうする？」

「昨日のことを聴きます。あるいは、返事があったら逃げて、立て直してからもう一度来てもいいですね」

「こんな時間に、そういう悪戯《いたずら》をする子どももいないと思うけどな」

「そもそも今時、そういう悪戯は流行《はや》りませんよ」

郵便受けで部屋番号を確認する。二〇一号室——外階段を上がって部屋の前に立ち、インタフォンを鳴らす。返事はない。少し待ってもう一度インタフォンのボタンを押したが、室内で呼び出し音が鳴る音がかすかに聞こえてくるだけだった。

「いないみたいですね」由宇は振り返って綿谷に告げた。

「二人が所在不明か……どう考える？」

「今のところは何とも言えません」肩をすくめようとして、痛みにたじろいでしまう。

「無理するなよ」綿谷は敏感に気づいた。

「傷のことも忘れてしまうんです」そうこうしているうちに、本当に痛みがなくなればいいのだが。

しかし、どうしたものか。このまま張り込むこともできるが、ずっと続けるわけにはいかないだろう。また中途半端な張り込みになるぐらいなら、別の方向で捜査を進めるべきだ。

「飯でも食べるか？」綿谷が腕時計を見る。間もなく十二時だ。

「そうですねえ……」何も分からない空振り状態のまま、呑気に昼食を摂るのは気が進まない。こんなことで自分に罰を与えても仕方がないのだが。

その時、隣の部屋のドアが開き、住人が顔を出した。二十歳ぐらいの男で、いかにも寝起きという感じ。ジャージの上下という格好で、目は半分閉じており、髪はボサボサだった。由宇が一歩下がると、男がまじまじと顔を見てきた。

「もしかしたら、安塚さんを訪ねてきたんですか？」

「ええ。安塚さんをご存じですか？」

「知ってますよ。隣ですから」

東京のマンションでは、隣にどんな人が住んでいるか知らないのも普通だが、こういう小さなアパートでは住人同士が顔見知りになるものかもしれない。

「捜しているんですけど……」

「何で？」男が乱暴な口調で聞いた。

一瞬迷った末、由宇はバッジを示して「警察です」と名乗った。これは失敗かもしれない……安塚とこの隣人がどんな関係かは分からないが、自分たちが訪ねてきたことを安塚が知るのは、好ましいことではない。最後にきっちり釘を刺して、情報漏れを防ごう。

「警察が、何で？」

「ちょっと参考までに話を聴きたいことがあるんです」

「ああー、いないかな。いないっていうのは、しばらく帰ってこないって意味で」

「そうなんですか？」

「猫を預かってます」

「猫？」

男が慌てた様子で周囲を見回した。たぶんペット飼育禁止のアパートなのだろうと見当がつく。

「安塚さんの猫」

「しばらく家に帰れないから面倒を見てくれ、ということですね？」

「そういうこと」

「どれぐらい？」

「それは分からないけど……昨日から」

「あなたも猫好きなんですか？」

「そう」男の表情がわずかに緩む。「猫好き同士でね……猫を見ながら酒を呑んでると癒される」

そんなものだろうか？　猫を肴《さかな》に酒というのは、由宇の感覚では理解しがたい。だいたい、動物はあまり好きではないし。

「どこへ行くかは言っていましたか？」

「さあ……何か、急いでたみたいなんで」

「昨日のいつ頃ですか」

「朝。九時頃かな?」

「あなたの家を訪ねてきて」

「訪ねてっていうか、隣から来ただけだけど」男が皮肉っぽく笑った。「それで猫を預かって欲しいって言って、餌も渡されたんです」

「納得したんですか？」

「別に、猫がいても困らないんで……ねえ、何なんですか？　何があったんですか」男が急に困ったように言った。

「安塚さんがどこにいるか、分からないだけです」

「大丈夫なの？　何か変な話じゃないの？」

「今のところは何とも言えません」いろいろな人に、誤魔化しの説明ばかりしている気がするが、これも仕方がない。

由宇は男性の身元を確認した。警戒していると思ったら、案外あっさり喋る……大学生だった。今日は講義が午後からなので、のんびりしていたということだった。

「もしも安塚さんが帰ってきたら、教えてもらえますか？」

「ええ？　スパイみたいで嫌なんですけど」男がたじろいだ。

「そんなことはないです。簡単な情報提供ということですから」由宇も綿谷も名刺を渡した。「いつでも構わないので連絡して下さい。それと、私たちが来たことは、安塚さんには絶対に言わないで下さい」

「それ、かなりやばい話じゃないですか」

「やばいかやばくないかは、まだ分かりません」ぴしゃりと言って、由宇は一礼した。

外階段を降り、アパートから十分離れたと判断したところで「猫って……」とつぶやいて首を横に振る。

「意外な感じもするけど、趣味は人それぞれだからな」綿谷も呆れた様子だった。

「たぶん、ルール違反ですよね」

「まあまあ。そこは俺たちが何か言ってもしょうがない。取り敢えず、本部に戻った方がいいんじゃないか？」

「そうですね。一度頭を整理したいです」

駅へ戻る道すがら、ランチを食べていこうと思ったのだが、適当な店が見つからない。結局駅前まで戻って、ファミリーレストランに入った。日替わりランチは……由宇は無難に、目玉焼きつきのハンバーグにした。綿谷はハンバーグとコロッケのセット。ランチタイムなので店内はざわついていて、内密の話はしにくい。

「宮原から聞いたんだけどさ」

綿谷が切り出した。ここでそんな話をされても、と由宇は眉を吊り上げたが、綿谷は気にする様子もない。ベテランの綿谷のことだから、聞かれていいこととまずいことの判断はできていると思うが。

「秋山っていうのは、変なカリスマ性があるそうだ」

「どういうことですか？」犯罪者にカリスマ性？

「五年前、宮原たちは関係者に徹底的に話を聴いた。その時安塚や村上多佳子は、秋山を絶賛していたらしい」

「何を絶賛したんですか」詐欺師のリーダーとして？

「投資家としての才能を、だよ。相当儲けさせてもらったって言ってたそうだ。指南役みたいな感じだった、と」

「本当に投資の指南なんかしていたんですか？」

「それは分からない。個人の収入までは追えなかったそうだから。ただ、よくそんなことを喋ったなと思ってさ。結構際どいところに踏みこんでるだろう？」

「ですよね……関係ないって言っておく方が無難なはずなのに。こういう誤魔化し方、あるんですか？」

「大きな嘘を通すために小さい真実を話すっていうのはあるんじゃないかな。顔も名前も知らないなんて言って、後で嘘がバレたら面倒なことになる。かなり用意周到に準備していたんだろうな」

由宇はうなずいた。普通、詐欺グループは「いざという時」のことまでは考えていないものだ。帳簿などのデータを消去する方法ぐらいは検討しているかもしれないが、逮捕された時にメンバーがどう証言するかまでは打ち合わせていないだろう。

「カリスマ、ですかね」

「変な意味でのカリスマだ」

「秋山という人間には興味がありますけど、もう話もできませんね」

「ちょっと残念ではあるな。しかし、そういう知恵も人望もある人物なら、別の方向で力を発揮して欲しかったよ。天下国家のために努力するとかさ」

「そういうことをする人は、最初からそっちの方向へ行くんじゃないですか」

「人間の本性は簡単には変わらないからな。悔い改めて人の道に戻るのは、簡単じゃない」

「普通の人が悪の道に入るのは、ハードルが低いでしょうけど」

「一方通行みたいなものか」

　急に真面目な話になって、由宇は苦笑してしまった。警察官の中にも、性善説と性悪説の信奉者、両方がいる、犯罪者の再犯率が高いことから、「一度悪の道に入った人間は、二度とこちら側には戻らない」という性悪説を取る人間が多いのだが、「必ず更生できる」と人の善意を信じる人間もいる。由宇はどちらでもない……事件に向き合う度に、人間は善と悪の間で激しく揺れ動く存在だと意識する。

二つの事件。そして自分たちが調べている人間。どこがどうつながっているか、由宇にはまだ想像もつかないのだった。

4

SCUに戻ると、ちょうど電話を切った最上が、少し明るい表情を見せた。「朝岡琢磨の関係、ちょっとだけ分かりましたよ」と告げる。

「教えて」

由宇と綿谷は自分の席についた。多佳子の監視を中止した八神も戻って来ている。久しぶりに現場の四人が揃った感じだった——結城がいないのもいつも通り。

「こいつも派遣で、電子機器製造工場で働いています。工場の場所は横浜。自宅はその近くですね」最上が説明を始めた。

「横浜も広いけど」由宇は指摘した。

「失礼しました。工場は神奈川区です。自宅は都筑区」

頭の中で地図を広げてみた。たぶん、どちらも新横浜駅の近くだ。

「今は？」

「工場に問い合わせてみたんですが、態度は頑なで……出勤しているかどうか、答えてもらえませんでした」最上が頭を掻いた。

「それは後で何とかしましょう。現場へ行って強く叩けば、話してくれると思う。他には？」

「携帯の番号が分かりましたけど、出ませんね。電源が切られているみたいです」

「車は引っかかってこない？」

「Nシステムのチェックをお願いしてますけど、現段階では引っかかってません」

車のナンバーを撮影するNシステムは網の目のように設置されているが、都内を完全に網羅しているわけではない。網の目は意外に穴が大きい……特に多摩地区の西の方へ行くと、穴だらけだ。そう言えば今年の春、有名バンドのメンバーが失踪した事件も多摩地区で起きていたが、彼らの乗っていた車も、Nシステムには引っかかってこなかった。

「この男は、宮原さんのリストには入ってなかったわね」

「その件は、俺がさっき宮原と話した」八神が割って入る。「五年前の事件では、朝岡琢磨という人間の名前は出ていない。秋山の周辺には、そういう名前の人間はいなかったようだ」

「でも昨日の様子を見ると、いかにも村上多佳子の仲間という感じなんですよ」

「待っていた朝岡の車に乗って、走り去ったわけだからな」綿谷がうなずく。

「この人のこと、もう少し調べられるかな」由宇は最上に話を振った。

「警視庁のデータで調べられることは、全部吸い上げました。あとは関係者に会って話を聴くしかないですね」

「どうする？」綿谷が訊ねる。

「最上君、今の調査のついでで調べてくれる？　工場に突っこんで話を聴いてみて」

「そうですねえ……」最上が躊躇《ためら》う。おそらく、電話でかなり強硬に拒否されたのだろう。警察だと名乗っても、電話では証明しようがないから、激しい抵抗に遭うこともある。

「直接会った方がいいな。俺も一緒に行くよ」八神が手を挙げた。

「そうですね。お任せします」由宇はさっと頭を下げた。八神なら上手くやってくれるだろう。大友鉄とは違うタイプだが、八神も人と話をするのが上手い。童顔ゆえ、相手に警戒心を抱かせないのだろう。もっとも、童顔を舐《な》めてかかる相手もいるはずだが。

「じゃあ、出かけます」最上が早くも立ち上がった。

「ここで待機しているから、何か分かったらすぐに連絡して」

「了解です」

二人が出てゆくと、急に静かになった。由宇はお湯を沸かし、自分用にストックしてあるカモミールティーを用意した。コーヒーのきつい カフェインで頭を冴えさせてもよかったが、ここは少し気持ちを落ち着かせる方がいいような気がする。様々なことが同時に起こり過ぎて、頭が混乱していた。

頭の中を様々な思いが駆け巡る。まったく、複雑な事態の真ん中に足を突っこんでしまったものだ。なかなか考えがまとまらないが、そのうち一つの考えがはっきりと浮上してきた。

秋山は殺された。彼は死ぬ直前、何か新しいこと——新たな犯罪に手を出そうとしていた、と宮原は疑っている。もしかしたら秋山が死んだ後もこの計画は動いていて、多佳子たちは秋山の計画を完遂しようとしているのではないか？　だからこそ、かつての仲間たちと面会し、そして姿を消してしまった。

その犯罪とは何だろう？　新たに特殊詐欺をやろうとしていた？　何か斬新な手口を思いついた可能性もある。しかし、首謀者が死んでもまだ計画を実行しようとしていたのは、相当大きな儲けが期待できるからか、秋山に対する忠誠心からか。

死んでもなお、信奉者が忠誠を誓っているとしたら、秋山はやはり大した人物である。それだけのリーダーシップがあるなら、やはり正義のために使って欲しかった。悪の道に走ったのは、社会にとっては大きな損失である。

自分が何故、秋山に興味を持つのか——あの男のリーダーとしての資質を知りたいからだ。善と悪、方向性はまったく違うにしても、学べることがあるかもしれない。

あれこれ考えていて、スマートフォンが鳴っているのを聞き逃した。綿谷に「電話だ」と言われて慌てて取り上げる。登録していない携帯電話の番号が浮かんでいた。

「もしもし？」念のために、名乗らず電話に出る。

「朝比奈さんですか？」

探りを入れるような弱々しい声。しかし、村井茜だとすぐに分かった。

「村井さんですか？」

「村井です。ちょっと思い出したことがあって。思い出したというか、昔の友だちに聞いて分かったんですけど」

「どういう件ですか？」

「あの、秋山さんと初めて会った時――」

「タワマンでのホームパーティですね？」

「その時の主催者の名前なんですけど、有岡《ありおか》さんという人みたいです。有岡徹《とおる》さん」

「どういう人か分かりますか？」

「何をしている人かは分かりませんけど、やはり秋山さんの幼馴染みみたいです」

「じゃあ、山口出身？」

「そうみたいです」

「そのマンションの場所――住所だけど覚えてる？」

「豊洲《とよす》でした」

五年前、豊洲にタワーマンションがどれぐらいあったか……巨大マンションだから、住人の中から一人の人間を割り出すのは相当難しい。警察では巡回連絡カードを作って住人の実態を把握するよう努めているが、セキュリティのしっかりしたマンションでは連絡カードは集まりにくい。

まあ、そこは何とかチェックしよう。ただし有岡が、今もそこに住んでいるとすれば、だが。

「あなたの印象でいいんだけど、堅気の人だと思いますか？」

「堅気っていうのは……」茜の声に戸惑いが滲む。

「まともな仕事をしている人かどうか。そのマンション、どんな感じだった？」

「かなり広いマンションで、二十五階だから眺めもよかったです」

「億超えの物件みたいな？」

「不動産のことはよく分からないですけど、新築みたいでしたし、高いんだろうなって思いました」

「秋山さんの幼馴染みということは、五年前は二十七歳だったかな？」誘導尋問になっていないだろうかと心配しながら由宇は話を進めた。「二十七歳でタワマンに住むのは大変じゃないですかね。購入はもちろん、借りるにしても」

もちろん、己の才覚で、真っ当な仕事をして金を稼いでいる若い人もいるだろう。しかしどうにも胡散臭い感じがしてならない。詐欺師になった秋山の幼馴染み……秋山と同じ匂いがする。

「その人のことについて、もう少し詳しいこと、分かりませんか?」

「私は全然知らないんですよ。昔の友だちが知っていただけで……」

「その人——昔の友だちを紹介してもらえますか」

「でも……」茜は露骨に腰が引けていた。

「お願いします」由宇は壁に向かって頭を下げた。「秋山さんのことはできるだけ知っておきたいんです。幼馴染みなら、昔からのことも知っているはずです」

「私が話したって分かると、ちょっと困ります」

「じゃあ、こうしましょう」由宇はスマートフォンを持ち直した。「あなたに教えてもらったことは言わずに、その人に話を聴きます。私たちが自力で別のルートで割り出したということにして——それでどうですか」

「でも、分かっちゃうんじゃないかな」茜はまだ心配している。

「昔の友だちって言いましたよね? 今後もつながっていないとまずい人ですか?」

「そういうわけじゃないですけど」

「あなたの名前が出ないように、最大限努力します。私たちに力を貸して下さい」

宥《なだ》めたりすかしたりで、由宇はようやく問題の人物の名前を聞き出した。長引いた電話を終えると、綿谷が疑いの視線を向けてくる。

「今の、秋山の幼馴染みがどうこういう話か？」

「ええ。話していた相手は、秋山の昔の彼女です」

「話が古くないか？　幼馴染みといっても、今もつき合っているかどうかは分からないだろう」

「でも、引っかかるんですよ」

「勘だけじゃ頼りないけどな……」綿谷がドアを見た。ちょうど結城が帰って来たところだった。「取り敢えず、会うだけ会ってみるか。それで何も出てこなければ、君も納得できるだろう」

キャップを留守番役にして出かけるということか。それもいいだろう。結城はそういうことで文句を言う人間ではない。由宇は立ち上がり、席についたばかりの結城に報告した。

「秋山の幼馴染みらしい人間が見つかりました。今、正体を探っています。これから、その人を知っている人物に会ってこようと思います」

「分かった」

「八神さんと最上君は、横浜へ行っています。村上多佳子と一緒にいた朝岡琢磨の自宅と勤務先が割れたので、そのチェックです」

「了解」

もう少し何か言ってくれてもよさそうなものだが……と苦笑してしまう。元々こういう人だと分かっているのに、未だに慣れない。「それにどんな意味があるのか」「効果は期待できるのか」と突っこんでくる方が自然だと思う。あまりにも部下に任せ過ぎ——信頼されているのは嬉しいが、リーダーがこれでいいのだろうか。

まったく、SCUは不思議な部署だ。その不思議さを醸し出している最大の要素は結城なのだが。


夕方、由宇と綿谷は勝《かち》どきに出向いた。都営地下鉄勝どき駅からほど近い公園。ターゲットにした女性・田澤有菜《たざわありな》は、この近くのタワーマンションに住んでいる。またタワーマンションか、と由宇は少し白けた気分になっていた。そういうところに住める人がこんなにたくさんいるのが意外だったのだ。

電話でしばらく話した末、有菜は渋々外へ出てきてくれた。ただし予想外……二歳ぐらいの女の子を連れて来た。これだと事情聴取はやり辛くなる。子どもから視線を切ることができないので、こちらの質問に集中できなくなるだろう。

「申し訳ないですけど、子どもを家に一人で置いておくわけにはいかないので」あまり申し訳ないとは思っていない様子で有菜が言った。

「ああ、いいよ。俺が見ておく」

綿谷が軽い調子で言い出したので、由宇は思わず彼の顔をまじまじと見てしまった。綿谷が咳払いして「一応、二人の子どもの父親だからな。慣れてる」と言い訳するように言った。

「でも」有菜は不満そうだった。

「お願いします」由宇は頭を下げた。「是非話を伺いたいんです」

「そうですか……」

「近くにいますから、集中して話をして下さい」綿谷も頭を下げる。

「じゃあ――史奈《ふみな》、ブランコは？」

史奈と呼ばれた女の子が笑顔を浮かべてうなずく。

「おじちゃんと一緒に遊ぼうか」

綿谷が体を折り曲げて史奈と目線の高さを同じにする。意外なことに史奈は勢いよくうなずき、綿谷が差し出した手を握った。由宇は、綿谷の柔らかい面を初めて見た。どちらかというと強面で、普段から柔道や剣道で鍛えているせいか、常に殺気を発しているのに。

有菜の視線はずっと二人を追っていたが、史奈がブランコを漕ぎ出すと由宇の方を見た。

「それで――どういうことですか」

「有岡徹さんのことです」

「それは聞きましたけど」有菜は不満そうだった。「昔の、知り合いの知り合いですよ」

「彼の自宅のタワマンで開かれたパーティに、村井茜さんを誘いましたよね」

「何でそんなこと、知ってるんですか？」有菜が目を見開く。

「必要なので調べました」

「茜も有岡さんのことを聞いてきたけど……」

「村井さんは関係ありません。それで、有岡さんとはどういうご関係なんですか？　知り合いの知り合いというのは……」

「あの頃、印刷会社で営業をしていたんですけど、その関係で知り合った人です」

「印刷業界やマスコミ業界の人ではないですよね？」

「違う……と思いますけどね」有菜は自信なげだった。「投資をやっていると言ってましたけど、詳しいことは知りません。自分の仕事のことはあまり言わない人だったので」

「何回ぐらい会いましたか？」

「二回……三回かな」

「ホームパーティで?」

「そうですね」有菜がうなずく。「まあ……軽い婚活パーティみたいなものでした」

「ご主人とはそこで知り合ったんですか?」

「いえ、全然違うところです」

有菜がまた娘を見た。釣られて由宇もそちらに視線を送る。綿谷が、ブランコを軽く押している。妙に様になっていて、「慣れてる」と言ったのは本当のようで、先ほどまで大人しい子だと思っていた史奈が声を上げて笑っている。それで有菜も少しリラックスしたようだった。

「茜さんを連れていったのはどうしてですか?　あなたとは少し年齢も離れていますよね」

「大学の後輩なんです。サークルで、私が四年生の時の一年生で」

「なるほど」

「必ず二人以上で来るように、というのがルールだったんです。有岡さん、賑やかなのが好きだったみたいで。お酒も食べ物もふんだんにあって、楽しいパーティでしたよ」

「いかにも若くてあぶく銭を儲けた人がやるみたいな?」

皮肉に聞こえたのか、有菜が少しだけ表情を硬くする。由宇は無視して質問を続けた。

「そのパーティに、有岡さんの幼馴染みの秋山さんという人が来ていたはずです。そこで茜さんと知り合って、一時交際していた」

「ああ、知ってますよ。有岡さんとは訛《なま》り丸出しで話してました。気がおけないっていうか、子どもみたいな感じで」

「本当に幼馴染み、という感じだったんですね」

「そうですね。何か、小学生みたいに……でも、急に真面目な顔で話しこんでたりして、不思議な感じでしたね」

「何の話をしてたんですかね」

「さあ……」有菜が首を傾げる。「あ、でも、有岡さんは秋山さんのことを『ビジネスパートナー』だって紹介してくれたんです。ビジネスパートナーっていう言い方もちょっと不思議だな、と思ったんですけど」

「どうしてですか」

「有岡さんは投資家――トレーダーだと言ってました。でも、自分で会社をやってるわけじゃなくて、一人で……あれです、デイトレーダー？　秋山さんのことも、自分と同じ商売だって言ってました。ああいうのって、一人でやるものなんですかね」

「会社でなければできないということはないと思いますよ」

「一人で仕事をしているのにビジネスパートナーって、何か変だなって、後で思ったんです」

もしかしたら有岡も、裏では秋山と同じように違法行為に手を染めていたのではないか？　それこそ、秋山の特殊詐欺に一枚嚙んでいたとか。それなら「ビジネスパートナー」という言い方にも納得がいく……いや、それも変か。わざわざ仕事の関係を匂わせたら、違法行為が発覚した時に、それぞれに疑いがかかってしまう。単なる幼馴染みというだけで通しておけば、何かあっても「知らなかった」と否定すれば済むはずだ。

しかし五年前の事件では、有岡という名前は捜査線上に上がっていなかった。

「有岡さんが住んでいたタワーマンションの場所、覚えてますか？」

「豊洲です」

「名前は？」

「名前」有菜が腕を組んだ。「名前……何だったかなあ」

「思い出せませんか？」

「豊洲って、タワマンがいくつかあるじゃないですか。そこは窓から運河が見えてて

……でもあの辺、運河だらけですよね」

「駅からは？　近かったですか？　遠かったですか」訊ねながら、由宇はタブレット端末を取り出した。グーグルマップで豊洲付近を表示する。それを見て、有菜の記憶は少し鮮明になったようだった。

「ああ、はい、ええと……たぶん、このマンションじゃないかな？　駅から結構遠い

――歩いて十分ぐらいかかったと思います」

「向かいが月島《つきしま》ですね」

「そうなりますかね……」

「間違いないですか」

「間違いない？　うーん……ちょっと見せてもらっていいですか」

由宇はタブレット端末を有菜に渡した。有菜は地図を拡大したりして観察していたが、そのうち「あ」と声を上げた。

「分かりました？」

「たぶん、これです」有菜が画面を指差す。「下の方に、ちょっと変わった橋が見えていて。あの辺らしくない古い鉄橋で、有岡さんに聞いたら『昔の鉄道の橋だ』って教えてくれました」

「なるほど」由宇はタブレット端末を取り返した。「ありがとうございます。ちなみに、有岡さんは今もここに住んでるんでしょうか」

「さあ……どうでしょう」有菜が首を傾げる。「賃貸だったのか分譲だったのか……そういうことも確認しなかったので。どっちにしても、二十代であんなところに住んでいるのはすごいなと思いましたけど」

その後も話を続けたが、それ以上の情報は出てこなかった。当時は連絡先を控えていたというが、今はもう分からない——電話番号なども残していないということだった。

礼を言って有菜と別れる。子どもと遊んでいた綿谷は、心なしか楽しそうだった。

「意外でした」由宇はつい正直に言ってしまった。

「何が？」

「綿谷さんがあんなに子ども好きだなんて」

「世の父親として普通だよ……女房に言わせると、俺は子育てを全然手伝ってこなかったそうだけど」

「でもこれで、トータル十三段ぐらいになるんじゃないですか」

「ああ？」

「柔道四段、剣道二段、空手二段、将棋アマ三段。それに子育て二段ぐらいで」

「子育て二段なんて言ったら、女房に鼻で笑われるよ……それよりどうだった？　何かいい情報は手に入ったか」

「どうですかね」問われると、急に自信がなくなってくる。秋山と有岡には関係はありそうだが、絶対に怪しいという感じではない。秋山の人となりを調べるのに、有岡に話を聴くのは有効な手段かもしれない……もしも「ビジネスパートナー」の「ビジネス」というのが裏商売のことを指しているなら、ぜひ話を聴いてみたいと思ったが、今のところ有岡の連絡先も分からない。

「今のところ、積極的に突っこむ理由もないだろう。秋山は死んでいる。今の段階では犯罪被害者だ」

「でも、詐欺事件の首謀者だったとしたら——それの絡みで殺された可能性もあるじゃないですか」

「否定はできないけど、積極的に乗り出すほど強くないな」綿谷は乗ってこない。「今のところは、頭の片隅に留めておくだけでいいんじゃないか？」

「気になるんですけどねえ」ただし、あまり強くは出られない。秋山の人間関係の一部が明らかになっただけであり、今回の事件と関係があるという証拠はないのだから。由宇のセンサーにも強く反応しているわけではない。綿谷の言う通りで、今は忘れないようにしておくだけ、という方がいいかもしれない。あまりにも考え過ぎると、もっと大事なことがおざなりになってしまう。

「戻りますか……最上君たちの聞き込みも気になりますし」

「そうだな。何か摑んできたら、それを元に今後の捜査方針を決めればいい——ちょっと待て」

立ち止まった綿谷がコートの前を開け、スーツの胸ポケットからスマートフォンを取り出す。画面を確認して「キャップだ」とだけ言って電話に出る。

「はい、綿谷です。ええ……ええ、あの件……はい？」綿谷の声が急に甲高《かんだか》くなり、由宇の顔を見た。「有岡という人間なんですね？　銀座の特捜が捕捉した、と。こっちが追ってる有岡と同一人物——名前は一致している。はい、分かりました。チェックが必要ですね。すぐ戻ります」

綿谷が話を始める前に、由宇は駅の方へ向かって走り出していた。

第四章　黙　秘

1

　無理した……怪我してから初めて本格的に走ったので、肩の痛みがぶり返してしまった。というより、今までにないきつい痛みである。もしかしたら、くっつきかけた骨が折れてしまったかもしれない。地下鉄の駅へ降りるエレベーターの入り口で、由宇は壁に手をついてしゃがんでしまいそうになった。

「大丈夫か」綿谷が心配そうに訊ねる。

「大丈夫……です」自分で「大丈夫」と言うと、それだけで痛みが薄れるようだった。言葉には特別な力がある。

「まだ走れる状態じゃないだろう」綿谷が眉をひそめる。

「でも、走れたんだから、怪我は治ってきてますよ」

「そういう理屈はない。深呼吸しろ。体を整える一番簡単な方法は、安定した呼吸だ」

武道の達人が言うのだから間違いない。由宇はゆっくり背中を伸ばして深呼吸した。息を吸いこむ度に肩に痛みが走るが、何回か繰り返しているうちに薄れていく。本当に綿谷の言う通りだ……退職したら、綿谷は呼吸法の教室でも開けばいいのではないだろうか。

「——本当に大丈夫です。すみません」

「しばらくダッシュ禁止だからな」

「肝に銘じておきます。それより、本部じゃなくて銀座署へ行きましょう」

「ああ、その方が早いな」綿谷がうなずく。「車を拾おう。地下鉄だと行きにくい」

外回りをする警察官の頭の中には、都内の公共交通網が叩きこまれている。地下鉄や私鉄なら、どの路線に乗ってどう乗り換えるか、すっかり覚えこんでいるはずだ。銀座署の最寄駅は有楽町線の新富町……今いる大江戸線の勝どき駅からだと、一度月島まで行って乗り換えるか、あるいは築地市場駅で降りて歩くことになる。綿谷の言うように、タクシーを拾ってしまった方が圧倒的に早い。

目の前を通りかかったタクシーを停める。銀座署では誰と話すことになるだろう……大友がいれば助かるのだが、と思った。この事件について一度話しているし、何より話しやすい相手なのだ。話しやすい、と感じさせてしまうところこそ、大友マジックなのかもしれない。

夕方の渋滞が始まる時間帯だが、タクシーは十分足らずで銀座署に到着した。すぐに、上階の会議室に設けられた特捜本部に駆けこむ。若い刑事が「部外者立ち入り禁止です！」と声を張り上げたが、綿谷は彼の肩をぽん、と叩いただけで黙らせてしまった。

由宇は大友を見つけ、すぐに駆け寄った。

「大友さん」

「――やあ」一瞬きょとんとした表情を浮かべた大友が、すぐに軽く手を上げる。「この件かい？」

「さっき連絡が入って……ちょっと話を聴かせてもらっていいですか？」

大友は立ったまま誰か――たぶん特捜の仕切りの係長だ――と話していたが、その「誰か」は話を邪魔されたせいか、露骨に怒りの表情を浮かべた。

「係長、ＳＣＵです」

「今、話し中だ！」係長が声を荒らげる。怒りで耳まで真っ赤になっている――あまりにも急に頭に血が昇ったようで、由宇は彼の健康状態が本気で心配になった。いきなり倒れられても困るから、ここは頭を下げておこう。

「すみません。有岡徹のことです」

「有岡徹？」係長が怪訝そうな表情を浮かべる。「どうしてＳＣＵが有岡のことを気にする？　あれはうちの獲物だぞ」

「別件で名前が出てきて、調べていました。ちょっと話を聴かせてもらっていいですか」

「これから本格的な取り調べなんだが」

「逮捕したんですか？」

「まだだ。ちゃんと自供を引き出してから逮捕する」

「大友さん、取り調べの前に、ちょっとだけいいですか」

係長が呆れたように目を見開いたが、結局は大友に話を振った。

「どうしますか、大友さん」

「僕が話しておきますよ」

「取り調べには影響が出ないようにして下さいよ」

「それは大丈夫でしょう」

取り調べはやはり大友が担当するのか……だったらできるだけ早く情報を引き出さないと。

大友は会議室の片隅に二人を誘った。大友にあまり興奮している様子はない。元々そんなに熱くなる人でもない——常に冷静でないと取り調べ担当など務まらないだろうが、今回の冷静さは意外だった。あれだけ大きな騒ぎになった強盗事件の犯人を逮捕できたのだから、さすがに少しは興奮していてもおかしくないのに。

「どういう経緯で捕まえたんですか」

「防犯カメラの映像だ。結局、ＳＳＢＣ（捜査支援分析センター）におんぶに抱っこだったよ」

ＳＳＢＣは、現代捜査の最前線にある部署である。「支援」とは言うが、むしろ主役と言っていい。画像分析などのＩＴ技術を駆使して捜査をサポートするのだが、その柱の一つが防犯カメラの映像解析と追跡である。今や日本国内には五百万台もの防犯カメラがあると言われており、容疑者の追跡などで極めて有効な手段になっている。ある人間が怪しいと分かれば、街頭の防犯カメラの映像などを解析して、上手く行けば家の場所まで割り出せる。

「この前、防犯カメラの映像を見せてもらいましたけど……」由宇は疑問を伝えた。

「あれは、三階の現場付近だった。あの後、銀座シャインの出入り口の映像を細かくチェックしていて、大きなバッグを持った二人連れの姿が確認できたんだ」

「それって、私が見た現場の映像に映っていた二人組ですか」

「そうと思われる」大友は断定しなかった。「怪しい感じがしたんで、ＳＳＢＣがその二人組の追跡を始めた。その結果、有岡という人間を割り出して、さっき呼んだんだ」

「住所は豊洲ですか？」

「いや、西麻布《にしあざぶ》……どうして豊洲だと思う？」

「五年ほど前に、豊洲のタワマンに住んでいた可能性が高いんです」そこで開かれたホームパーティのことを説明した。

「ああ」大友が皮肉っぽく笑った。「それは、部屋を借りただけかもしれないよ」

「そんなこと、あるんですか？」

「見栄《みえ》っ張《ぱ》りの人が、いかにもタワマンの住人です、みたいな顔をしてパーティを開くんだ。部屋の持ち主にとっては臨時収入になるし、ウィン・ウィンって感じだろう」

「何でそんなこと知ってるんですか」大友がタワマンの部屋を借りてパーティを開いているとは思えない。

「誰かから聞いただけだよ」大友がさらりと言った。「そのホームパーティが、何か問題あるのか？」

「世田谷西署の事件なんですけど」

「うん？」大友が怪訝な表情を浮かべる。「つながりが分からないな」

「私たちもまだ分からないんですけど、被害者の秋山克己の知り合いが、有岡徹らしいんです。同じ山口県出身で、幼馴染みだとか」

「秋山って、五年前に摘発された詐欺事件の首謀者じゃないかって疑われた人間だろう？」

「よくご存じですね。岩倉《いわくら》さんみたい」

岩倉剛《ごう》も、警視庁の生ける伝説の一人だ。こと事件に関しては異常なまでの記憶力を持ち、それで事件を解決に導いたことも少なくない。由宇は事情をよく知らないのだが、今は何故か本拠地の捜査一課を外れて立川中央署にいる。

「岩倉さんみたいな人は、他にいないよ」大友が肩をすくめる。「とにかく有岡という人間を割り出して、今呼んでいる。家宅捜索の令状も取った。事件の時に持っていたバッグでも見つかれば、いい手がかりになるんだけど」

「豊洲のタワマンは、パーティ会場として借りていただけかもしれませんけど、今の西麻布の家はどうなんですか？」

「普通のマンションみたいだけど、契約関係はまだ調べていない。しかし、その秋山との関係はちょっと気になるね。詐欺事件に加担していた人間だとしたら、こういう犯罪に手を貸すのも——いや、ちょっと変か」大友が首を傾げる。

「変だね」綿谷が同調した。「詐欺師は詐欺師。強盗は強盗。一度犯罪に手を染めた人間は、同じことを繰り返す。頭を使って人を騙していた人間が、暴力的な犯罪に転向したっていう話も、その逆も、あまり聞いたことがない」

「そうですね」と大友。「ただ、有岡が特殊詐欺をやっていたかどうかは分かっていないんだよね？」

「ええ」由宇は認めた。「当時も捜査線上に名前は挙がっていなかったようです。秋山も立件できませんでしたし、本当に単なる幼馴染みかもしれません」

「取り調べの流れによるけど、秋山の名前は出さないかもしれない。出すにしても、今回の強盗事件の取り調べが一段落してからだね」

「そうですよね。本筋というわけではないですから……何か分かったら教えてもらえますか？」

「それはちょっと図々《ずうずう》しくないか？」大友が苦笑した。「――まあ、いいけど。公式にじゃなくて、個人的になら教えるよ」

「ありがとうございます」由宇は素直に頭を下げた。

「何だったら、ちょっと取り調べを見ていくかい？　生じゃなくて中継映像だけど、有岡の顔を拝んでおきたいだろう？」

「助かります」大友の取り調べテクニックも勉強してみたい。

「じゃあ、係長には僕から言っておく……あまり怒らせないようにね。彼も気が短いから」

「血圧、高そうですよね」

「医者からは薬を勧められてるそうだ。君たちのせいでくも膜下出血でも起きたら、後味が悪いだろう」

大友が係長に話しに行った。遠くから見ていると、係長の表情があっという間に渋くなり、いかにも不機嫌なのが分かる。

「信号機みたいな奴だな」綿谷が皮肉を飛ばす。「赤くなったり青くなったり」

「そんなこと言うと、本当にキレられますよ」由宇は忠告した。

「俺は本人の前では言わないから。君こそ気をつけろよ」

「……そうですね」つい強く言ってしまう癖は自分でも分かっている。リーダーの資質――どんなことでも、分かりやすくはっきりした言葉で相手に告げること。ただし皮肉や悪口は、この中には入らないということだ。

大友が戻ってきて、二人を刑事課に案内してくれた。その一角に、取り調べの様子を映し出すモニターが置いてある。既に三人の刑事が待機していたので、二人は椅子を引いてきて、少し離れたところに陣取った。

「じゃあ」大友が軽く手を上げて取調室に入っていった。

モニターの画面に、取調室の様子が映し出される。テーブルを挟んで左側に有岡、右に大友が座っていた。有岡は中肉中背の体格で、顔には目立った特徴はない。髪型はツーブロック。ふてくされた表情で大友を睨んでいる――逮捕歴はないはずだが、警察慣れしている感じはあった。

「気をつけます」

「有岡徹さんですね」大友が切り出した。「住所と生年月日を確認させてもらえますか」

「住所は港区西麻布。一九九〇年五月十日生まれ」有岡の口調はぶっきらぼうだった。

「住所を正確にお願いできますか」

「分かってるでしょう。そっちが俺の家に来たんだから」

「これは決まりなので。本人に確認しないといけないんです」

有岡が大友を睨みつける。しかし結局、正確な住所を喋った。抵抗するためだけにエネルギーは使わないつもりかもしれない。

「今回は一つ、お伺いしたいことがあります。十一月一日午後七時頃、どこにいましたか」

「一日？　さあ……」

「スマートフォンで確認してもらってもいいですよ」有岡は逮捕されていないので、まだ所持品は押収されていない。

有岡がのろのろとした動きで、テーブルに置いたバッグからスマートフォンを取り出す。ほどなく「家にいたんじゃないかな」と言った。

「間違いなく家にいましたか？」

「たぶんね……これを見ても分からないけど。何も書いてないし」

「思い出してみて下さい。外出していなかったか……」

あくまで惚《とぼ》け続けるつもりかもしれない。「大友が前に座ると、どんな容疑者でもすぐに話し出す」と言われているが、さすがにそれは都市伝説だろう。有岡のようなタイプが相手だと、さすがの大友でも苦労するのではないだろうか。しかし大友は、まったく焦る様子を見せずに、淡々とした口調で事情聴取を続ける。

「この日──十一月一日午後七時頃、銀座シャインにいませんでしたか」

「銀座シャイン？　それはないな」

「どうして言い切れるんですか」

「銀座になんか行かないからね。最近、また外国人観光客が増えてきて、うるさいし。混むところは嫌いなんだ」

西麻布も、夜は酔客などで賑わうはずだが……言い訳は下手だな、と由宇は判断した。言い訳というか、嘘が下手なのかもしれない。それならいずれ、大友は崩すだろう。

「あなたは一日午後七時頃、銀座シャインにいた」大友が断言した。

「いないって」

「では、これを見て下さい」

大友が、ファイルフォルダから写真を何枚か取り出した。有岡の前に、トランプのカードのように並べる。

「さあね」

「これは、銀座シャインの出入り口の防犯カメラの映像です。この日、この時間に、銀座シャインでは爆発騒ぎが起きて、負傷者も出ました。同時に中に入っている宝石店が襲撃されて、一億円相当の宝石類が盗まれました」

「それで？」

「これはあなたですね」

大友が一枚の写真を指差した。モニターでは、どんな写真かまでは見えないのだが、有岡の顔が鮮明に写っているものだろうと由宇は想像した。

「こんなに混んでちゃ……」有岡が視線を外す。

「避難する人で混み合っていたのは確かです。しかしあなたは、一瞬防犯カメラの方を見てしまった。帽子を被っているし、マスクをしてますけど、あなたですね」

「顔の半分が隠れてるんだから、分からないはずだよな」

「今の分析技術を甘く見たら困ります。顔の半分だけでも、九〇パーセント以上の確率で個人を特定できるんですよ」

「そんなの、知らねえよ」

大友にとって、こういう相手はやりにくいのでは、と由宇は想像した。理詰めで反論する人間に対しては、理詰めで攻めればいい。しかし有岡のように感情的に突っぱねてくる人間に対しては、どう対処するのだろう。宥めるのか、脅すのか。

有岡が足を組み替えるのが分かった。苛ついているのは明らかである。唇を固く引き結び、目つきは険しい。

「では、映像を見てもらいます」

大友が記録係の若い刑事に目配せする。刑事はすぐに、自分が使っているノートパソコンをテーブルに置き、有岡に画面を向けた。キーボードを叩くと、直立不動の姿勢を保ったままデスクの脇で待機する。

「先ほどの写真は、この動画から切り出したものです。動画の方がはっきり分かると思う」大友が説明した。「しっかり見て下さい」

有岡が目をすがめて画面を見た。本当に見ているかどうか……大友は「見ている」前提で話を進めることにしたようだ。

「今回の犯行は、相当入念に準備されたものですね。日本で窃盗事件、強盗事件というと、人気がなくなった夜中に起きるのが常識だ。でもこの犯人は、混み合う時間帯に、敢えて人目を引かない状況を作った。そして混乱の中で犯行に及んだ——大胆かつ緻密です」

褒める作戦か、と由宇は訝った。これは明らかに脱線……しかし褒められれば悪い気はしないのが人間というもので、持ち上げられてつい喋ってしまうかもしれない。

「俺には関係ないから」白けたような口調で有岡が言った。

「そうですか——ちょっと待って下さい」

外から合図があったようで、大友が立ち上がる。そのタイミングで、記録係の若い刑事が一歩有岡に近づいた。変な動きをしたらすぐに制圧する、と無言で圧力をかけている。

大友はすぐにフレームに戻ってきた。ビニール袋に入れた大きな物体——黒いバッグだとすぐに分かった。それをテーブルに置き、丁寧に手で撫でつけて有岡に示す。

「あなたの部屋から出てきました」

「だから？」

「これ、映像に映っていた人間——あなたが持っていたのと同じバッグですよね？　つまり十一月一日午後七時頃、あなたは銀座シャインにいて、爆発直後にそこから出ようとしていたことが証明される」

「だから？」挑みかかるように有岡が言った。「覚えてないけどさ、俺が仮にそこにいたとして、だから何なの？　俺が強盗の犯人だとでも？　このバッグ、よくあるやつじゃん」

モニター越しなので細部まではっきりとは見えないが、確かに街中でよく見るスポーツバッグのようだ。あまりにも多く流通しているので、有岡のものだと特定するのは難しいかもしれない。大友がラテックス製の手袋をはめ、ビニール袋からバッグを取り出す。敢えてだろう、部屋の中を映すカメラに向けて広げ、中を見せた。

「ところが、この部分ね」大友がバッグをテーブルに戻し、どこかを指差した。「このロゴの部分の汚れ……これが映像と一致しているんですよ」

若い刑事が、一枚の写真をバッグの上に置いた。やはり映像から切り出したものだろう。

「ここ、分かりますね？　解像度を上げたから、はっきり見えますよね？　あなたはこのバッグを持って、十一月一日に銀座シャインにいた。それは間違いないんです」

「だったら何？　いつどこにいたかなんて、一々覚えてない」

「あれだけの騒ぎがあった後ですよ？　店を出る時に、それに気づかなかったとしたら不自然です」

「それって、全部推測だよね？」有岡が反論した。

「ある程度は。ただしこれから、しばらくここで話をしてもらいます」

「俺は逮捕されたわけじゃないだろう？　帰るぜ」

有岡が立ち上がりかけた。大友は動かない。若い刑事も別に邪魔はしなかった。それを不審に思ったのか、有岡は立ったまま動かなくなってしまう。大友が落ち着いた口調で告げた。

「帰っても構いませんよ。これは任意の事情聴取ですから……ただしあなたが帰ったら、うちは刑事を総動員して監視します。どこかへ逃げようとしても不可能だ。監視されながら生活していけると思っているなら、そうしてもいい」

「脅すのかよ」

「事実を言ってるだけです。座りませんか？　反論があるなら聞かせてもらいます」

「別に……」

有岡が椅子に腰かけた。むっつりした表情を浮かべ、テーブルの下に足を投げ出す。大友はバッグをビニール袋に戻して立ち上がり、またフレームから消えた。視線を取調室の方へ向けると、鑑識の作業服を着た人間と話している。バッグを相手に渡し、代わりに小さなビニール袋を受け取った。さらに一言二言会話を交わした後、鑑識係員にうなずいて肩を叩く。いかにも「よくやった」と言いたげ……若い鑑識係員は、照れたように頭を掻いた。

大友がまた画面に戻ってくる。

「あなたも、緻密なのか間抜けなのか、よく分からないな」

「ああ？」

「馬鹿にしてるわけじゃない。正直な感想です。いや、惜しかったと言うべきかな。大きな仕事をした後は、細かいことに目が向かなくなる。興奮しているせいかな」

「何言ってるか分からない」

「失礼」大友が丁寧に頭を下げ、ビニール袋をテーブルに置いた。「これ、バッグの中に入ってました。出し忘れた——というか、壊れてこぼれ落ちたのかな。何だか分かりますか」

「さあ……」

「指輪の台座なんですよ。乱暴に扱ったんで、取れちゃったんじゃないかな。それがさっきのバッグの中に残っていた。照合したら、問題の宝石店から盗まれたものと一致しました。どう説明しますか」

「黙秘します」

有岡が急に態度を変えた。背筋を真っ直ぐ伸ばし、大友を正面から見据える。本当に何も喋らないつもりだ、と由宇は見てとった。

「では、しばらくここで待っていて下さい。悪いけど、夕飯はもう少し後になる」

有岡は何も言わない。これからどうなるか、もう予想できているのだろう。

「今、逮捕状の準備をしています。逮捕状が執行された後で、もう一度認否について聴きますから、その時までに考えをまとめておいて下さい——それでは」

大友が出てくるのと入れ替わりに、若い刑事が二人、取調室に入る。狭い取調室の中は、人で一杯になった感じだった。

大友がこちらに近づいてくる。由宇は立ち上がって迎えた。

「さすがです」敬意をこめて頭を下げる。「あっという間でしたね」

「いや、僕は何もしてないよ」大友は渋い表情だった。「しっかりした証拠が出てきたから、僕が何かする必要はなかった」

「でも、落としたのは事実です」

「大変なのはこの後だよ。決定的な証拠を突きつけた後で、はっきり態度が変わった。この後は黙秘を貫くだろうね。もちろん、確かな物証があるから、これを覆せない限りは公判でも問題が生じるとは思えないけど。しかし、君たちの方が大変じゃないかな」

「そうですか？」

「世田谷西署の特捜とどう絡むか……君たちが首を突っこむと、だいたい面倒なことになるから心配だ。世田谷西署を怒らせないように頑張ってくれ」

それが一番難しいことかもしれない。

2

世田谷西署に詰めている捜査一課の係長・三角は嫌味な男だ、と大友が警告してくれた。それは由宇も知っている……以前会議に出た時の話しぶりを聞いていただけで、十分思い知っていた。

電話で話して、その印象は確信に変わった。

「ＳＣＵがねえ……あんたたちが動いていることは、俺は聞いてないな」

「俺は」。まるで、警視庁内の全ての出来事の報告を受ける権利がある、とでも言いたげだった。

「こちらで別件の調査をしていて浮上した情報です。分かったことを遅滞なく報告しています」由宇も少し嫌味をまぶして言った。

「分かった。今日はもう、捜査会議は終わってる。明日の朝イチで、こっちに来て詳しく報告してくれないか？　いや、レポートが欲しいな。詳細な報告書。明日の朝までに上げてくれないか」

　ＳＣＵはどこかに報告書を上げる義務はない。あるとすれば、総監に対してだけである。しかし由宇は反論しなかった。リーダーたるもの、無益な喧嘩《けんか》はすべからず。

「それでは明日の朝、報告書をお持ちします」

「よろしくな」偉そうに言って、三角は電話を切ってしまった。

　由宇はすぐに、大友に向き直った。

「でも、いいんですか？　逮捕したのは銀座署の特捜ですし、同じ捜査一課の係同士で話をした方が早くないですか？」

「効率が全てじゃないから。有岡の存在はＳＣＵが先にキャッチしていたんだし、そっちが情報を流した方がいいよ。そもそも僕は、これから取り調べを頑張らなくちゃいけないから、報告書なんか書いてる暇はない」

「分かりました。では、うちが……早く全面自供するといいですね」

「それは分からないな」真剣な表情で大友が答える。「逮捕歴はないけど、警察慣れしている感じがする。どこまで黙秘で粘るかは分からないけど、ちょっと時間がかかりそうだな」

「大友さんが取り調べしてもですか？」由宇は大袈裟《おおげさ》に目を見開いてみせた。「相手は素人じゃないですか」

「僕の前に座れば誰でも話し出す、なんて思ってないよね」大友がぐるりと目を回してみせる。「それは都市伝説だよ」

「……ですよね」

　銀座署を出て、新橋のＳＣＵ本部に戻った。結城がいたので、これまでの経緯を説明する。最後に、明日の朝、世田谷西署の特捜に報告書を上げると言うと、結城の眉がぴくりと動いた。何か辛辣な言葉でも吐きそうだったが、結局何も言わなかった。

「任せていいか」

「もちろんです」

「向こうが何か余計なことを言ってきたら――」

「自分で何とかします」由宇は一礼した。監察から責められた時、結城が助けに入ったことで感じた軽い屈辱は、まだ忘れていない。

「そうか」結城がうなずいた。「ちなみに八神たちは空振りだった。朝岡琢磨は工場を休んでいる。自宅にもいない」

「同じようなパターンが続きますね」

「二人には、明日も引き続き調べるように指示しておいた。君も今夜は、遅くならないように」結城が言って、荷物をまとめた。

「お疲れ様です」

綿谷と二人になる。気を利かせたのか、綿谷は「手伝おうか？」と言ってくれた。

「報告書は、二人では書けませんよ」由宇は苦笑した。「大した長さになりませんから、一人でやります。ちょっと残業するだけです」

「もう残業タイムに入ってるけどな」綿谷が壁の時計を見上げる。午後八時。「じゃあ、俺は帰るぞ。明日の朝、世田谷西署で落ち合うか」

「朝の捜査会議はないそうですから、九時でいいと思います」

「分かった」

綿谷が出ていって、パソコンを立ち上げたところで、由宇は急に空腹を覚えた。いつもできるだけ、午後七時までに夕食を摂るようにしているので、今日は既に一時間遅れている。さっさと報告書を仕上げてからにしてもよかったが、取り敢えずエネルギー補給が必要だった。

外へ出て、新橋にしては珍しいサンドウィッチの専門店へ向かう。テイクアウトもできるので、ここで何か仕入れるつもりだった。この時間になると、さすがに客は少ない……新橋にはサンドウィッチを好みそうな若いサラリーマンも多いのだが、この街にいるうちに、オッサン向けの居酒屋文化に染まってしまうのかもしれない。最近、いつ来てもガラガラなので心配している。好きな店なので、何とか生き残って欲しかった。

パストラミのサンドウィッチを頼み、つけ合わせのフレンチフライをミニサラダに変えてもらう。飲み物はホットコーヒーのラージサイズ。この時間にたっぷりコーヒーを飲むと、夜眠れなくなる可能性もあるのだが、今夜は仕方がない。夕方になって急に冷えこみがきつくなっており、冷たいコーラは遠慮したかった。

パストラミのサンドウィッチは失敗だった。ここはニューヨークスタイルを標榜《ひょうぼう》しており、とにかく量が多い。両手でしっかり持って食べないと、ぼろぼろ崩れてしまうのだ。仕方なく、報告書は後回しにしてサンドウィッチに専念する。塩気がちょうどよく、いくらでも食べられそうな感じ。合間に食べるサラダも、おざなりな味つけではない。サラダのドレッシング——少し甘みがある——はたぶんオリジナルだ。イタリアンレストランのオーナーシェフである父は、由宇が幼い頃から「アメリカの料理は食べるな」とひどい指導をしていた。「アメリカは味覚の砂漠だから、アメリカ料理に慣れたら舌が馬鹿になる」という理由で、マクドナルドに連れていってもらったことすらない。高校生の時、友だちにつき合って初めて食べたのだが、その時に父の教えは正しいと実感した。パサパサのパティ、ピクルスはやけに薬臭く、食べ進めるのが苦痛だった——しかし東京に出てきて様々な料理を食べ、アメリカ流のサンドウィッチにも美味しいものがあることを知った。いや、世界的にも味に敏感な日本人がアレンジして作るから、日本人の舌に合った繊細な味になるのだろう。

——などと考えながらサンドウィッチを食べ終え、満腹になった。そうなると仕事をするのが面倒になるが、それは仕方がない。明日の朝出頭する必要があるのかどうか……メールで送れば済む話なのだが、警察は未だに直接会っての「ほうれんそう」——報告、連絡、相談を大事にする。

幸いと言うべきか、肩の痛みは腕にはほぼ影響がない。しっかり肩を固定さえしておけば、パソコンで文章を打つのに、何ら問題はなかった。今日の動き、有岡徹という人間のこれまで分かっている経歴、秋山との関係などを箇条書きにしてまとめていく。詳細な報告書を求められていたが、結果的にA４二枚——書きこむ気になればいくらでも情報はあるのだが、報告書は短ければ短いほどいい。重要な箇所にはアンダーラインを引いて、二回読み直す。当面の情報としてはこれでいいだろう。プリントアウトして、今夜の仕事は終了――既に九時半になっていた。

　急いで荷物をまとめ、ＳＣＵの本部を出る。まだ十一月なのに、街には既に師走の雰囲気が漂っているようだった。そのせいか、こちらも早足になってしまう。馬鹿馬鹿しいと思ったが、歩みを緩めることはできない。

　人間は、環境の変化を敏感に感じ取って、それに合わせようとする生き物だ。こういうのはリーダーの金言として……あまり意味はないだろう。誰でも自然にやっていることだ。


　世田谷西署の入り口で綿谷と落ち合う。綿谷は何だか不機嫌そうで、盛んに首を回していた。

「寝違えたんですか？」

「いや、このところ稽古に行けてないから、体が鈍ってるんだ」

「ああ……それじゃ、仕方ないですね」暇な時、綿谷は近くの所轄や本部に出向いて、柔道・剣道の稽古に参加している。確かに最近は、そういうことをしている暇もないだろう。

「早く一段落させたいですね」

「それはどうかな」綿谷が疑義を呈した。「この件は、実際にはまだ始まったばかりだし、筋が全然見えてない。相当時間がかかるんじゃないかな」

「そういう忙しい時は、体力を温存してあまり運動しないようにするのが普通だと思いますけど」

「俺は中学の時から、ずっとこんな感じなんだ。このペースを崩したら、かえって体調がおかしくなる」

「そうですか……行きますか」

「ああ」

特捜本部が置かれた会議室に入り、係長の三角に面会する。この情報に興味を持ったのか、管理官の服部《はっとり》も顔を見せていた。報告書を渡すと、三角はすぐに目を通し始めた。

「こいつは、今でも秋山とつき合いがあるのか？」報告書を読み終えた三角が真っ先に聞いたのはそれだった。

「そこまではまだ、確認できていません」

「しょうがねえな。銀座署はどう見てるんだ？」

「今のところは、有岡の強盗容疑を固めるので手一杯です」

「逮捕したんだよな？」

「昨夜遅くに」

三角が服部に視線を向けた。服部は、「取り敢えず銀座署の方と情報のすり合わせをしていこう。うちとしては、この二人の関係に注視するが、そこだけに集中しないように」と命じる。

正しい指示だ、と由宇は思った。この段階ではまだ、「同郷の幼馴染みの一人が殺され、一人は逮捕された」に過ぎない。それぞれの事件に関係があるかどうかは、何とも言えないのだ。

「じゃあ、ご苦労さん。あとはこっちでやっておく」三角があっさりと言い放つ。

「うちでも、二人の関係については引き続き調べていきます」

「ああ?」三角が目を吊り上げる。「勝手なことされると困るな」

「既に手をつけている調査ですから、ここで引く理由はありません。もちろん、何か分かったらすぐに情報提供します」

「協力してくれるのか?　だったらここで電話番でもしてくれるとありがたいな。何しろ人手が足りなくてね」三角が皮肉っぽく言った。

「それは、そちらのローテーションの中でやることではないでしょうか」由宇はやんわりと反論した。

「何だと?」三角がいきり立つ。しかし服部がすぐに割って入った。

「まあまあ。SCUっていうのはそういう部署だから。別に捜査妨害してるわけじゃないし、勝手に動いてもらおう」

「それで美味しいところだけを持っていくんですよ、こいつらは」三角は本格的に怒ってしまったようだった。

「情報は共有します。私たちは、通常の捜査でカバーできない部分を調べるだけですから」

「俺が聞いてる話とは違うな」

「では、いい機会ですから、うちの仕事ぶりを知っていただければ。三角さんも、うちへ来る気になるかもしれませんからね」

「何を――」

「失礼します」由宇は丁寧に一礼した。顔を上げると、服部が苦笑している。まあ、上司が怒っているわけではないから、問題ないだろう。

署を出ると、綿谷が関心したように言った。

「君は、すごいねえ」

「何がですか？」

「俺は、三角を怒鳴りつけてやろうかと思ったよ。あんな風に、ＳＣＵのことを勘違いしている人間は多いだろう？」

「ちょっと前までは、私もかちんときてました。でも、偏見を持っている人には、どんなに理詰めで説明しても駄目なんですよね。後でいい情報を渡せば黙りますから、それでいいんじゃないですか」

「リーダーかくあるべしだな」綿谷がうなずく。「頭に血が昇らないようにする方法、後で全員に研修してくれ」

「簡単です。研修するまでもないですよ。怒ってる人って、だいたい格好悪いじゃないですか。顔を真っ赤にして怒鳴っている自分を想像するだけで、冷静になれますよ」

「なるほど……参考になる」綿谷が真顔で答えた。

「それはともかく――この二人の関係を解き明かすのに、調査が必要ですね。山口にも行きたいところですけど」

「ちょっと手間がかかり過ぎるな」綿谷が反論した。「情報収集は電話で済ませて、何とか東京でできることを探そう。それに山口には、特捜の連中も入ってるはずだ」

「ですね……本部に戻りますか？　電話作戦なら、本部でやった方がいいですよね」

「そうしよう」

二人は小田急線の千歳船橋《ちとせふなばし》駅まで歩いて向かった。そう言えば、二年ほど前にも世田谷西署に詰めていて、その帰りに珍しくメンバー全員で――結城はいなかったが――焼肉を食べたことを思い出す。あの時は八神が妙にダメージを負っていて、あまり食が進まなかったものだ。

それにしても、二年で二回も重大事件が起きる――世田谷西署は、管内に東京で一、二を争う高級住宅地である成城《せいじょう》を抱えているのだが、そういうことは管内の治安には関係ないのだろう。実際、侵入盗などはかなりの件数発生しているはずだ。いくら民間防犯のレベルが向上したといっても、金持ちの家を狙う人間は後を絶たないということだろう。

本部に戻り、早速電話攻勢を始める。由宇はまず、秋山の兄・秀太《しゅうた》に電話を入れた。遺骨を持ち帰ったばかりで気持ちは落ち着いていないだろうし、いろいろ忙しい人だと聞いていたが、それでもこちらの話にはきちんと耳を傾けてくれた。しかし「克己のことについては、警察に詳しく話しましたよ」と不審げだった。

「お伺いすることに重複があったら申し訳ありません」由宇は慎重に切り出した。「多方面から情報を収集して分析しているので、おつき合いいただければ」

「構いませんけど……この後病院に行くので、あまり時間が取れません」

「分かりました」母親が脳梗塞で入院中、という話を思い出し、由宇はすぐに本題に入った。

「有岡徹さんという方をご存じですか?」

「ああ、徹」秀太が軽い調子で言った。「知ってます。克己の同級生ですよ」

「仲が良かったみたいですね」

「そうですね。小学校から高校まで一緒で、小学校の高学年の時から、二人ともサッカーを始めました。中学でも高校でも、同じ部にいましたよ」

「幼馴染みというだけではなくて、チームメートでもあったんですね」

「二人ともバックスでね。克己は背が高いからヘディングが上手くて、徹はそんなに大きくなかったけど、当たりが強かったから、相手には嫌がられてましたよ」

「強かったんですか？」

「高校の時に、県大会でベスト8」

「よく覚えてますね」

「私もサッカーをやっていたので」

「その後、二人とも上京しましたよね？　克己さんは大学進学だったと聞いていますが、有岡さんは？」

「大学じゃないですね。就職したという話も聞いてないけど……東京へ行けば何とかなると思ってたんじゃないかな。でも、そう上手くは行かなかったと思いますよ。しばらく、克己のマンションに転がりこんでいたようですから」

「ああ、家がなくて……」

「あいつらが上京したのは二〇〇八年だったかな？　リーマンショックで、若い人は就職もきつかった時期じゃないかな」

「そうですね」

「その後東日本大震災が起きて、いろいろ滅茶苦茶になったじゃないですか」

それは秀太の想像ではないかと由宇は思った。当時、由宇も既に東京にいたが、地震の被害を直接受けたわけではなかった。しばらくは軽い「揺れ恐怖症」のようなものに取《と》り憑《つ》かれたが、いつの間にか消えていた。

「二人は、東京でも頻繁に会っていたんですか?」

「そうだと思いますよ。そう言えば、えらく豪華なところでパーティをやってる写真なんかを送ってきたことがあったな」

「タワーマンションですか?」

「そうそう。徹の部屋だって言ってたけど、たまげたのを覚えてますよ。何の仕事をしているかも知らなかったから、タワーマンションなんかに住めるなんて……家賃も、とんでもなく高いですよね」

「タワーマンションでなくても、東京の家賃は高いですけど……月に百万かかる部屋も珍しくないと思います」

「百万……」秀太が絶句した。「年間一千万以上ですか……どんな仕事をしてたんですかねえ」

「上京してからの有岡さんに会ったことはありますか」由宇は話題を変えた。

「ないです」秀太が即答した。露骨に嫌そうな口調だった。「あの二人は、こっちを捨て出ていったようなものだから」

「出身地を嫌ってたんですか？」

「田舎ですからねえ」

長門《ながと》市──山口県の中でも日本海側にある街だということは知っていたが、実際にどんなところなのかは分からない。

「そんなに田舎ですか？」

「うちが果樹園、徹の実家は田んぼをやっていて……まあ、いい就職先はないから、出ていく若い人は多いですよ」

「弟さんも、地元を嫌ってたんですか？」

「こんなところにいたら、話にならないってよく言ってました。高校生になってからかな……サッカーばかりやってたくせに、急に投資の勉強なんか始めて。金が欲しかったんでしょうね」

「大学も経済学部ですよね」

「金の動きを学びたいって言ってました。地道に果樹園をやるのも大事な仕事ですけど、地味な肉体労働は、あいつの性には合わなかったんでしょう」

「そうですか……弟さんと話す機会はよくあったんですか？」

「このところは──この数年はほとんど話してないですね。コロナもあったし」

「東京でも警察に聴かれたと思うんですが、弟さんが詐欺事件に関与していると疑われていたことはご存じでしたか」クリティカルな質問だが、確認せざるを得ない。

「いや、全然……この前東京で警察の人から聞かされて、初めて知りました。ちょっと信じられないです」

「疑いがあっただけで、逮捕もされていませんから」自分が慰めるのも筋違いだと思ったが、つい言ってしまった。

「でも、警察が調べていたということは……そういうことなんでしょう？」

「一概にそうとは言えません」

「俺も信じられないんですけどね。金儲けは好きだったと思うけど、卑怯《ひきょう》な真似をするような人間じゃないですよ。あいつ、高校の三年間、試合で一枚もイエローをもらったことがないんだから」

スポーツと実生活はまったく違う。試合で見せる態度と、普段の態度が百八十度異なる人も珍しくないはずだ。スポーツはスポーツ、生きていく上で絶対必要なものではないのだし。

「有岡さんはどういうタイプでしたか？　弟さんとは気が合った、いい仲間だったんですよね」

「徹はちょっと違うというか……克己とは子どもの頃からずっと親しくしていたけど、

中学校に上がってから、悪い仲間ともつき合いができましてね。警察の世話になるようなことはなかったけど、ご両親は困ってましたよ」

「その、悪い仲間というのはどんな感じですか」この情報は有効かもしれない、と由宇は意気込んだ。

「別に暴力団とか、そういうことじゃないです」少し慌てた調子で秀太が言った。「田舎に、ちょっと悪い連中、いるじゃないですか。要するに突っ張っているだけなんだけど、未だにそういう連中がつるんで遊んでるんですよ」

「かなり問題だったんですか」

「ご両親は悩んでましたけど、実際に問題になることはなかったはずですよ。ただ――」

「ただ？」由宇は短く先を促した。

「いつ頃だったかな……徹たちが中学二年生か、三年生か……近くのホームセンターに誰かが夜中に侵入して、金や電動工具なんかを大量に盗む事件があったんです。結局犯人は捕まってないけど、徹もその仲間だったんじゃないかって噂になってました」

「秀太さんは、その噂、どう思いました？」

「まあ……警察は誰も逮捕できなかったんですよね。被害は相当大きかったのに」

「でも、周りの人たちは皆、有岡さんがその犯行に加担していると思っていた」

ここでつながりができたような——細い糸が現在までつながっているのかもしれない。この事件は二十年近く前のものだし、とうに時効になっているはずだから、警察も記録は廃棄しているだろう。捜査の記録はデジタル化されていないものも多く、証拠などは保管しておくだけで場所を取るのだ。しかし状況を詳しく知りたい。こういう大規模な窃盗事件を起こした人間は、後に銀座のショッピングセンターで大胆かつ繊細な強盗事件を起こすようになるのではないか。一種の「三つ子の魂百まで」かもしれない。

「有岡さんの評判はよくなかったんですね。だから地元にいられなくなったんでしょうか」

「本人は『東京で金儲けする』って言ってたみたいですけどね」

「実は有岡さん、逮捕されたんです」

「逮捕？　徹が？」秀太の声が急に甲高くなり、矢継ぎ早に質問を重ねた。「いつですか？　何をやらかしたんですか？」

「昨日、強盗の容疑で逮捕されました。今日の朝刊にも載ってましたけど、ご覧になってませんか」

「見逃したかな……気づかなかった」

今はどこにでも情報が溢《あふ》れている時代である。ネットをチェックしていれば、二十四時間ニュースに浸れる。マスコミが流す以外にも、様々な形で情報を入手できるわけで、昔に比べればニュースを見逃す恐れは低くなっているはずだ。秀太が暗い声で続ける。

「強盗って……何があったんですか」

「詳しく説明している暇がないので、ニュースを確認してもらえますか。かなり大きな事件でした」

「確かに昔は変な奴らとつき合ってましたけど、強盗なんて……」

「五年ぐらい前には、かなり羽振りがよかったようです。東京で何をやっていたかは、ご存じですか？」

「いえ、全然」

「弟さんはどうですか？　そちらには帰省しなかったということですが、話したりはしなかったんですか？」

「あまり……向こうから離れていったので、正直言って、電話もしづらかったですね。何かあった時ぐらいしか連絡はしなかったです。最後にこっちに帰ってきたのは、親父の葬式の時でした」

「どんな様子でした？　東京で何の仕事をしているかは聞いていましたか？」

「東京へ行った時にも警察に話したんですけど、株をやっていたとか……でも、本当のことは分かりません」

「東京で、有岡さんとつき合いがあったかどうかはご存じないですか？」

「あったんじゃないかな。一緒に東京へ出ていくぐらい、仲が良かったですから」

「一緒に、ですか?」一瞬頭が混乱した。「弟さんは大学へ、有岡さんは……進路は違いましたよね」

「あ、それは物理的な意味です。同じ日に、同じ電車に乗ってここを出たっていうことで。ここから東京までは遠いですから、暇潰しの意味もあったんでしょうけど、それにしても一緒に上京していったんですから、仲はいいな、と」

「悪い仲間との噂がある人と弟さんが一緒にいるのは、心配じゃなかったですか」

「いや……」秀太が一瞬躊躇った。「徹のことは子どもの頃から知ってましたから、そんなに心配はしてませんでした。根はいい奴だから」

ホームセンターの窃盗の件はどうなんだ、と気になった。中学生の時にそんな事件に関与したと噂されたら、地元では要注意人物になっていただろう。しかし秀太から、これ以上の情報は引き出せないと判断した。秀太は遠慮がちというか、あまり人の悪口を言わないタイプに思える。事実関係だけを教えて欲しいと頼んでも、そういう人は慎重に言葉を選んでしまうものだ。

「でも……参りましたね」秀太が溜息をついた。「克己が殺されただけでもショックなのに、徹が逮捕なんて。こんな小さな街出身の人間が二人も事件に関係するなんて、信じられないですよ」

小さな街——今も関係があるかもしれない二人。
点から線、そして面への広がり。

3

その後、秋山の友人を何人か割り出した。すぐに会える人間は——と検討して、ターゲットを定める。

「大学時代の同級生か」綿谷が顎を撫でる。「どれぐらい親しい仲だったのかな」

「それは聞いてみないと分かりませんけど、サークル仲間なら、それなりに密な関係だと思いますよ」

「そんなものか？　大学ってのはよく分からないな」

綿谷は高卒だ。岩手県の県立高校を卒業した後上京して、警視庁に奉職している。父親も警察官、最後は釜石《かまいし》署長まで務めた県警の幹部で、警察官になることは子どもの頃から決めていたという。ただし、地元で就職するか東京へ出るかではかなり悩んだようだ。最終的に警視庁を選んだ理由は分からない。

「講義のことはよく覚えてなくても、サークル活動はいい想《おも》い出になってる人も多いですよ」

「君もか？」

「私はそもそも、サークルには入ってませんでした」何となく、サークルの軽いノリが好きになれなかった。四年間は、講義と食べ歩きに費やしたと言っていい。それに後半は、麻美の遺志を継いで警察官の試験を受ける準備で手一杯だった。

問題の人物は女性だった。滝谷花香《たきやはなか》。現在は自分で小さな会社——美容関係の商品を扱う会社を経営しているという。

会社へ向かう道中、綿谷はしきりに首を捻っていた。

「若いのに会社を経営している連中っているだろう？」

「ええ」

「そういう連中は、どうやって会社を作るのかね。人を雇って事務所を構えて……立ち上げ費用も運転資金も相当必要だろうし、俺には理解できない世界だ」

「立ち上げよりも、生き残る方が大変だと思います」スタートアップ企業の五年生存率はどれぐらいだろうか。多くの人が夢破れ、多額の借金を背負って、「経営者」の肩書きに別れを告げる。

花香の会社は、渋谷と表参道の中間地点にあった。青山通りに面したビルの七階。ビル自体は築五十年という感じでぼろぼろだったが、中は綺麗にリフォームされ、白で統一されたインテリアは眩《まぶ》しいぐらいだった。

予め電話で約束していたのだが、それでも花香は怪訝そうだった。

「警察の人に会うのは初めてなんですよ。ちょっと嫌な感じですね」正直に――いや、強気に言ってくる。

「お時間取っていただいて、ありがとうございます」由宇は丁寧に頭を下げた。目の前の花香という女性に、少し圧倒されている。すらりとした、いわゆるモデル体型で、身長は一七〇センチぐらいあるだろうか。緩くウェーブさせたロングヘアにナチュラルメイク。こんな風にするには、毎朝の準備が相当大変だ。服はシンプルだが、いかにも高価そうなベージュのパンツスーツ。対面したテーブルには一輪挿しに百合《ゆり》の花――本物のようだ。シンプルながら本物。そう言えば、ここへ来る前に会社のホームページを見てきたのだが、そこに掲げられた会社のスローガンというかキャッチフレーズが、「シンプルな本物。」だった。

「素敵な会社ですね」由宇は無難な話題から入った。先輩たちに叩きこまれた教訓――現場などで急ぎの事情聴取でない限りは、世間話から始めた方がいい。警察官が相手だと緊張するものだから、まず気持ちを解《ほぐ》す必要がある。

「ありがとうございます」

「こちらの会社、何年ぐらいになるんですか？」

「今年で創立四年です」

「その前は？」

「化粧品メーカーで営業をしてました」

「じゃあ、その関係でこの会社を……」

「副業の方なんです」

「副業ＯＫだったんですか」今はそれも問題ない——むしろ推奨している民間企業もあるはずだが、その頃はどうだったのだろう。

「副業というか、ＳＮＳですね。美容関係のＳＮＳが結構バズってて。それを見て出資してくれるという人が出てきたので、化粧品の輸入会社を立ち上げることにしたんです」

「そういうものなんですね」今はそんなところにもチャンスが転がっているわけだ。網を張ってアンテナを敏感にしておけば、新しい道が開けることもある。「学生時代は、投資サークルで活動していたんですよね？　そういうことも今に生きているんですか？」

「お金の流れは分かるようになりましたから、そこは……自分で会社をやろうとする人も、お金のことが分からなくて失敗する人が多いんですよ」

「そうですか……それで、本題なんですけど」

「秋山君のことでしょう？　びっくりしました」花香が両手を胸に当てる。「何でこんなことになったんですか？」

「それは今、調べているところです。大学を卒業してから、連絡は取り合ってたんですか？」

「コロナが流行る前は、年に一回か二回、昔の仲間で会ってました。このところご無沙汰でしたけど」

「秋山さんは、基本的に投資で生活していたんですよね」

「そうですね」

「大学を卒業して以来ずっとですか？」

「そうだと思います」

「儲けてたんでしょうか」由宇はずばり聞いた。

「いや……それはどうですかね」花香が苦笑する。「具体的にどれぐらい儲かったかなんて、話さないものでしょう」

「投資が仕事や趣味の人同士でも？」

「お金の話はデリケートですから。でも、彼の生活ぶりを見ると、十分稼いでいたと思います。マンションも、持ち家ですからね」

自宅は中古のマンションだが、秋山名義だったことは分かっている。不動産サイトで確認したところ、同じマンションの同じぐらいの広さの部屋は、中古でも一億円近くする。ローンを組んだのか現金で払ったのかは分からないが、かなり余裕がないと買えないだろう。

「学生時代から、投資を始めていたんですよね」

「そういうことをするサークルですから。バイトで稼いだお金を注《つ》ぎこんで、ちょっとずつ増やして……儲けは少ないですけど、それで投資の基礎を学んだんです」

「秋山さんが、特殊詐欺——振り込め詐欺の捜査対象になっていたことはご存じですか」由宇は訊ねた。「五年ほど前のことですけど」

「ああー、それは……」今まで快活に喋っていた花香が急に口籠った。「噂では……本人に直接聞いたことはないですけど」

「会う機会はあったんですよね？」

「ありましたけど、そんなこと、はっきり聞けないじゃないですか」

「五年前、秋山さんにはつき合っていた人がいました」

「ええ、知ってます。紹介されたこともありますよ。名前は……何だったかな」

「村井茜さん」

「そうそう、茜ちゃん」花香が両手を叩き合わせた。「結構いい感じで、二人は結婚するのかなと思ってました」

「詐欺の疑いをかけられて、秋山さんの方から別れ話を持ち出したんです」

「そうなんですか」

　だから、実際に詐欺の首謀者だった疑いは濃厚――やっていなければ、交際していた女性にわざわざ別れ話を持ち出すとは思えない。

「何か、彼もいろいろ大変だったんですね」

「そういうことをやりそうな人でしたか？」

「まさか」花香が即座に否定した。「お金には細かい人だったけど、投資をやっていればそれは当たり前でしょう。違法行為に手を染めるなんて、あり得ませんよ」

「もしかしたらですけど」由宇はスマートフォンを取り出し、一枚の写真を見せた。有岡の写真――昨夜逮捕された時に撮影されたものである。「この人、ご存じないですか？」

「ちょっといいですか」

　求められるまま、由宇はスマートフォンを手渡した。花香はしばらく画面を凝視していたが、「ああ、はい」と納得したようにうなずく。

「知ってるんですか」

「名前は……覚えてないですけど、秋山君の友だちでしょう？　サークルの呑み会に来たことがあると思いますよ」

「大学生ではなかったと思いますが」

「どうだったかな」花香が首を捻る。「田舎の友だちだって紹介された記憶はありますけど……あ、でも、大学の中でも見たことがありますよ」

「大学生でもないのに？」

「秋山君と一緒にいたんです。何かちょっと……場違いな感じがしましたけどね。学生っぽくないっていうか、少し尖った感じがして」

「危ない人？」

「まあ、そうですね。そんな感じです」花香がうなずく。

これはヒントになる。一緒に上京するほど仲が良かった幼馴染みは、秋山の兄が言っていた通り、やはり東京でもつるんでいたわけだ。

「何をしていた人か、ご存じですか？」

「いえ……全然分からないですね。何か、ちょっとまともじゃない感じはしましたけど」

「常習的に犯罪に手を染めているような？」

「そこまではっきりとは言えませんけど」

しばらく話しを続けて、由宇は花香から、秋山と特に親しかった友人の名前を聞き出した。かつてのサークル仲間が教えてくれた情報だから、間違いあるまい。花香の会社を辞して、すぐにその人物を訪ねることにした。行き先は霞が関——大学を卒業後、経済産業省に就職したのだという。いわゆるキャリアではなく、一般職員。

午後遅く官庁街に着いて、問題の人物——伊沢珠紀《いざわたまき》を電話で呼び出す。最初は驚きながら迷惑そうにしていたが、秋山の名前を出すと態度が一変した。

「何か分かったんですか？」事件のことを気にしていたのだと分かる。

「いえ、残念ながら……今、関係者に話を聴いているところです。どこかでお会いできませんか？」

勤務先が経産省だから、警視庁本部まで来てもらう手はある。歩いて十分ほどなのだ。新橋にあるＳＣＵの本部までは、もう少し遠い……伊沢は、敏感にこちらの狙いを感じ取ったようだ。

「経産省の中に食堂があるので、そこで会えませんか？」

「構いませんよ。すぐに伺えますが」

「では十分後に」てきぱきした口調で言って、伊沢は電話を切ってしまった。

十分後、三人は食堂で落ち合った。伊沢は小柄な男で、ワイシャツにネクタイ姿——シャツの袖は捲《まく》り上げている。そんな格好をする時期ではないし、経産省は省エネで暖房を抑えている感じがするのだが……極端な暑がりなのかもしれない。

「それで——どういうことでしょうか」テーブルにつくなり、伊沢が切り出した。せっかちなのか、あるいは不安なのか。

「秋山さんの交友関係を調べています」由宇はまたスマートフォンを取り出し、有岡の写真を見せた。

「有岡さんじゃないですか。昨夜、逮捕された」

「有岡さんだ、ということは、知っているんですね」

「ええ。秋山の同郷の友だちでしょう？」

「学生時代に、サークルの呑み会に顔を出したりしていたという話は聞いていますけど、よく名前を覚えてますね」あまりにも記憶が鮮明だと、かえって怪しい。

「卒業後も何回か会ってますね。秋山と呑む時、一緒に来たりして」

「サークルの同窓会——呑み会は年に一、二回と聞いてましたよ。秋山と呑む時、一緒に来たりして」

「それとは別の、個人的な呑み会ですよ。そういう時に、有岡さんも来たことがあります」

「彼は何をしている人なんですか」

「さあ……」伊沢が首を捻る。「聞いてもいつも『いろいろ』って言うだけで、曖昧でしたね。正直、ちょっと危ない人かなと思ってました。ちゃんと仕事をしていれば、普通に言うでしょう？」

「そういう人と秋山さんがつき合っているのって、どんな感じでした？」

「うーん……幼馴染みっていう話だったから……幼馴染みって、相手がよほどのことでもしない限り、腐れ縁でずっと関係が続くじゃないですか」

「ええ」あるいは、一緒に仕事——悪事に手を染めていれば。

「でもまあ、秋山もちょっと怪しいところがあったからな」

「詐欺事件のことですか？」

「あまりこういうことを言うべきじゃないだろうけど、警察庁にも友だちがいるんですよ——大学の同級生で。そういうところから、情報が流れてきたりするんです」伊沢が声をひそめる。「首謀者じゃないかって言われてたけど、捜査を詰め切れなかったんですよね」

「そこは私の担当ではないので、はっきりしたことは言えません」由宇は少しむかついていた。警察庁というのは、実は情報統制が少し緩い。警視庁や他の県警が捜査している事件で、現場は徹底してマスコミに情報を隠していても、警察庁から漏れてしまうことがあるのだ。重大事件の場合、警察庁には逐一情報が上がるから、リアルタイムで把握しているし……その辺は、現場と、それを管理するだけの役所の意識の違いがあるのかもしれない。幸い由宇は、そういう目に遭ったことはないが。

「そういう話が出てからは、秋山とはちょっと距離を置くようにして……その後コロナの感染拡大で、何年も会ってないですけどね」

「有岡さんは、どんな人ですか？」

「うーん……」伊沢が腕組みをして唸った。「やっぱりな、と思いましたよ」

「つまり、何か悪いことをしているような印象ですか？」

「金に細かいっていうか煩《うるさ》いっていうか、僕もいる呑みの席で、秋山と喧嘩してましたからね。他人の金を動かして上澄みを吸い取るような仕事、馬鹿馬鹿しいだろうって。お前はそんな人間じゃないって熱く語ってましたけど、なんだかずれた話ですよね。聞きようによっては危ない感じです」

そもそも有岡自身が強盗事件に手を染めていたのだから、上澄みがどうのこうのなどと言える立場ではないと思う――おそらく露見していないだけで、過去にはもっと多くの犯罪歴があるだろう。特捜本部では、その辺のことも叩くはずだ。

「それでも二人は、友人関係だったわけですよね」

「そうだと思いますよ」

「その頃、有岡さんが犯罪を仄《ほの》めかしたようなことは……」

「それはなかったですけど、危ない感じはしました。違法行為すれすれの合法な商売もあるじゃないですか。そういうことをやっているのかな、とは思いました。金回りはよかったはずですよ」

「そうなんですか？」

「二次会で銀座に流れたことが何度かあるんですけど、結構高級なクラブで顔《カオ》になってましたからね。『ここは俺の庭だから』って」

「その頃、二十代ですよね？　二十代で銀座の店を庭って言うのは……」由宇は思わず苦笑してしまった。東京には多くの繁華街があるが、銀座に通うのはもっと年配、かつ社会的地位の高い人、というイメージがある。二十代なら、新宿や六本木の方が遊びやすいのではないだろうか。

「突っ張ってたのかもしれませんけど、常連だったのは間違いないですよ。店の女の子の対応を見ていれば分かります」

「当時、豊洲のタワマンに住んでいたようです」

「本当に？　だったら実際に、相当儲けていたんでしょうね。何をやってたのかな……やっぱり犯罪ですか？」

「今のところは、そういう情報はないんですけどね。秋山さんはどうですか？」由宇は話の矛先を変えた。「詐欺事件の首謀者かもしれないという情報は、意外でしたか？」

「ええ、いや……うーん……」

「どっちなんですか」伊沢の迷いの意味が分からない。

「山っ気のある人間なのは間違いないですよ。投資でも、結構リスクのあるところに大きく金を突っこんだりしてますから。投資じゃなくてギャンブルみたいだからやめておけって言ったんですけど、『スリルがなかったら投資なんかしない』って言ってました。

着実に儲けるんじゃなくて、一攫千金《いっかくせんきん》を狙うタイプなんじゃないかな。本当は、そういう人は投資をやっちゃいけないんですけどね」

「なるほど……そういう人は、犯罪に走りがちなんですかね」

「それは警察の人の方がよくご存じでしょう」伊沢が苦笑いした。「でも、大損したっていう話は聞いたことがないし、生活ぶりも決して地味じゃなかったから、プラスマイナスで言えばプラスだったんでしょうね。まあ、元々はあまり贅沢《ぜいたく》をしない人間だったんで……贅沢って言えば、ちょっと車に凝ったことがあるぐらいかな」

「車ですか」泡銭《あぶくぜに》を得た人間がまず金を使うのは不動産と車、そして男性なら腕時計、女性なら宝飾類やブランド品のバッグだ。

「一回、ベンツの……何でしたっけ？　芸能人やスポーツ選手が乗るような、ごついSUV」

「Gクラス？　ゲレンデヴァーゲンですか」綿谷が助け舟を出した。

「そうそう。山みたいな車ですよね」伊沢が笑った。「それに乗ってきたんで、びっくりしたことがありました。都内の狭い道路で乗るような車じゃないですからね……でも次に会った時には『もう売った』って言ってました。『都内で移動するならタクシーの方が楽だ』って。たぶん、何かで泡銭を得たんじゃないかな。それで経費として車を買ったとか」

「なるほど……そういう贅沢品を集めるような趣味はなかったんですね」

「昔から地味な人間だったから。でも、金に対する執着はすごかったですけどね。たぶん、実家がずっと、経済的に苦しかったからじゃないかな」

「山口で果樹園をやってますよね」

「大金を稼げるわけじゃないでしょう。仕事はきつくて儲けは高が知れてるし、台風が来れば、その年の果物が全滅したりするんですから、安定もしてないですよね。だから一気に大金を稼ぎたいという気持ちが強かったんじゃないかな」

「実家に楽をさせようという感じだったんですか？」

「それはないかな」伊沢が首を捻った。「実家の話は、あまり聞いたことがないですね……いや、悪口はあるけど」

「そうですか」

「そもそも何で山口なんだって、口癖みたいに言ってましたから。どこで生まれ育つかは自分では決められないからしょうがないと思うんですけど。東京で生まれた人間とそうじゃない人間は、最初から差がついてる、なんてよく言ってましたよ」

「東京って、地方出身者の街なんですけどね」

「ねえ」伊沢が同意する。「僕は東京出身なんですけど、よく『羨ましい』って言われてました。東京っていっても武蔵村山《むさしむらやま》で、ほぼ埼玉なんですけどね」

秋山は、強烈なコンプレックスの持ち主だったのかもしれない。地方出身であることが悔しく、何とかのし上がろうとした――そんな人間にとっては「どれだけ金を儲けているか」が一つの、いや、絶対の基準だったのかもしれない。

「そう言えばあの二人――秋山と有岡さんって、何か不思議な関係でしたね」

「そうなんですか？」

「友だちみたいな、ライバルみたいな。二人ともはっきり言ったことはないけど、どっちが多く儲けてるか、張り合っていた感じなんですよ」

「二人で一緒に何かしていたわけではないんですか？」

「それは……」伊沢の顎にぐっと力が入る。「例の詐欺、ということですか」

「いえ、そういうわけじゃありません。それも可能性の一つではありますが」

「そもそも秋山が振り込め詐欺をやってたなんて、今でも信じられないですよ。ギャンブラーではあったけど、違法行為をするなんて……でも今回、あいつが殺されて――結局は、そういう人間だったんですかね」

そういう人間――裏社会とつながりを持つ人間。それなら、どこかで誰かを怒らせて、あんな形で「処刑」されてもおかしくはない。

「大学の同級生以外ではどんな人とつき合っていたか、ご存じないですか？」

「有岡さんは分かりますけど、あとは……」伊沢が首を捻る。「ちょっと分からないですね。やっぱり大学を卒業すると、どうしても進む道が分かれますから。話が合わなくなることもあるし、物理的に遠くなることもある。同じ趣味でもない限り、そんなに長くつき合いも続きませんよね」

「投資は趣味ではないんですか？」

「僕ですか？」伊沢が自分の鼻を指差した。「確かに今でも投資はやってますけど、ごく少額ですよ。老後に備えて手堅くやってるだけです。それに大学の時のサークルは勉強会みたいなもので、本当の金儲けが目的じゃなかったですからね。学生だから、投資できる額も大したことはないし」

「――分かりました。何か思い出したら連絡してもらえますか？　いつでも構いませんので」

「あまり……正直言って、関わり合いになりたくないですね。昔の友だちが犯罪に巻きこまれたのって、いい気分じゃないですよ。それにこういう仕事をしていると……」

「公務員は、周りが厳しいですからね」由宇はうなずいた。「伊沢さんから話を聴いたことは、外には漏らしません。ですから、何か分かったら――」

「分かれば、ですよ。思い出せるかどうかは分からないけど」伊沢の表情が一気に渋くなる。

新橋のSCU本部までは歩いてしまおう、ということになった。少し距離はあるが、由宇にとっては一種のリハビリ――歩くことで肩が治るわけではないが、動かないと全身の反射が鈍くなる。

「しかし、同じ大学の友だちといってもいろいろだな」綿谷がしみじみとした口調で言った。

「ですね」「卒業後の人生は、様々に分かれるわけだ」由宇は、学生時代に親しかった友人たちの顔を思い浮かべた。既に結婚して専業主婦になっている人もいるし、青年海外協力隊に入ってアフリカで子どもたちに勉強を教えている人もいる。

「俺の高校の同級生なんて、皆同じ感じだからな」

「そうなんですか?」

「地元の大学を出て公務員や教員になる奴が多くてさ。あるいは実家の商売を継ぐとか。東京へ出てきちまった俺なんか、少数派だよ。たまに田舎で同窓会に出ると、居心地が悪くて困る」

「東京の話とか、皆聞きたがりませんか?」

「今は、東京の話なんか珍しくもないから。それに、テレビやネットでも分かるしな。皆、内輪で固まって昔話や家族の愚痴ばかりだよ。一人で酒を呑むしかないから、同窓会に行く度にひどい二日酔いになる」

「だったら行かないという手もあるんじゃないですか」

「実家にはたまに顔を出さないといけないから、そういう時にさ……うちの高校、俺の代はやけに仲が良くて、毎年一回は集まってるんだ」

「それって、結構すごいですね」由宇の場合、高校の同窓会の通知が来たのは二十八歳の時——卒業十年目の一回だけだった。

「まあ、他にあまり楽しみもないだろうから……東京の大学に行った連中は、やっぱりバリエーション豊かな人生を送ってるな」

羨ましそうな気配を声に感じ取った。綿谷も実は、東京の——少なくとも地元を離れて知らない街の大学に進学したかったのかもしれない。

「でも、中には犯罪者になる人間もいますから」

「それは、どんな集団でも同じだと思うけどな。一定の割合で悪い奴はいるんだよ」綿谷が嫌そうな表情を浮かべる。

4

ＳＣＵの本部に戻ると、八神と最上が既に帰って来ていた。二人とも表情が冴えない。最上がパソコンと睨めっこをしているので、由宇は八神に話を聞いた。朝岡琢磨の手がかりの糸は切れている——勤務先の無断欠勤は続き、自宅に戻っている気配もない。今、地元——厚木だった——の実家の関係を調べているという。

「電話番号が分かったんだけど、出ないんだ」八神が渋い表情で説明する。「取り敢えず、電話で話すようにしてみるよ。厚木だから直接行ってもいいんだけど、その時間がない」

「無駄足になる可能性もありますね」

「ちょっと巻き直す。朝岡琢磨と村上多佳子の関係を割り出せればいいんだけど、今のところ接点が何もないんだ」

「二人の前科前歴は？」

「ないな。こっちのレーダーには引っかかってきていない」

「いかにも怪しいんですけどね……」由宇は前髪を直した。夕方、前髪のキープ力もエネルギーも切れかけている。立ち上がってコーヒーを淹れにいった。

「コーヒーが欲しい人は？」全員が手を挙げる。最上はパソコンの画面に顔を向けたままだった。

コーヒーをカップに注ぎ分けると、各人が取りに来る。最上は立ち上がろうとしないので、仕方なく持っていってやった。

「何をそんなに夢中になってるの？」

「夢中というか」最上が身を捻って由宇を見た。ＳＣＵの中では最上だけがパソコン二台持ち……彼が普段本部で使っているのは、二十七インチの巨大なモニターつきのパソコンである。由宇たちが支給されているノートパソコンは、最上にとってはモバイル用だ。「銀座の犯行現場の映像です」

「何でそんなものを？」

「ＳＳＢＣに知り合いがいて、内緒で流してもらったんですよ」

「そんなこと、できるんだ」由宇は呆れて言った。

「念のために見ておこうかと思って……暇がなくて、今まで見られなかったんですけどね」

「そんなに近くで見てると、目を悪くするよ」八神が近づいてきた。「ＳＳＢＣの連中は、普段からブルーベリーのサプリを支給されてるらしいけど」

「マジですか」最上が驚いたように目を見開く。

「ＳＳＢＣジョークだよ……」コーヒーを飲みながら、八神もパソコンの画面を覗きこんだ。すぐに「あれ？」と小さく声を上げる。

「何かありました？」

察した最上が立ち上がると、八神はすぐにその席に座った。モニター上では、動画が一時停止している。八神はほんの数秒タイムラインを戻して再生をスタートし、顔を画面に近づけた。そしてすぐに停止。

「これさ……有岡じゃないか？」

「店内の映像ですよね。どこですか？」由宇は八神の横で体を屈め、画面を覗きこんだ。

「二階だね」八神があっさり言った。

「どこかに書いてあります？」

「この店──この女性専門の靴屋さん、二階にあった。覚えてる」彼の頭の中には、銀座シャインのフロアの様子もすっかり入っているのだろう。「最上、映像は拡大できるか？」

「全画面表示にすれば」最上が手を伸ばし、マウスを操作した。二十七インチの画面全体に、画像が映し出される。

「ここだよ。この、右下のところ」八神が画面を指差した。

「本当だ」

店の角に体が半分隠れているが、確かに有岡らしい人物が映っている。少なくとも服装は、銀座シャインの出入り口で確認されたものと同じ──黒いジーンズに、限りなく黒に近いグレーのコート。しかしシャインを出る時に持っていた大きなバッグは見当たらない。八神が再生速度を四分の一に落として動画を再生した。有岡が通路に出てくる。一人ではない──秋山が一緒だ。二人は歩きながら話し合っている様子だったが、すぐに有岡が秋山の肩を突いた。邪魔だ、どけとでもいうように……秋山が追いすがり、有岡の腕を摑む。有岡が振り払い、足早に立ち去ろうとした。秋山がさらに追う――何か話しかけている。かなり厳しい形相だ。

「八神さん、何で分かったんですか？」由宇は思わず訊ねた。

「いや、ちょっと見えただけだよ」八神が平然と言う。

「さすがですね」最上が腕組みをして、感心したように言った。綿谷と結城も来て画面を見ている。

「ちょっと変だと思ってたんだ」八神が打ち明ける。「俺たちは秋山を尾行していて、銀座シャインの中で見失った。後で、有岡がシャインにいたことが分かった。同じ時間、同じ場所に幼馴染みの二人がいたんだから、会っていたとしてもおかしくない」

「……ですね」由宇はうなずいた。「もう少し映像をチェックしましょう。二人が一緒にいる場面が他にも見つかったら、何か手がかりになるかもしれない。最上君、動画は何本ぐらいあるの？」

「三十本。全部で三十時間分ぐらいあります」

「そんなに？」

「事件が発生した前後一時間の、館内の防犯カメラの映像を全部集めましたから」

「ＳＳＢＣがよく渡したもんだな」綿谷が心配そうに言った。「バレたら大問題だぞ」

「大丈夫です。ちゃんと買収してありますから」最上が平然と言った。

「買収って、お前……」

「絶対にバレないから、心配しないで下さい」最上は妙に自信ありげだった。「分担して見ますか？」

「俺がやるよ」八神が言った。「見る必要がないものもあるし、二倍速で見ればそんなに時間はかからない」

「二倍速で見て、見つけられますか？」聞いてからすぐ、由宇は余計なことだと思った。八神の目は、自分たちとは違う。

「大丈夫だと思うよ。二人とも顔も格好も覚えてるから……というより、こいつらを見逃したのは俺の責任だからね」八神が悔しそうに言った。

「それを言うなら、私の責任でもあります」由宇は言った。

「じゃあ、二人で分担してやるか」

「一応、映像をもらってきたの、俺なんですけど」最上が遠慮がちに手を挙げる。

「じゃあ、三人で」八神が苦笑した。

「俺は遠慮しておくよ」綿谷が力なく首を横に振った。「この映像を見てたら、ますます目が悪くなりそうだ。最近、老眼もきついから」

「綿谷さん、老眼は早いんじゃないですか」由宇は言った。

「個人差があるんだよ。俺は四十代の半ばから、もう来てる」

「朝比奈、二人は銀座シャインにいて、言い争っていた可能性が高い――この情報は、映像からさらにはっきりさせられるかもしれない」結城が切り出す。

「はい」

「情報が集まったらどうする？」

「最上君、これってあくまで、非公式な情報提供だよね？」

「ええ」

「だったら、うちが銀座署や世田谷西署の特捜に情報提供すると、ＳＳＢＣのお友だちがまずいことになるんじゃない？」

「そう――ですね」最上の表情が暗くなる。

「だったら、あなたからその友だちに、詳細な情報を伝えてあげて。あくまで、そのお友だちが自力で発見したことにして、二つの特捜に情報を提供する――キャップ、そんな感じでどうですか」

「構わない」結城が鷹揚《おうよう》にうなずく。「別にうちは、手柄が欲しいわけじゃないからな。捜査を動かすきっかけになればいいだろう」

「では、今の作戦で行きます」由宇はうなずき返した。

それから三人は、分担して映像の確認を始めた。二倍速なので、通常の映像を見るよりも集中しなければならず、本当に疲れる。一時間も続けていると、目の奥が痛くなってきた。きつく目を閉じ、そっと指で揉《も》んでいると、「ほれ」と言う綿谷の声が聞こえた。目を開けると、目の前でぼやける何か……。

「何ですか」

「ブルーベリードリンク」

視界がはっきりしてくると、ジュースの四角いパックだと分かった。

「これを飲んでも、いきなり眼精疲労が治るわけじゃないでしょう」

「気は心だよ……俺は帰るから、差し入れだ」

「あ、そうですね」壁の時計を見上げる——既に午後七時近くになっていた。

「一応、明日からの週末は休みにしよう。キャップもそう言っていた」

「動いた方がいいんじゃないですか？　特捜も動いているし」

「そういう訳にはいかないよ。緊急の用件があるわけじゃないし、キャップも労務管理では苦労してるんだぜ」綿谷が諭した。

「それは分かりますけど、そこはキャップに苦労してもらって——」

綿谷が困ったように笑ったので、由宇は口を閉じた。

「俺の勘だと、まだフル回転のタイミングじゃない。今週は残業も多かったし、君は怪我のこともある。無理しない方がいい」

「――分かりました」結局由宇は折れた。「今夜中に何か動きがあったら連絡します。キャップは……帰りましたよね」

本部内に姿はない。ただしあのキャップの場合、帰宅しているのか、どこかで誰かと会っているのか、まったく分からない。神出鬼没というか、自由自在というか。

綿谷が帰ると、由宇は急に空腹を覚えた。

「八神さん、今日、夜大丈夫なんですか？」

「ああ」画面を凝視したまま八神が答える。「俺だって、四六時中家事を手伝わないといけないわけじゃないから」

「もう少し粘るとしたら、何か食べませんか？　何時になるか分からないし」

「そうだな」八神の声にはあまりその気が感じられなかった。元々、食べることにはそんなに執着しない人なのだ。

「何か買い出ししてきましょうか？」最上が立ち上がった。

「いいけど、何にしようか」腹は減っているものの、「これが食べたい」という希望が由宇にはない。

「『六華屋《ろっかや》』の中華五目弁当は？」

最上が提案し、由宇は八神の顔を見やった。六華屋はＳＣＵ本部のすぐ近くにある中華料理店で、コロナ禍が始まってからテイクアウトを始めた。その弁当がやたらと評判がよく、今は昼時に弁当を求める人で、長い列ができている。

「俺はそれでいいよ」八神が疲れたような口調で言った。

「じゃ、私も乗るわ」由宇はうなずいた。

「行ってきます。一人千円ですよ」

「そんなに高かった？」ランチタイムは、七百円か八百円だったはずだ。

「夜は少し高いんです。おかずの数も多いですけどね」

最上が出ていくと、本部の中は急に静かになった。SSBCから借り出した動画には音声は入っていない。たまにマウスをクリックする音がするだけ……眼精疲労も限界だ。由宇は綿谷差し入れのブルーベリードリンクを飲んだが、当然すぐ効くわけではない。甘酸っぱい味で、空っぽの胃が刺激されただけだった。

十五分ほどで最上が帰ってくる。気を利かせて、ペットボトルの温かいお茶も三本買ってきていた。三人は打ち合わせ用のテーブルに座って、弁当を食べ始めた。確かに昼の弁当よりも豪華……定番の中華定食という感じで、料理はどれも美味しそうだ。鶏の唐揚げ、酢豚の二つがメインで、青菜の炒《いた》め物もついている。中華料理だと野菜があまり取れない感じもするのだが、これなら十分だろう。仕事中に急いでかきこむ夕飯としては、文句のつけようがない。

「これ、二百円足すと白飯がチャーハンになるんですよ」と最上。

「だったらそれでもよかったのに」

「できてから五分以上経ったチャーハンは許容できません」最上が妙に強硬に言い張った。

「何、それ」

「チャーハンは、町中華のカウンター席で、できて五秒で受け取るのが理想です。時間が経つとパラパラ感がなくなるんですよ」

そういうしっとりしたチャーハンも悪くないのだが……由宇は崎陽軒《きようけん》の炒飯《チャーハン》弁当に一時凝っていて、新幹線で帰省する際はそればかり食べていた。もちろんあれは、時間が経っても美味しく食べられるように、調理に工夫が施されているのだろうが。

八神はあまり食が進まない様子だった。食に興味がないとは言っても、普通の成人男子並みには食べるのだが……心配になって訊ねる。

「八神さん、調子でも悪いんですか」

「あ？　いや、そんなこともないけど」慌てて八神が白飯を頬張る。ゆっくりと咀嚼して飲み下すと、一つ溜息をついた。「ずっと銀座シャインの件は気にかかってたんだ。秋山を見逃したこともそうだし、その後の強盗騒ぎも……捜査一課出身者として、情けない限りだよ」

「それを言うなら私もそうです」監察の処分がまだ決まっていないのが気になる。すぐにでも処分内容を決めたいような感じだったのに、どうなったのだろう。

「二人とも、そう落ちこまないで下さいよ」最上が呑気な口調で慰めた。「そもそも、銀座シャインの一件はミスとも言えないんじゃないかな。余計なことを言う人がおかしいんですよ」

「最上君は気楽だね。あの現場にいなかったから、そう言えるんだよ」

「そうかもしれませんけど、一々気にしてたら、この仕事はできませんよ」

「そうなんだけどさ……」

最上のように呑気に構えられる人間は、この仕事では有利だと思う。明日にストレスを持ち越さず、次の新しい仕事に向かえるのだから。八神の最大にして唯一の弱点が、過去から簡単に抜け出せないことだ。一緒に容疑者を追跡していた後輩をミスで死なせてしまったこと——ＳＣＵに来てからも、しばらくはその件を引きずっていた。いや、今もそうかもしれない。

「八神さん、取り返せることですよ」由宇はできるだけ明るい声で勇気づけた。

「そうかな」

「八神さんが元気出してくれないと、私がリーダー失格になります」

「リーダーというか、君はメンターみたいなものかもしれないけど」

「私が八神さんのメンターですか？」

「朝比奈さんがメンターだったら、逆に潰されそうだな」最上が横から茶々を入れた。

「最上君、それは言い過ぎ」

「失礼しました」

ようやく小さな笑いが漏れ、その場の空気が和んだ。

「もう一息、頑張りましょう」

「そうだな。ここで頑張らないと、俺はミスを取り返せない」八神が真剣な表情でうなずく。

「それは私も同じ、ということにしておきます」

三人はそれぞれの作業に戻った。空腹は解消されて多少は元気が出てきたが、今度は眠気との闘いになる。肩も凝ってきたが、由宇は自由に肩を動かせないので、凝りを解消することすらできない。怪我する前は、二週間に一度ぐらいマッサージに通って体を解していたのだが、それもしばらくはお預けだ。

「いた」すぐに八神が声を上げた。由宇と最上は彼の席に行き、画面を見つめた。小さいノートパソコンの画面なので分かりにくいが……八神が画面の一角を指差した。

「これ、秋山だろう」

「場所はどこですか」

「やっぱり二階だ。さっきの店とは、吹き抜けを挟んで反対側だと思う。スローで再生するぞ」

秋山がいる。数秒後、有岡が急に向かいから姿を現した。表情までは見えないが、全身から怒りを発している。二人はしばらく向かい合ったまま言い合っている様子だったが、ほどなく有岡が秋山の腕を摑んでどこかへ連れていく——すぐに画面から消えた。

「さっきの十分前ぐらいだ」八神が告げる。

「何ですかね」由宇は首を捻った。「揉めてる感じはしますけど」

「とにかく、二人が今でも関係があることは分かりますよね。通話記録なんかを確認すれば、もう少しはっきりするんじゃないですか」最上が指摘する。

「さすがに特捜も、もうそれはやっていると思うけど」

「この少し後に爆破事件が起きた」八神がぼそりと言った。

「二人が組んでやったんでしょうか」

「それはどうかな」八神が顎を撫でる。「それなら、こんな風に人目につくところで揉めたりはしないだろう。何か……秋山が有岡を止めようとしていたとか？　そんな風に見えるんだよな」

「仲間じゃないんですか？」

「それは有岡に確認してみないと分からないけど」八神がうなずく。「もう一踏ん張り、頑張ろう。これはいい手がかりになるかもしれない」

謎が深まるだけの可能性もあるが。有岡は、まだ黙秘を貫いているかもしれない。いかに大友鉄とはいえ、落とすにはかなりの時間がかかるのではないだろうか。

午後九時前、全ての映像のチェックを終えて、由宇は目を閉じ、天井を見上げた。今日だけで、視力が一気に落ちた感じがする。SSBCの人たちは、こういうきつい仕事を毎日のようにやっているわけだ。あるいは今は、こういう映像のチェックもAIで行えるようになっているのかもしれないが。取り敢えず、明日からの週末が休みでよかったとつくづく思う。

「じゃあ、最上、SSBCのお友だちには上手く伝えてくれよ」八神が言った。

「そうします。しかし、疲れたなあ」最上が思い切り伸びをした。

「今日は帰って、目を休めよう。いい仕事だったよ。週末を休みにするのは、そのご褒美ということで」

「お褒めいただいて恐縮です」ひょうきんに言って、最上がひょこりと頭を下げた。

「あ、そうだ」由宇は急に思い出してスマートフォンを取り出した。カレンダーアプリで確認する。やっぱりそうか……すっかり忘れていた。「八神さん、私、明日の朝一番で病院に行きます」一々報告することではないが、一応居場所は知っておいてもらった方がいいと思った。

「診察か?」

「はい。経過観察です。レントゲンも撮るので、午前中は潰れるかもしれません」

「それはちゃんと行ってくれよ。怪我を治すのが最優先だから」

「分かりました。一応、ご報告まで」

「医者の言うことは大人しく聞いておいた方がいいよ」八神が忠告した。

「治りが遅いかもしれませんね」最上が言った。「朝比奈さん、ずいぶん無理してるでしょう。本当は動かさないで安静にしてるのが一番なんじゃないですか？」

「思い切って手術した方がよかったかも」由宇は首を横に振った。

「手術すると、やっぱり負担は大きいよ」八神が顔を歪める。「メスを入れずに済むなら、その方がいいんじゃないかな。今は手術しても、すぐにリハビリをさせられるから、かなりきつそうだし」

「そういうのは我慢できると思いますけど……大丈夫です。痛みはかなり薄れましたから。動くのに少し不便なだけです」

「そのベルト、両肩を固めるんですよね？」最上が長い腕を畳んで自分の両肩を触ってみせた。

「こういうやつしかないんだって」

「何だか大リーグボール養成ギプスみたいな感じ、しませんか」

「喩《たと》えが古いよ」八神が苦笑した。「それをリアルタイムで知ってるのはキャップぐらいじゃないか？　綿谷さんだって知らないかもしれない」

「でも、大リーグボール養成ギプスって、パワーワードとして一人歩きしてるでしょう」

「動かせないんだから、筋トレにはならないわよ」由宇は肩をすくめようとしたが、そんな動きさえ上手くできない。

「じゃあ、帰るか。お疲れ」八神が自分の荷物をまとめた。駅までは一緒……疲れてはいるが、心地《ここち》好い疲れではあった。

　駅まで行く途中、バッグの中でスマートフォンが鳴っているのに気づく。こんな時間に誰だろう……確認すると、見慣れぬ携帯の番号が表示されていた。由宇は歩きながら電話に出た。

「——もしもし？」

「ああ、朝比奈さんかい？」やけに馴れ馴れしい声。瞬時に相手が誰か分かった。

「富島さんですか」

「覚えててくれたとは光栄だね」面白そうに言って、富島が笑った。「ところであんた、今夜は暇かな？」

「ちょうど仕事が終わったところです」

「そうか。勤務時間外にも仕事はするわけだ」妙に謎めいた言い方。

「もちろん、そういうこともあります」

「もう少し残業するつもりはないか？」

「どういうことですか？」

由宇がつい立ち止まった。声が大きくなってしまったのか、気づいた八神と最上が振り返り、揃って怪訝そうな表情を浮かべる。

「いや、あんたにちょっと情報提供しようかと思ってね」

「それはありがたいですけど……綿谷はこのこと、知っているんですか」

「いや、あんたにだけ声をかけた」

「先輩を出し抜くのは気が引けます」それは言い訳で、由宇は危ない臭いを嗅ぎ取っていた。いくら綿谷のネタ元とは言っても、相手は暴力団員だ。一人で会いにいくのはまずい。かといって、今から綿谷を呼び出すのは現実味がないし、「明日にしよう」と言ったら、富島はヘソを曲げそうだ。

「綿谷さんには後で俺が話しておくよ。大事な仲間におかしなことがあったらいけないからな」

「おかしなことを企んでいるんですか？」

その問いかけに、富島が声を上げて笑った。「俺にはそんな度胸はないよ」と一転して真剣な口調になって告げる。「どうする？　あんた一人で来てくれた方が話しやすいな。この前の歌舞伎町のバー、覚えてるか？」

「分かると思います」

「どれぐらいで来られる？」

「――三十分で」山手線を使うと新宿までは意外に遠い。頭の中で地下鉄の路線図を思い浮かべ、銀座線と丸ノ内線を乗り継ぐのが一番早いと結論を出した。

「遅れないでくれよ。俺が酔っ払わないうちに来てもらわないと」

絶対に酔っ払いそうにない人間にそう言われると怖い。

第五章　つながり

1

丸ノ内線を新宿三丁目駅で降り、地上に出て早足で歩く。相変わらず歌舞伎町は人で溢れており、湿度が高い。歩いているだけで体が痒くなってくるようだった。

約束したバーのあるビルに入る前、スマートフォンを見る。先ほど通話を終えてから、二十八分が経っていた。セーフ、と思ったが、ここのエレベーターは異様に遅いと思い出し、「閉」ボタンを乱打する。

約束の時間ジャストに、バーのドアを押し開ける。店内には客がいない様子だった……二人のバーテンダーが、申し合わせたように同時に頭を下げる。そのまま視線を、店の奥の方へ向けた。

一番奥にあるボックス席に向かうと、富島が座っているのが分かった。彼の前には、この前と同じような小さなグラス。ウイスキーのストレートだ、と由宇は想像した。

「時間ぴったりだね」

由宇はコートを脱いで、ソファに腰かけた。丸めたコートは膝の上に置く。バーテンダーが注文を取りに来たので、申し訳ない口調で「ウーロン茶をお願いします」と頼んだ。

「さすがにもう、呑んでもいい時間なのでは？」富島が面白そうに言った。「金曜の夜だし」

「基本的にワイン党なんです」

「ここにもワインぐらいは置いてある」

「入って来る時にカウンターを見ました。私の好きなカリフォルニアワインはないようです」

「ほう」

「実家がイタリアンレストランなので、ワインには詳しくなりました」

「フランスやイタリアじゃなくて、カリフォルニアワインねえ」少し白けたように富島が言った。

「馬鹿にしたものじゃないですよ。アメリカ人の味覚は当てにならないけど、ワインは例外と言っていいと思います」

「そのうち、あんたの実家で飯を食わせてもらってもいいな」

「愛知ですよ」

「近いもんだよ。日本は狭い」

「富島さんのところの勢力外では？」

一瞬間を置いて、富島が笑いを爆発させた。むせそうになって、それを抑えるようにグラスを口に運ぶ。

「あの辺の連中とは上手くやってる。安全に旅ができる場所だ」

富島がスーツのポケットからスマートフォンを取り出した。ちらりと見て素早く操作し、すぐにポケットに戻す。

「覚えておきます——それで、今夜はどういうご用件ですか」

「有岡という奴が捕まったな」

「ええ」どうしてこの話になる？　先日会った時は、秋山の話をしただけなのに。

「奴はどうだ？　喋ってるか？」

「その件にはタッチしていないので、分かりません」大友は難儀しているかもしれないが、そんなことをわざわざ組員に教える必要はない。

「そうか……奴は、秋山と組んでいたらしいな」

由宇は思わず背筋を伸ばした。この事実は、自分たちも最近摑んだばかり——いや

「組んでいた」という情報は初耳である。幼馴染みということまでは分かっていたのだが。

「組んでいたというのは、どういう意味ですか」ビジネスパートナー？

「奴ら、学生時代から相当悪かったんだよ」

「秋山の学生時代、ですよね」由宇は微妙に修正した。「有岡は進学で上京したわけじゃありません」

「正確に言うと、そうなるな」富島がうなずく。「ま、二人とも二十歳ぐらいからということで」

「何をやってたんですか」

「パシリだ」

「組の……ですか？　富島さんのところではなく？」

「それだったら、もっと詳しいことが分かる。ブラックドラゴン、知ってるか？」

「半グレのグループですよね」半グレと言われる連中が認知され始めた頃の、伝説的なグループである。あちこちで暴力事件を起こし、最後は警察の徹底的な摘発作戦で壊滅に追いこまれた。

「そいつらと組んで、いろいろ悪さをやってたらしい。それこそ振り込め詐欺から、敵対組織を力で潰すまで」

振り込め詐欺は分からないでもない。秋山は、そこでノウハウを学んだ可能性もある。しかし暴力的な手段で敵対組織を潰すというのは、秋山のイメージに合わない気がした。もっとも有岡の場合は……いや、由宇はまだ、有岡という人間をあまり知らない。

「秋山という人は、そういうタイプの犯罪者ではないと思います。学生時代は、投資研究会で活動していて、きちんと学生生活を送っていたようですよ」

「投資詐欺というのもあるよな」

「そういうことに嚙んでいたんですか?」

「——という噂もある」

「はっきりしませんね」どうも富島は、自分をからかっているような感じだ。

「昔の話だからな。警察も目をつけていなかったようだ。うちは分かっていて、ちょっとちょっかいを出したらすぐに引いた」

「用心深いタイプということですか」

「危機察知能力が高いというのかな。危ないことが迫ってくると本能的に感じ取る——そういうタイプの人間、いるだろう」

「分かります」由宇はうなずいた。

「とにかくこの二人は、ブラックドラゴンで悪さを一通り学んだようだ」

「しかし、警察のブラックドラゴン壊滅作戦の時には、二人とも引っかかっていませんでしたよね」

「半グレの連中は、俺たちとは違う。盃《さかずき》を交わすわけじゃないし、出るのも入るのも自由だ。ただし、出た連中が裏切りでもしたら、どこまでも追いかけていって始末する。あんたらが知らないだけで、山の中や海には死体が一杯隠されてるよ」

「それは都市伝説だと思います。富島さんの業界でも、昔からそういう話はたくさんあったと思いますけど、基本的に嘘ですよね？　外部の人を怖がらせるためでしょう？」

「あんたもはっきり言うな」富島が苦笑した。「俺の口からそうだとは言えないね」

「分かりました。脱線してすみません」由宇はさっと一礼した。「とにかく二人は、壊滅作戦の網からは漏れていたんですね」

「あれは、何年ぐらい前だ？」

「もう七年か……八年前だったかもしれません」

「そうか。秋山が、もう振り込め詐欺をやってた頃だな」

「有岡も一緒だったんですか？」もしもそうなら、警察は中核メンバー二人を取り逃がしていたことになる――一人は名前すら割り出せていなかったわけだ。やはり半グレ的な組織――入るも抜けるも自由ということで、実態は摑みにくいのだろうが。

「秋山というのは、カリスマ性のある男だったと聞いています」

「らしいね」富島が同意した。「出し子や電話をかける人間に対する報酬は、そんなに高くない。出し子が受け取る金なんて、一回で五万円ぐらいだ。しかし奴は、相場の倍は払っていたそうだ」

「大盤振る舞いじゃないですか」

「奴が何を考えていたかは分からないが、恒久的な組織を作ろうとしていたのかもしれない」

「岩屋組みたいに？」

「会社組織のように」

富島がグラスをいじった。由宇は、先ほど運ばれてきたウーロン茶を一口飲んだ。今のところ、話は冷静に進んでいる。富島が自分に危害を加える可能性もなさそうだ。ビビっていてもしょうがないと思い、由宇はさらに質問を重ねた。

「秋山は、本当に大きな犯罪組織を作ろうとしていたんですか？」

「犯罪の総合商社みたいなものだな。その隠れ蓑として、会社の看板が必要だったんだと思う。仮にも会社となれば、社員の忠誠心が必要だ。それを金で買ったんだよ。当時一緒にやっていた連中に対する面倒見もよかった。逮捕された連中がいただろう？　そいつらの判決が確定して無事に出てきたら、隠していた金を分配した、という話があったからな」

「それは本当だと思います。秋山は投資をやっていて、それなりに儲けていましたから、金には困っていなかったはずです」

「一度悪いことを始めると、ずっと回転していかないと行き詰まるんだけどな……投資が上手い副業になってるんだろう。俺たちも見習わないと」

「余計なことはしない方がいいと思いますよ」由宇は忠告するように言った。

「まあ、俺たちも絶滅危惧種だからな」富島が自嘲気味に言った。

「そんなこともないと思います。組対《ソタイ》はいつでも忙しいですよ」

「いわゆる『やってる振り』じゃないか？　最近は、そういう人間ばかりじゃないか」

富島の皮肉に、思わず苦笑してしまった。確かに彼の言う通りで、「やってる」姿勢を見せながら、実際には何の結果も出していない人がいかに多いことか……それでも日本という国は何とか回っているのだから、まだまだ余裕があるのだと思う。

「まあ、そういうのはいいけど……秋山というのは、地頭がいい人間なんだろうな。乱暴なことはしないけど、上手くやってる。投資詐欺グループが摘発されても、自分は生き延びた——こういうのは、計算だけではできないことだ。本当にリーダー向きの人間かもしれない」

「有岡はどうなんですか？　子どもの頃から、かなり乱暴なタイプだったと聞いていません」

「ああ。ただし奴も、警察の世話にはなっていない。特殊詐欺グループの中では、秋山が計画立案、有岡が実動部隊を指揮するという役割分担ができていたようだ。その二人が、また組んで仕事を始めるという噂があった」

「何をやるんですか？」

「さあな。肝心の秋山が殺されてしまったし、詳しいことは分からない」

「有岡が殺した可能性はありますか」銀座シャインの強盗事件の直前、やり合っていた二人……例えば有岡があの強盗事件を計画して、秋山が「危ない」と止めようとしていたとか。

「どうかね。何が起きてもおかしくはないだろうけど」

「ツートップで何かやろうとしていたわけですか」

「本当にツートップかね」

「どういう意味ですか？」

「黒幕は別にいるかもしれない。奴らは実動部隊のトップで、全体を仕切っているのは別の人間……の可能性もある」

「それも噂なんですか」

「ああ、あくまで噂だ。ただしそれなりに信憑性《しんぴょうせい》は高いと思うよ」

「その黒幕が誰か、見当はついているんですか？」

「いや。情報収集はしてるが」

「何でそんなに一生懸命にやってるんですか？　自分たちの領土を侵されたら困るから？」

「庭は守らなくちゃいけない。好きにやらせておいて、もらうものはもらう、というのも手だけどな」

「犯罪で得た利益を掠《かす》め取る、ということですか」

「あんたもずけずけ言うね」富島がまた苦笑した。「ま、何とでも言ってくれ。半グレの連中が出てきた頃は、暴力団より怖いと言われた。覚えてるか？」

「ええ」あまりにも無軌道過ぎて動きが読めないからだ、と。

「最初は、あの連中の扱いにも困ったよ。ただし俺たちには長い歴史とノウハウがあるからね。あの連中をどう抑えつけて、どう利用するか、今は分かっている」

「嫌な関係ですね」

「あんたらから見れば、そうだろうな」富島がうなずく。「ただ、俺たちも生きていかなくちゃいけない」

「それなら、真っ当な商売で儲けて下さい」

「俺に説教するのか？」

「悪人を更生させるのも、我々の仕事なので」

富島が笑いを爆発させる。言い過ぎたかとも思ったが、本気で面白がっている様子だった。

「あんた、俺が見こんだ通りの人だね」

「私のことをどう思ってたんですか」

「度胸がある。今時珍しいタイプじゃないか？　最近の若い警官は、俺たちを見ても声もかけられないんだが」

「私はそんなに若くもありませんし、怖がっていたら何もできませんから」

「俺が言うのも何だが、大したもんだよ」富島がうなずき、空になったグラスを振ってみせた。バーテンダーがすぐにおかわりを持ってくる。

「そういう情報、どうやって集めるんですか」

「夜の街には、あらゆる情報が転がってる。酒を呑むと、つい余計なことを喋る人間もいるからな。そういう時に出た話は、いつの間にか広まるものだ。それを拾い上げるには、あちこちにスパイを配置しておけばいい」

「ここのバーテンの人もそうなんですか」振り返りたいという気持ちを必死に抑え、小声で訊ねる。

「否定はしないが肯定もしない」

甚だ効率が悪い感じもするが、組対や捜査二課のネタ元も同じようなものである。令和になっても、依然としてアナログな方法での情報収集が主流なのだ。

「ま、集まった情報の九割は無駄だけどな。それはあんたらも同じだろう」

「否定はしませんけど、肯定もしません」由宇も同じ答えを返した。

「どこも同じということか」富島がグラスの中身を半分ほど一気に呑んだ。

「とにかく、秋山と有岡がまた組んで仕事をしようとしていた、そのために人を集めていたのは間違いないんですね」

「だろうな。秋山が死んで、この先どうなるかは見通し不明だが」

「黒幕は誰なんですか？」

「それはまだ分からない。分かれば言ってるよ」

「出し惜しみしてるだけじゃないんですか」

「あんたのそういうところが、度胸があると言うんだよ」富島がニヤリと笑う。

「普通にやってるだけです。でもどうして、この情報を私に教えてくれたんですか？綿谷に言えばいいじゃないですか」

「もちろん、綿谷さんでもよかった。しかしあんたは面白い人だと思ったんでね。本当はどんな感じの人なのか、一対一で話してみたかった」

「期待通りでしたか？」

「期待以上だね」

「それはどうも……」話が雑談に流れてきたので、由宇はこの辺で脱出することにした。

これ以上長くなると危険な感じもする。相手はたっぷり酒が入った組員なのだ。「そろそろ失礼します。情報を共有しておきたいので」

「ああ」うなずき、富島がグラスを一気に空にする。

「わざわざ言うことではないと思いますけど、そういう吞み方は体に悪いんじゃないですか？」

「常温のウーロン茶を一気吞みしても、問題はないだろう」

「ウーロン茶？」由宇は空になった富島のグラスを凝視した。照明が暗いせいもあって、グラスに入った茶褐色の液体はウイスキーに見えたのだが。

「俺は下戸でね。これで酒を吞んでる振りをするんだ。ウーロン茶はウイスキーに見えるから、実にありがたい」

「そうですか……何だか気が抜けました。どうしてそんなことしてるんですか」

「酒か——酒みたいなものがないと、場が持たないんでね」

「勉強になります」由宇はコートを摑んで立ち上がった。ふと思い出してバッグから財布を抜き、千円札をテーブルに置く。

「これは？」

「自分の分のウーロン茶の代金です」

「俺の奢りで吞めないっていうのか——なんていう台詞は、時代遅れだろうな」富島が肩をすくめる。

「おっしゃる通りです」

「では、これで払っておく」言いながら、富島は千円札に手を出そうとはしなかった。

「もっともここは俺の店だから、結局俺の懐に入るんだけどな」

「経営しているんですか？」

「登記に名前はないよ」

いかにも暴力団らしい話だ……しかしこれは、まずいやり方かもしれない。結局、暴力団に金を流したことになるのだから。そんなことを気にしていたら、情報は取れないのかもしれないが。

店を出た瞬間、頭に血が昇った。綿谷が、エレベーター横の壁に背中を預けて立っている。

「終わったか」

「何してるんですか」ついぶっきらぼうな口調になってしまう。

「出ようか」綿谷がエレベーターのボタンを押した。来るまでしばらく時間がかかる。

「いつからここにいたんですか？」

「君が入った直後」

「富島に連絡を入れましたよね？」富島と話し始めた直後、彼がスマートフォンを確認したのを思い出す。綿谷がメッセージを入れたのだろう。

「ああ」

「どういうことなんですか?」

エレベーターが来て、綿谷がさっさと乗りこんだ。一緒に狭いスペースに入るのは気が進まなかったが、そうしないと話を続けられない。扉が閉まった瞬間、由宇は切り出した。

「私一人だと、危ないと思ったんですか」

「仮にも相手はマル暴だからな」

「綿谷さんは普通にネタ元にしているじゃないですか。私が女だから心配だったんですか」

「本来、こういうのは二人一組でやるもんだぜ」綿谷が正論を吐く。

「でも綿谷さんが富島と会う時は一人じゃないですか」

「俺はつき合いが長いからな」

「私は一人でできました。名指ししてきたんだから、危ないことはなかったと思います」そう言いながら不安になる。富島が何を考えていたかは分からないままだった。綿谷が「店の外にいる」とメッセージを送ったのが抑止力になった可能性もある。

エレベーターの扉が開き、二人は歌舞伎町の喧騒の中に放り出された。その騒音も湿

るのも嫌だった。気も、全てが煩わしい。交番勤務時代の駆け出しの頃に戻ってしまった感覚が蘇ってく

「子ども扱いしないで下さい」

「単なるリスク管理だ」

「綿谷さんだって、もう家に帰ってたんでしょう？　それをわざわざ……」

「今日は呑んでたんだよ」そう言えば綿谷の顔はほんのりと赤い。「新橋にいたから、富島から連絡が入って飛んできただけだ。大した手間じゃない」

「そうかもしれませんけど……」

「俺が君を守るのは、君がリーダーだからだ。例えば戦国時代だったら、大将が真っ先に敵陣に斬りこんでいくような真似は許されない。安全な場所で作戦を練って、味方を指揮するのが仕事だろう。リーダーの一番大事な役割は、きちんと生き延びて最後まで指揮を執ることだ。君も、本気で部長になりたいなら、その辺のことは肝に銘じておいた方がいい」

分かりました、とは言えない。やはり子ども扱い、あるいは「か弱い女性」として扱われているようにしか思えないのだ。

「俺は、君はリーダーになるべき人間だと思う。後に続く女性警察官のためにも、傷一つついちゃいけないんだ」

「傷つかないように、気をつけてやってます」

「しかし、実際には怪我してる」

綿谷の指摘を聞いて、銀座シャインでの自分のヘマをまた思い出す。

「とにかく無理しないでくれ。俺たちには君の知恵と決断力が必要なんだから」


土日の休み、モヤモヤした気分はずっと晴れなかった。土曜日は病院で診察。順調に回復しているというお墨つきをもらえたが、自由にならない体のせいで苛立ちは薄れない。日曜日、思い切って晶を誘って一緒に食事をした。晶は由宇の怪我のことを考えてこちらへ来ると言ってくれたのだが、由宇は彼女が住む下北沢へ出向くことにした。仕事以外で外出して、気分転換したかったのだ。

しかしこれは失敗だった。日曜日の下北沢は若い人で異様に混雑しており、真っ直ぐ歩くだけでも一苦労……待ち合わせの店に着くのに、五分遅れてしまった。駅のすぐ近くにある洋食屋を指定されたのだが、下北沢駅周辺は激しく再開発が進んで、いつの間にか、由宇の知っている街とはすっかり変わっていた。それで、店を見つけるのにひどく手間取ってしまった。

明るい店内は、ランチを楽しむ若い人や家族連れで賑わっている。その雰囲気に気圧《けお》されてしまった。

「ここ、高くない？」メニューを見るなり、由宇はつい言ってしまった。

「でも美味しいよ」

「それでも、週末限定ランチ二千九百円は……」

「今まで日本の物価が安過ぎたの。これだって、外国に比べれば高くないでしょう」

「給料が上がらないのに物価が上がっても困るよ」

「細かいこと言わないで。味は保証するから」

メインが選べるランチなので、二人ともポークソテーにした。最近、これをメニューに入れている洋食屋はあまりないと思う。

前菜代わりのサラダからして美味しかった。ドレッシングも一工夫してあり、味わい深い。メインのポークソテーには、店オリジナルのソースがかかっていて、これも何とも言えず美味しかった。極端に酸味の強いドミグラス——ご飯によく合う味だ。

「二千九百円の価値がある味でしょう？」

「晶って、いつもこんな高いところでご飯食べてるの？」

「たまにだよ」

「一人で？　例の弁護士先生と一緒に？」

「だから、そういう話はいいから」晶が照れ笑いした。

「私って、まだ頼りなく見えるのかな」

由宇は金曜日の出来事をぽつぽつと話した。話しているうちにまた落ちこんでくる。

「何よ、いきなり」

「なるほどねえ。それは、綿谷さんが正しいと思う」

「何で？」

「朝比奈は現場希望じゃないでしょう？　早く上に立って、人をまとめる――そういう仕事がしたいんじゃない？」

「それは、まあ……」

「今回は出過ぎたかもね？　向こうに呼ばれたのは仕方ないにしても、どんと構えているべきだった」

「それは無理だよ。私の仕事なんだから」

「戦国時代の武将ねえ」晶が妙に感心したように言った。「綿谷さんも上手いこと言うね。指揮官はできるだけ目立った装束を身につけて、味方からしっかり見えるようにしておくこと。自分を守る強い部下を周りに配置すること。指揮官が死んだら、その戦は負けが確定だから」

「でも今は、戦国時代じゃないよ」

「警視総監が現場に出ることなんてある？　暮れの歌舞伎町の巡視ぐらいじゃない。どんと構えて作戦を練る――朝比奈の仕事もそれだよ」

「そうなんだけど……」どうしても割り切れない部分がある。もちろん、女性初の部長になるという目標は今でも健在だ。しかし現場には現場の面白さがある。もう少し現場で揉まれて、厳しい状況を身を以《もっ》て経験してもいいのではないだろうか。

「朝比奈も、弱く見えるのがいけないんじゃない？」

「柿谷とは違うよ」

晶は幼い頃からずっと合気道をやっていた。人を傷つけるのが目的ではなくても、この道一筋の人間特有の殺気のようなものを常に漂わせている——それは綿谷と共通していた。

「あなたも合気道でもやってみたら？」

「柔道も剣道も苦手なのに？」警察官になれば誰でも、柔道、剣道、それに逮捕術を叩きこまれる。警察学校では、座学は得意だったが、こういう実戦となるとさっぱり……苦労した記憶しかない。

「合気道はむしろ女性向けだから。護身術としても使えるし」

「護身術が必要な状況にならないようにするのが、私の生き方なんだけど」

「それならいいけど」晶がうなずく。「ま、悩むのはいいことだね、若者よ」

「何言ってるの？　同い年だよ」

「アドバイスが欲しかったんじゃない？　もうちょっと頭を下げなよ」

「そうだね……」

晶が驚いたように目を見開いた。

「あなた、相当重症だね。そのうちまたじっくり話そう。お姉さんが相談に乗るからさ」

そんなことを言われてしまうのは、実に情けない。

2

月曜日に出勤すると、由宇はすぐに会議を招集した。金曜日、富島から聞いた情報を共有する。

「結局、宮原の情報は正しかったんだ」腕組みをした八神がうなずく。「もう少し早く摑めていたら、こういうことにはなっていなかったかもしれない」

「八神さん、宮原さんには後で情報を流して下さい。それと、銀座署と世田谷西署の特捜にも伝えます。二つの事件は関係している可能性もありますから、合同捜査にした方が効率がいいかもしれません」

「それはまだ早い」結城が割って入った。「今の状態では、そっちに流れが行かないように気をつけないといけない。情報は流すが、しばらくはうちで秋山と有岡の関係を調べていくことにしよう」

「しかし……」反論しかけて、由宇はすぐに口を閉じた。それでも自分を納得させるためにうなずき「分かりました」と告げる。

「今日はやけに素直だな」綿谷がからかうように言った。

「正しい話には反対しません」実際、結城の言う通りだと思う。秋山と有岡が始めようとしていた新しい犯罪組織——しかしその実態はまだ明らかになっていない。本当にそんな計画があったかどうかすらはっきりしないのだ。そんなあやふやな情報で、特捜本部の動きを決めてしまっては、危なくて仕方ない。まずはしっかり情報を集めて、それこそ熨斗をつけてＳＣＵから二つの特捜に提供するのが、一番効率的だ。

「それと、ラスボスの件なんですけど、まだ浮上していない人間ということでしょうか」最上が言った。

「黒幕。ゲームじゃないんだから、ラスボスはやめて」由宇は指摘した。

「すみません……」最上が頭を掻いた。

「一人、気になる人がいます」由宇が名前を挙げる。「朝岡琢磨」

「そうだな」八神が同意する。「少なくとも村上多佳子とは何か関係がある」

「朝岡を追いましょう」由宇は結論を口にした。「今のところ、正体がよく分からない人間は朝岡だけです」

「改めて、基礎データだけ言っておくよ」八神が手帳を広げた。「朝岡琢磨。一九九〇年生まれで今年三十二歳だ。住所は横浜市都筑《つづき》区。勤務先は神奈川区にある電子機器製造工場。分かりやすく言うと、朝岡の家の最寄駅は横浜市営地下鉄ブルーラインの北新横浜、工場は三ツ沢下町《みつざわしもちょう》駅の近くにある。元々神奈川県――厚木の出身だが、高校を卒業して実家を出てからは、あちこちを転々としているようだ。この工場では、派遣社員として一年前から働いている。ただし、無断欠勤が続いているので、会社としては解雇を視野に入れているそうだ――これが、今朝の段階での最新情報」

「実家の方との関係はどうなんですか？」

「ほぼ切れている。両親とは、もう何年も話もしていないそうだ。高校を卒業後に、家出同然に出ていったようだから」

「高校時代に何かあったんですか？」

「二年生の時に補導されている。万引きの未遂だな。学校は停学になっただけだったが、そういうことは以前からあったらしい。父親としてはそれがどうしても許せなかった――中学校の教員なんだ」

「教師の息子が万引きしたんじゃ、洒落にならないな」綿谷が渋い表情でうなずく。

「それで親子関係は悪化して、結局家を飛び出した、ということですね」八神も同じような表情で言った。「変な話ですが、弟の方は出来がよくて、大学を卒業してから神奈川県庁に就職しています。今、政策局に勤務していて、将来の幹部候補だそうです」

「それじゃますます、琢磨は家に寄りつきづらいよな」と綿谷。「万引き未遂の補導はともかく、犯罪歴はないのか？」

「ないですね。現在の会社での勤務状態は、悪くはなかったようです。少なくとも無断欠勤はなかった――ただし、取りたてて仕事ができるタイプでもないと……」

「工場なら、仕事ができるとかできないとかないと思うけど」綿谷が指摘した。

「そうでもないようですよ。チェックは、人の目じゃないと分からないこともあるみたいで……まあ、給料分は働くけどそれ以上はしない、というタイプのようです。同僚とのつき合いもほとんどありませんでした。車の話題を振ると、よく話したそうですけど」

愛車はＲＡＶ４――車好きが特に好む車とも思えないが。

「とにかく今のところは、レーダーから完全に消えています。何とか捜して話を聴きましょう」由宇は結論を口にして、結城を見た。結城が黙ってうなずく――許可。「自宅を監視しつつ、周辺捜査で関係者を割り出す方向でいきます。八神さん、勤務先の方は……」

「連絡があったらこちらに教えてくれるように頼んであるよ」

さすが、八神はぬかりがない。由宇は仕事の担当を割り振った。綿谷と八神は朝岡の自宅近くでの聞き込み。由宇自身は最上と組んで、両親に話を聴くことにした。このところ綿谷と組むことが多かったが、今日はちょっと……金曜日の件が、自分の中でまだ引っかかっている。綿谷に悪気はまったくないのだろうが。

最上がメガーヌを出してくれた。広い神奈川県内を動き回るには、やはり車の方が便利だ。

「東名で、厚木インターチェンジで降りますよ。最寄駅は本厚木《ほんあつぎ》です」シートベルトを締めながら最上が言った。

「ちょっと待って。弟さんには会った？」ふと思いついて言った。

「まだです」

「じゃあ、行き先変更。神奈川県庁へ行きましょう。両親よりも弟さんの方が、話がしやすい気がする」

「確かに……了解です」

行き先を変更したが、最上はナビにも頼らなかった。走り慣れた道のように、平然と首都高を走っていく。

「神奈川県内の高速って分かる？　東京よりごちゃごちゃしてない？」

「走ってれば覚えますすよ。タクシー運転手に転職できるかな」

「馬鹿なこと言わないで」思わず声が高くなってしまった。

「ええと……何で怒ってるんですか？」最上が不思議そうな表情を浮かべ、ちらりと横を見る。

「別に怒ってないけど」何だかペースが狂ってしまっている。綿谷のせいではないのだろうが……現場へ向かっているせいだ。指揮官は後ろでどんと構えて指示を飛ばすだけ——それが本来の仕事だと分かっている。しかし由宇は現場も好きだし、自分も動かないと仕事が回らないのもSCUの現状なのだ。これを打開するには、人を増やすしかない。だいたい、何でも自由に捜査していいといっても、五人しかいないので、納得のいく捜査ができないこともある。

「最上君、うちの人数が足りないって感じたことはない？」

「それはありますよ。しょっちゅうかな」最上があっさり同意した。

「本当は十人ぐらいいてもいいんじゃない？　どの部でも、普通の係は十人ぐらいのユニットでしょう」

「ですね」

「十人いれば、徹夜の監視も問題なく続けられるし。今回も、監視が甘くなったからこんなことになったわけだし」

「まあ、そうですね」

「平然と言わないで」

「でも」最上が人差し指で頬を掻いた。「四六時中忙しいわけじゃないでしょう。緩急があるのは、俺としてはやりやすいけどな。緊張と弛緩っていうか」

「それはキャップが勤務ダイヤをつけるのも大変なのよ」

「キャップの仕事で、俺には関係ないですからね。超過勤務手当ももらえるし、別に悪いことじゃない」

「そんなにお金が欲しい？」警察官の給与は、同じ年齢の他の公務員に比べればかなりいいのだが。「何か大きな買い物でもするの？　ついに自分の車を買う気になったとか」

あるいはバイク。最上は春——ツーリングシーズンになるといつも、バイク雑誌を眺めて悩んでいる。

「いや、車じゃなくてギターなんですけどね」どこか恥ずかしそうに最上が言った。

「もしかしたら、この前の事件の後から？」

一年近く前、ＳＣＵは若手バンドが絡んだ事件を捜査した。最上はその時に中心になって活躍したのだが、それがきっかけで昔の趣味が再燃したようだ。工業高校時代、実習で指を怪我してギターはやめたのだが、再びやる気になった、と嬉しそうに語っていたのである。

「あの後、ギターを二本、買っちゃいましてね。ギターって、結構金がかかるんですよ。最近の円安で一番影響を受けたのって何だか分かります？　ギターの弦なんです。輸入物は一気に値段が二倍になりましたからね」

「そうなんだ」何だかピンとこない話だ。

「春にギターを買った頃は、ワンセット五百円ぐらいだったんですよ。それが今は千円」

「なるほど……でも、どうするの？　バンドでも組む？」

「昔の仲間は誘ってくれてるんですけど、まだまだ……本気でギターを弾くのは十年ぶりですし、今の仕事をしてる限りは、バンドは無理ですよ。ちゃんと時間を取るのが難しい」

「まあ……趣味も大事にしないとね」話がいつまでも続きそうだったので、由宇は打ち切りにした。最近、最上がやけに明るかったのはこのせいかもしれない。失った過去を、今になって取り戻そうとしているわけか。食べること以外に無趣味な由宇には、羨ましいとしか言えなかった。

それにしても、最上がステージで演奏している姿が想像できない。ミュージシャンといえば不健康なぐらいほっそりしているようなイメージがあるのだが。最上は一八〇センチを超える長身で、しかもがっしり型である。

無駄話をしているうちに、神奈川県庁に着いた。東京都庁が、バブル時代の名残りを感じさせる超高層ビルなのに対して、神奈川県庁、特に本庁舎は昭和の初めの建物で、戦前の重厚な建築様式を今に伝えている。

朝岡の弟・礼司《れいじ》は政策局政策部総合政策課に勤務しており、その本庁舎に詰めている。

近くに車を停めて、歩いて近づく間に電話を入れる。

「警視庁特殊事件対策班の最上と申します。はい、そうです。ええ、お兄さんのことでお話を伺いたいんです。急で申し訳ないんですが、今近くまで来ているのでちょっとお時間を取っていただければ。そうです、すみません、警察の仕事はいつでも急なんです……ええ、はい、三十分でもいただければ。そうですか。では、よろしくお願いします」

通話を終えて、最上がほっと息を吐く。

「大丈夫だった?」

「協力的ですけど、あまり時間は取れないそうです。会議の合間に出てきてくれるそうで、近くのカフェで待っていて欲しいと」

「さっき通り過ぎた交差点――地下鉄の出入り口のところに交番があったわよね? そこじゃ駄目かな」自分たちのホームグラウンドで話ができる、という感じなのだが。

「さすがにそれは難しいでしょう。勤務先のすぐ近くの交番で長い間話しこんでいたら、誰かに見られるかもしれませんよ。それは嫌でしょう」

「確かに」

「というわけで、ちょっとお茶ということにしましょうか。ちょうどそういう時間ですよ」

午前十時半。確かに一息つく時間だが、今日はまだ何もしていない、と思うと少し後ろめたい気持ちになる。

カフェというかハンバーガーショップだった。店内は明るくカジュアルで、シビアな話をする感じではないが、まあ、これは仕方がない。

目立たない席に陣取ってメニューをざっと見ると、やはりハンバーガー推しだった。セットで八百円ぐらいというのは、普通のチェーン店と高級ハンバーガー店のちょうど中間ぐらいである。

少しだけ、エネルギー切れを意識する。銀座シャインの事件に巻きこまれる前は、料理が苦手なりに、朝ごはんだけはきちんと作ってしっかり食べていた。しかし今は、左肩を自由に動かせないので、野菜を切ったり卵を焼いたりするのも面倒臭く、朝はトーストを一枚焼いて野菜ジュースを飲むだけだ。明らかにタンパク質不足だし量も足りない。写真で見るハンバーガーはいかにも美味しそうだったが、ここは我慢……ただし少しでも空腹を満たそうと、温かいショコラオレにした。要するにチョコレートドリンクで、相当甘いしカロリーも摂取できるだろう。

「珍しいですね、そんなクソ甘いものを頼むなんて」最上は普通のコーヒーだった。

「今日は寒かったから」

実際、歩いている間に体が冷えてしまった。海に近い横浜は地形がフラットで、常に海風が街を吹き抜けているようだ。春から秋の最初の頃までは最高だろうが、今は海風が染みる。今日は暖かいウールのコートを着てくるべきだったと後悔したが、朝家を出た時は、横浜へ来ることなど考えてもいなかったのだから仕方がない。

しばらく黙ってショコラオレを楽しむ。鬱陶しいほど甘いが、体は温まるし、今はこの高カロリーの飲み物が必須だった。

カップの中身が半分ほどになった頃、店に入ってきた人物に最上が目ざとく気づく。中肉中背。きちんとグレーのスーツを着て、地味な紺色のネクタイを合わせている。少し長く伸ばした髪は真ん中から分け、ふわりとさせていた。どこから見ても、堅い職業に従事していそうな真面目な顔つきだった。店内をきょろきょろと見回し始めたので、最上がさっと手を上げる。礼司らしき男はひょこりと頭を下げ、ゆっくりとこちらに向かってきた。渦に呑まれるのを少しでも先送りにしようとでもいうように。

「朝岡礼司さんですね？」由宇は立ち上がって彼を迎えた。

「朝岡です」

「飲み物を買ってきます。何にしますか？」最上が愛想良く言った。

「ああ、じゃあ……普通のコーヒーをお願いします」

「ブレンド、了解です」

最上がカウンターに注文しに行っている間に、由宇は礼司と名刺を交換した。

「いったい何なんですか？」礼司は混乱していた。

「お兄さんを捜しているだけです」

「兄を……」

「最近会っていますか？」

「いえ」

「とにかく、お座り下さい。手短に済ませますから」礼司がいい情報をすぐに話してくれれば、だが。

礼司が椅子を引き、用心するように浅く腰かけた。

「お仕事は……県庁の中核みたいな部署ですよね」名刺を確認しながら由宇は訊ねた。

「県政の方向性全体を決める特命なんて言われてますけど、あまり手応えはないです」

「大事な仕事のように思えますが」

「県民の皆さんと直に触れ合う仕事じゃないので……いつもパソコンと睨めっこですよ。知事から無茶振りされることもありますし」

「それはうちも同じです」由宇は小さな笑みを浮かべてみせた。怪我して以来、何故かそういう笑い方が苦手になっているのだが。「うちも警視総監直属の組織なので」

「無茶振りされることもあるんですか？　警察だと、相当大変そうですよね」

「うちの場合は、いきなり警視総監が指示してくるようなことはありませんけどね」むしろ自分たちが、総監の名前を使って好き勝手にやっている――と周りからは思われている。

そこへ最上が、コーヒーを買って戻ってきた。礼司は「いただきます」と丁寧に言ってコーヒーを一口飲む。カフェインの刺激がすぐに効いたのか、目が開く。

「兄のことでしたね」静かな、落ち着いた口調だった。

「ええ」

「兄は高校を卒業して家を出て、その後は一度も戻ってきてないんです」

「完全に縁を切った、ということですか」

「二年前に祖父が亡くなった時も、帰ってこなかったぐらいですからね。携帯は昔から番号を変えていないと思うんですけど、その時も留守電を入れたのにまったく返信もなくて」

「無視、ですか」

「ええ」

「どこに住んでいるかは？」

「それも知りません。調べれば分かるかもしれませんけど、両親は放っておけ、と」

それはあまりにもリスクが大きいのではないだろうか。どこに住んで何をしているかも分からない状態で、突然事件や事故に巻きこまれたと知らせを受ける方が、ショックが大きくなるものだ。どこで何をしているか知っておけば——多少の予備知識があれば、状況は変わってくる。

「あなたも、まったく連絡を取っていなかったんですか」

「——いえ」決まり悪そうに礼司が言った。「そういうわけでもないです。何回か、話したかな」

「それはどうやって……」

「向こうから電話がかかってきたんです。一度だけ一緒に呑みましたけどね。僕が大学を卒業する直前です」

「お祝いですか？」

「まあ……そんなところですけど、会ったのはその時だけです」

「何をしているか、どこに住んでいるかは言ってましたか？」

「聞いてみたけど、それは絶対に言わなかった」礼司は首を横に振った。「それで、やばいと思ったんですよ」

「どういうことですか？」

「俺に何かあったら、家族じゃないことにしておけって言い出したんです。そんなこと言われたら、逆に心配になるじゃないですか」

その通りだ。犯罪に巻きこまれ——自ら何かやらかして逮捕されるのを予期していたような感じではないか。

「その時あなたは、二十二歳ですね。お兄さんは二十六歳ですか」

「ええ」

「六年前ですか……その後は？　連絡はどうですか」

「電話で二回ぐらい話したかな。向こうからかかってきた時だけです」

「お兄さん、何をやっていると思いますか」

「さあ……」暗い表情で礼司が首を横に振る。「想像もつかないです」

「暴力団とか？　それだったら何となく雰囲気で分かるんじゃないですか」今は、見た目で暴力団と判断できるような人は少なくなっている。そういうのは時代遅れなのだ——富島など、昼間街中を歩いていたら、絶対に組員とは思われないだろう。

「そういう感じじゃないです。会った時も、普通にスーツを着てましたから」

「そもそもお兄さん、何で家を出たんですか？　ご両親と折り合いが悪くなった理由は……」分かってはいたが聞いてみた。両親ではなく弟からは、別の理由を聞けるかもしれない。

「高校生の時に、万引き騒ぎを起こしたのがきっかけです。悪い仲間とつき合いができたみたいで……高校には入ったんですけど、毎晩遊びに出て、何をやっていたのか……あれでよく卒業できたと思います」礼司が溜息をついた。「親父はずっと、教員だったんです」

「聞いています」

「去年退職しましたけど、息子があんな風で、耐えられなかったんじゃないかな。こんなこと言っていいのかどうか分かりませんけど、家の中で殴り合いもしてましたから」

「家庭内暴力ということですか？」

「いや、親子喧嘩で」礼司が慌てて言った。「親父はずっと柔道をやっていて、勤務先の中学校でもずっと柔道部の指導をしてました。そういう人ですから、やられっぱなしになるわけもなくて……本当に、家の中が荒れていました」

「それで家を出た——ということなんでしょうね」

「ええ」礼司がうなずく。「両親が捜したがらないのも分かりますよ。僕も、連絡があったことも言ってないですから。変に刺激したくないんです」

「そうですか……」この線は手詰まりだろうか、と由宇は不安になってきた。「いったいどうやって生活してるんでしょうか」

「何か、頼りになる人がいる、みたいな話はしてましたよ」

「頼りになる？」

「すごいコンビがいて、その人たちの世話になっていれば何も問題ないからって」

由宇は最上と視線を交わした。コンビ――悪のツートップ。秋山と有岡。

「名前は聞いていますか？　あるいはどんな人たちか」

「分かりません。でも、同い年とかじゃないかな。自分と同じ年齢でも、ずいぶん差がつく、なんて言ってました。そういう人たちと仕事をしてるのかな、と思いましたけど、何の仕事かは分かりません」

特殊詐欺。あるいは警察が把握していない他の犯罪。朝岡は秋山のカリスマ性――こんな言葉は使いたくなかったが――に惚《ほ》れこんでいたのだろうか。

「その話を聞いたのはいつ頃ですか？」

「最後に話した時ですから……はっきり覚えてませんけど、三年か四年前かな。そもそも兄貴が、今生きているかどうかも分かりませんけど」

「生きてます。普通に働いて、車も持っています」

「本当ですか？」礼司の目に、いきなり生気が蘇った。「さすがに警察は、そういうことも分かるんですね」

「会いますか？」

「いや、それは……無事ならそれでいいんです」

会う気はないわけだ。会えばトラブルに巻きこまれる――「俺に何かあったら、家族じゃないことにしておけ」。きちんと大学を卒業して、県庁に勤務する弟のことを心配しているのだ。逆に言えば、朝岡にはまだ、家族を思う気持ちがある。

「分かりました。ちなみに秋山克己、有岡徹という名前を聞いたことはありますか？」

一瞬、礼司が目をつぶったが、まったく覚えがないようで「いえ」と短く否定した。一人は殺され、一人は逮捕された——その事実は告げないことにした。教えれば、兄との関係を考えて心配になるだろう。ただし彼は、自分で二つの名前を検索してしまうかもしれない。最近のニュースだから、どちらもすぐに引っかかるだろう。

自分の口から言わないだけで、実質的に嫌な情報を教えてしまったことになる。仕方ないこととは分かっているが、警察の仕事は人を不幸にしてしまうこともあるのだ。

3

「早いけど、お昼ご飯にしない？　ちょっと考えをまとめたい」エネルギー切れを意識して由宇は提案した。

「いいですね」食事がキーワードになったのか、最上が急に元気になる。「この辺、何か美味しい店はありますか？」

「スパゲティ」

「パスタじゃなくて？　朝比奈さん、パスタにはうるさいでしょう」

「パスタは日本に入って、独特な進化を遂げた——その究極みたいな料理を、この近くで食べられるのよ」

「ニューグランドのナポリタンですか？」

「そんなに有名じゃないところ」

一回来たことがあるだけの店だったが、記憶ははっきりしていて、迷わず行けた。

「へえ。ビヤホールですか？」店に到着して外観を見た瞬間、最上が言った。

「ビヤホール兼洋食屋、みたいな感じかな。ランチは洋食中心メニューだから」

とはいえ店内の雰囲気は完全にビヤホール……壁には浮き輪がかかっていて、いかにも港町の店という感じだ。

「ああ、いい店ですね」メニューを見て、最上が嬉しそうに言った。「フィッシュ＆チップスがあるじゃないですか。これがある呑み屋は間違いないですよ」

「どういう基準？　ちなみにお勧めはスパピザだけど」

「何ですか、それ？」

「食べてのお楽しみ」メニューに写真は載っているのだが、実物を見てびっくりしてもらいたい。

二人ともスパピザを注文する。すぐに運ばれてきたサラダをつつきながら、最上が言った。

「横浜って、こういう洋食屋が多いみたいですね」

「明治の開港からの流れってことでしょうね。海外のものがいち早く入ってきたから」

「いいなあ。洋食、好きなんですけど、東京だと店を探すのが結構面倒ですよね。超名店に行けば間違いなく美味《うま》いけど、味が分からなくなるぐらい高い。そうじゃない洋食屋は、定食屋をちょっと洋風にしただけって感じじゃないですか」

「最上君、そんなにグルメだった？」

「そういうわけじゃないですけど……ここみたいに適正価格の洋食屋がたくさんあるといいなっていう話です。これで美味ければ文句なしですよ」

ほどなくスパピザが運ばれてきて、最上が「うわ」と驚きの声を上げた。

「すごいですね、これ……これは何ですか」最上がもんじゃ焼きで使うようなコテを取り上げた。

「鉄板に触れてるところのチーズが焦げてるでしょう？　それをこそげ落として食べるためよ」

「気が利いてるなあ」嬉しそうに言って、最上がチーズを少し削り取った。一口嚙んだ瞬間に「これはビールだな」とつぶやく。

「今度は夜に来ればいいじゃない。呑んだ締めでスパピザもいいかもよ」

「これを肴にビールが呑みたいです」

それはそうだろうと思いながら、由宇は自分の分のスパピザを混ぜ合わせた。要は、スパゲティの上にたっぷりのチーズを載せてオーブンで焼き上げた料理で、ルックスがピザに似ているからこの名前がついたのだろう。いかにも賄い料理から出発したような感じがするが、本当のところはどうだろうか。初めてこの店でスパピザを食べた時、思わず写真を撮って父親に送ると、父親は「メキシコで似たようなパスタを食べたことがある」と返信してきた。どちらかがオリジナルなのか、遠く離れた国で似たような料理が偶然に生まれたのか。

それにしても、何とも言えず美味しい。ベース部分のスパゲティが、しっかりしたトマト味であるせいだ。そこに濃厚なチーズが絡まる……決して上品ではないが、この味が嫌いだという人はまずいないだろう。具材の海老《えび》もいいアクセントになっている。麺自体が焦げているところは、香ばしくて癖になりそうだ。ふとこれは、太麺を揚げた中華風の焼きそばに似ていると思った。

当然かなり熱いのだが、最上はそうめんでも啜るようなスピードで食べ進めている。由宇が半分も食べないうちに、もう鉄板を綺麗にしてしまった。

「いいお店です。ありがとうございました」馬鹿丁寧に頭を下げる。「ここ何ヶ月かで最高得点ですね」

「打ち上げで夜に来たいけど、横浜は無理でしょうね」

「遊びで東京を離れるのはちょっと……ですね」

「一つ、気になってることがあるんだけど」由宇はフォークを置いてスマートフォンを取り出した。「宮原さんの追加リストで、まだ当たれてない人がいる。私たちも、宮原さん自身も」

「あ、本間恭平《ほんままきょうへい》ですか」最上が反応よく言った。

「そう。リストには入っていたけど、その時点では服役中……ただし、間もなく出所してくる予定だったわよね。もしももう出所していたら、話を聴いてみてもいい」

「そうですね。じゃあ、ちょっと宮原さんに確認してきます」スマートフォンを取り出して、最上が立ち上がった。「ゆっくり食べてて下さい」

「宮原さんによろしく言っておいてね」

「了解です」

最上が積極的に動いてくれるのは頼もしいものの、空振りの予感がしている。今回の捜査では、近づこうとする人は皆すっと逃げてしまうのだ。まるで空気を相手にしているような感じさえする。

宮原がすぐに状況を調べてくれた。ずっと追跡していたので、弁護士経由であっという間に判明……数日前に出所したばかりの本間恭平は、都内にある実家に身を寄せていた。幸いというべきか、実家の住所は蒲田《かまた》で、横浜から近い。そのまま転進することにした。

「二十六歳ですか」ハンドルを握る最上がつぶやいた。「事件が発覚した当時、二十歳ぐらいですよね」

「当時は……」由宇はメモ帳を開いた。「大学生か。当然、退学処分でしょうね。自主的に辞めてるかもしれないけど」

「お先真っ暗ですよねえ。就職も考える時期だったはずだし……でも、実刑ってきつくないですか？」

「詐欺容疑だけじゃないでしょう。出し子で銀行に行った時、気づいた銀行員と揉めて怪我させてる」

「ああ、傷害もついたんですね」

「結構重傷だったみたいね。突き飛ばされた年配の行員は、頭を打って一時意識不明の重体。意識を取り戻してからも、右半身に軽い麻痺が残ってる」

「それは、検察も全力で行きますよね。一人だけ実刑判決を受けたのも当然かな。損害賠償なんかはどうなってたんでしょうか」

「それは本人に聞いてみないと分からないけど、まとまらなかったから実刑になった可能性もあるわね」

「そういう時の賠償金、いくらぐらいになるんでしょうね」

「定年間際の人だったとしても、長く麻痺が残るようなら千万単位でしょうね。下手したら老後が滅茶苦茶になるんだから」

「ひどい話です」

実際ひどい話で、会話はそこで途切れてしまった。横浜から蒲田まで一時間弱。実家の場所を探すのに少し手間取ったが、最上も本当のタクシー運転手というわけではないから仕方ないだろう。住所は北糀谷《きたこうじや》で、京急蒲田駅に近い。小さな一戸建てや集合住宅が建ち並ぶ、下町っぽい住宅街だった。

ようやく見つけ出した家は、かなり古びた一戸建てだった。三階建てで、一階の駐車スペースには、日産のセダンがぎりぎりで停まっている。左右のドア脇にはほとんど余裕がなく、どうやって乗り降りするのか不思議だ。

「実家が何をしているかは……分からないわよね」宮原は、分かっている限りの情報を流してくれたのだが、その件は抜けていた。

「分かりません。家に車があるっていうことは……」最上が二階を見上げる。小さなベランダでは洗濯物がはためいていた。「洗濯物も干してあるし、誰かいるかもしれませんね」

「家族には迷惑かもしれないけど」由宇は車の脇をすり抜けて玄関ドアの前に立った。とにかく呼んでみなければ、何も始まらない。

インタフォンの澄んだ音が聞こえたが、反応はない。時間を置いてもう一度……結果は同じだった。

「いないんですかね」後ろに控える最上――狭い空間に無理に大きな体を押しこめているので窮屈そうだった――が、さほどがっかりしていない口調で言った。「出直しますか？　実家だから、摑まえやすいと思いますよ」

「そうね……」一歩後ろに下がった時、急にインタフォンから疲れた声が聞こえた。

「はい」

疲れてはいるが若い声だった。本間本人だろうか。

「本間さんですか？」由宇はまたインタフォンに顔を近づけた。

「……はい」

「本間恭平さん？」

「そうですけど……」

「ちょっといいですか？　警察です」

いきなりガチャガチャと雑音が聞こえて、インタフォンが切れた。逃げるつもりかもしれない。由宇は慌てて最上に目配せした。一軒家だから、勝手口があるはず。そっちを張って――最上が、車と壁との狭い隙間をすり抜けようと動き始めた瞬間、ドアが開いて、おどおどした顔が見えた。

「本間恭平さんですか?」由宇は一歩前に出て再確認した。

「はい」本間はすぐに外へ出てきた。サンダルを突っかけただけで、ジーンズにフリースのトレーナーというラフな格好。髪は乱れていて、直前まで寝ていたようだった。

「ちょっと話を聞かせてもらいたいことがあるんです」

「家では……」本間がちらりと振り向いた。誰か中にいるのだろう。

「外でもいいですよ」

「急ぎですよね?」

「今、何かやってたんですか?」

「そういうわけじゃないですけど」本間がうつむく。どうも弱気だ。こういう青年が、どうして特殊詐欺に手を出すことになったのだろう。捜査記録や裁判の記録をしっかり読みこんだわけではないので、その辺の事情が分からない。

「今、中に誰かいる?」

「……ええ」

「じゃあ、外で話をしましょう。そんなに時間はかからないから。いいですね?」由宇は強引に迫った。

「まあ……はい」

はっきりしない返事だが、本間は外へ出てきた。しかしこの辺だと、ちょっとお茶を飲みながら話をする店もない。車の中で話してもいいのだが、本間は最上と同じぐらい——一八〇センチは軽く超えていそうな長身だ。メガーヌの後部座席に押しこめたら、身動きが取れないだろう。あまり圧迫感を与えるのもまずい。どうしたものか……ここへ来る途中に、小さな公園があったのを思い出した。

「近くの公園で話をしませんか？」

「構いませんけど……」

「開けた場所なら、変な話にはなりませんよ」

本間が微妙に表情を歪める。今のは脅しになってしまったかもしれない、と由宇は反省した。変な話になる——また逮捕される、とでも思ったかもしれない。

「昔の話を聴きたいだけです。あくまで参考ですから、あなたが何か責任を問われるようなことはありません」

「そうですか」本間が深呼吸した。薄い胸が膨らんで萎《しぼ》み……少しだけ顔の血色がよくなる。

歩いて二分ほどの公園が、妙に遠く感じられる。道中会話もなく、すぐに気まずい雰囲気になってくる。公園は無人……。「ベンチに座って下さい」という由宇の勧めを、本間は無言で首を振って断った。立ったままの事情聴取になる。

「五年前、あなたが関与した詐欺グループのことです。リーダーの秋山とは面識がありますよね」

　本間が黙ってうなずく。必要最低限のことしか喋らない、と決めてここに来たようだった。

「秋山とは何回ぐらい会いました？」

「三回か……四回？」五年前のことで、さすがに記憶も曖昧になっているのだろう。いや、思い出したくもないのかもしれない。

「振り込め詐欺の場合、メンバー同士は顔を合わせないのが普通です。仕事のやり取りは、電話やメールだけとか」

「金をもらう時は、直接会ってでした」

「そういうこと、警察には言わなかった？　言えば、秋山がリーダーだということを証明できたのに」逆に言えば、何故今になって話す気になったのだろう。

「あの人は……何て言うかな、手厚いんですよ」

「お金のこととか？」

「何かあっても、絶対に面倒を見る、金のことは心配しないでいいって、毎回言ってました。でも……」

「でも？」

「余計なことを喋ると、家族にも迷惑がかかるって脅されていて」

「脅された？」これは初めて知る情報だった。

「親のこととか言われたら……いつの間にか、家族構成も父親の仕事も、全部知られてたんですよ。気味が悪くて」

「それは分かります。でも、一緒に仕事はしてたんですよね？」

「金はよかったから」本間がぼそりとつぶやく。「金が必要だったんです」

「何か事情があって？」

「親父が異動になって——子会社に転籍だったんです。給料が半分ぐらいになって、家のローンも残っていたし……学費ぐらいは自分で稼がないといけないと思って」

「普通のバイトじゃ駄目だったんですか？」

「金がよかったから」同じ理由を本間が繰り返した。

「逮捕された後も、秋山の名前は出さないことにしたんですね？　裁判でも」

「何があるか分からなかったから」

「自分の身を守るためでも？　誰かに命令されてやった、脅されてやったということになったら、情状酌量を考えてもらえたかもしれないんですよ」

「しょうがない……怪我させせちゃったし」

「銀行員の方ですね？」

本間が無言でうなずく。暗い記憶が蘇ってきたようで、顔色は悪かった。

「結局、服役したわけですよね？　その後、何らかの形で、秋山と接触はありましたか」

「いえ」

「弁護士を通じて、とか」

「ないです。一切ない」急に本間の口調が荒くなった。「面倒見るっていう話だったから、出所して頼りにしようと思っていたのに」

「金も回って来なかった？」

「来なかったです。それで刑務所を出てきた途端に、秋山が殺されたって聞いて……でも、当然ですよね。自分だけが逮捕もされないで生き延びたんだから、罰は当たるでしょう」

「他の人と、何か話はしましたか？」

「他の人とは、基本的に顔を合わせてません」

「この人を知ってますか？」

由宇はスマートフォンを操作して、有岡の写真を示した。首を伸ばすように覗きこんだ本間が、顔をしかめる。

「見たことは……あります」

「どこで？　いつ？」由宇は畳みかけて聞いた。

「いつかは覚えてないけど、秋山の家でした。金を受け取りに行った時にこの男がいて……何だか態度がでかい奴だなと思いました」

「名前は知ってる？」

「いえ。ただ、秋山の友だちだろうとは思ったけど。やけに親しげに話していたので」

「詐欺事件には関わっていなかった？」

「それは知りません」

由宇はスマートフォンを引っこめた。半歩前進という感じだろうか。少なくとも有岡は、秋山が振り込め詐欺を展開していた時期に、接触を絶やさなかったことになる。

「この人も詐欺グループにいたんですか」本間が遠慮がちに訊ねる。

「それは、警察でも摑んでいません。今、別件で逮捕されていますけど」

「ああ……結局こういう人たちって、逮捕されるか殺されるかなんですかね」本間が暗い顔で身震いした。自分も同じ――と思ったのだろう。

「あなたは罪を償って社会復帰しました。もう心配することはないんですよ……ちなみに出所してから、他のメンバーからの連絡はありましたか？　会ったりとか」

「ないです。俺が出てきた時にはもう、秋山は死んでたけど」本間が皮肉っぽく言った。

「やはり、許せない存在ですか？」

「ええ——神様みたいに崇《あが》めてた人もいましたけどね」

「どんな風に？」

「あの人についていけば間違いないとか、いずれ天下を取る人だとか。笑っちゃいますよね」実際に本間は笑おうとしたようだが、表情が崩れただけだった。「大金をもらって、判断力がおかしくなっちゃったんじゃないですか」

「そういう風に言っていたのはどういう人ですか？　名前は？」

「分からないですけど、女の人もいたな。俺らより年上の」

「この人かな」

　今度は最上がスマートフォンを示した。画面を見た瞬間に、本間がうなずく。最上が由宇に画面を示した。村上多佳子だった。さらにもう一枚——今度は安塚時央。本間がまた首を縦に振った。

「この男性とは、話はしましたか？　名前は？」

「安塚……とか言ってたかな？　いかにも悪そうな奴で、ちょっと怖かったけど」

「この人も、秋山に忠誠を誓ってたんですか？」

「忠誠っていうか、信仰かな」

　信仰は大袈裟ではないかと思ったが、由宇はうなずいて先を促した。

「一生ついていくって言ってましたからね。いずれもっとたくさんメンバーを集めてでかいことをやる――海外で活動するんだって」

「秋山から、具体的にそんな話を聞いたことがありますか？」

「俺はないです」

「その人――安塚には話していたんですね」

「だと思います。だけど、海外って……訳が分からないですよね。海外で振り込め詐欺なんかやるつもりだったのかな」

海外を拠点にした詐欺グループもある。今注目されているのは国際ロマンス詐欺で、被害者の恋愛感情に訴えて金を吸い取る方法だ。使うのはメールや電話……これだと世界中どこにいても、どんな国の人も騙せる。ただし最低でも、英語は話せることが前提になるのだが。他に、資金洗浄などで金を稼ぐ方法もあるだろう。

悪い連中は、金を儲ける手段を次々に考え出す。

「秋山がそこまでカリスマ性のある人間だとは思いませんでした」由宇は正直に言った。

「馬鹿は引っかかるんですよ」本間が本当に馬鹿にしたように言った。「持ち上げられて、金をもらって……でも、自分の弱みを握られていることに気づかない」

「他の人たちも、家族のことを言われてなかったのかな」

「分かりません。でも俺は、危ない人間だと思われていたのかも」

「組織を裏切るような？」

本間が素早くうなずく。表情は暗いままだった。

「でも、実際には裏切るなんてできませんよね。家族を人質に取られているようなものですから」

「優しいんだ」

「……家に居づらいです。他に行くところもないから戻ってきたんですけど、俺が逮捕されて親父にもお袋にも迷惑をかけて……さっさと出ていきたいんですけど、その金もないんですよ」

「結局秋山は、あなたに金を渡してくれなかったわけですね」

「死んじまったからしょうがないかもしれないけど、いい加減な奴ですよ。早く関係を切っておけばよかった。あんな奴をカリスマ扱いするなんて、皆どうかしてるんだ」

「今から、組織について話す気にはなりませんか？」こういう場合、どうなるかはよく分からない。一事不再理の原則——一度ある事件で裁判が確定した場合、同一人は同じ事件で裁かれることはない——はあるものの、秋山は捜査の網の目からは逃れている。

捜査二課にやる気があれば、首謀者として改めて捜査に乗り出すこともできるはずだが
……ただし本人が死んでしまっているから、実際にはどうしようもない。捜査で容疑を詰められても、最終的には被疑者死亡のまま書類送検して捜査は終わりになる。

「ちなみに、この人に見覚えはないですか」最上がまた新しい写真を示した。

「ああ」本間がぼうっとした表情でうなずく。一気に喋り過ぎて疲れてしまったのかもしれない。「見たことあります。名前は朝岡だったかな……確か、秋山の家で会ったと思います」

「秋山とはどんな関係？　秋山の下で働いていた感じ？」

「そうですね。でも、ぺこぺこしてる感じじゃなくて——何だろうな？　友だち？　そんなはずないか」本間が首を捻る。「信頼できる腹心みたいな感じ？　よく分かりません」

「そうですか……でも、関係があるのは間違いないようですね」

「ええ。普通に話してましたし」

「ありがとう」由宇は頭を下げた。「出所したばかりで大変な時に、助かりました……これからどうするんですか」

「全然分かりません」本間が力なく首を横に振った。「家族に迷惑かけたくないから家は出たいけど、金がないですからね。しばらくバイトでもしてから考えます」

「ご家族は支えてくれるんじゃないですか」

「迷惑かけられないから」本間が繰り返す。「何であんなことやっちゃったのかな……親父、銀行員の人に賠償金を払うために、借金までしたんですよ」

「大変だと思います。そんな時に、本当にありがとうございました」

「いえ……」

別れた後も、気分は晴れなかった。この青年は、おそらくほんの出来心——家族に対する優しい気持ちもあって、振り込め詐欺に手を出したのだろう。逮捕されたのは本人のヘマが原因だが、それでも彼一人が秋山から見捨てられたような感じもする。犯罪者に助けられてもいいことは何もないが、それでも哀れでならなかった。

「つながりが出てきたじゃないですか」車に乗りこむなり、最上が言った。「このつながりを辿っていけば、何が起きているのか、分かるんじゃないですか」

「そのためには、もう一押し必要かな。有岡と朝岡がどんな人間なのか、ちゃんと知っておきたいわ」

「有岡は幼馴染みで、ずっと秋山とつるんでいた人間。そして朝岡は彼らの下にいるナンバーツーという感じでしょうか」

「もしも秋山が本当に新しい犯罪グループを作ろうとしていたら、この二人にも声をかけそうよね」

「ですね」最上がエンジンをかけた。「この二人をさらに洗うしかないか……手がかりがないのが痛いですね」

「朝岡の方、もっと話を聞ける人間はいない？」

「探ってみましょう」最上はまだ前向きだった。由宇は……そこまで気合いが入らない。この捜査はどこかで行き止まりになりそうな気がしてならないのだった。

4

夕方まで、SCUの本部で電話作戦を展開した。人間関係を解き明かし、有岡と朝岡に関係のある人間を捜す——しかしどうにも上手く行かない。電話で話し過ぎて疲れてしまった。

全員分のコーヒーを用意し、由宇は自分のコーヒーには砂糖とミルクをたっぷり加えた。妙に体力が削られている感じがして、今は糖分が必要だった。

席に戻ると、スマートフォンが鳴っていた。登録していない番号だったが、今は見ただけで分かる。富島だ。いいネタ元になるかもしれないが、つき合うのは面倒だ、という気持ちもある。しかし無視するわけにもいかない。

「金曜日、綿谷とやり合ったんじゃないか」富島がいきなり切り出した。

「どういう意味ですか」

「綿谷が外で待機してたんじゃないか？　あんたのお守りで」

「……何で知ってるんですか」

「知ってはいないよ。勘だ。綿谷っていうのは、そういうところがあるからな。後輩の面倒見がいいんだ」

「面倒を見てもらうようなことはなかったですけどね……今日はどうかしましたか？ご機嫌伺いですか」

富島が声を上げて笑った。何だか馬鹿にされているようでムッとする。

「あんたの機嫌を取っても、何の得にもならないよ。それより、あの小僧どものこと、何か分かったか」

「仮に分かっても、捜査の秘密を漏らすわけにはいきません」

「情報のやり取りは、プラスマイナスゼロになるようにしておかないといけないんだぜ」富島が忠告した。

「それは相手によります」

「俺はビジネスパートナーじゃないっていうことか」

「残念ながら、私の感覚では違います」

「まあ、いいよ」気を取り直したように富島が言った。「それで有岡だけどな、奴は独自に人間を集めているようだ」

「詐欺の仲間ですか？」

「いや、詐欺じゃない。奴はもっと乱暴な人間だ」

「強盗とかですか？　それもものすごく乱暴な手口の強盗」

「銀座の件だよ。奴はあのために、外国人まで集めていたそうだ。まあ、逮捕されたからこれ以上は何もできないだろうが、どうも秋山とは路線の違いがあったようだな」

「知能犯と暴力的な犯罪、みたいなものですか」

「そういうことになる」

それで、銀座シャインでの二人の揉め事も何となく納得できた。二人は組んで仕事をしようとしていたのだが、どんな犯罪をどんな手口でやるかについては、意見が割れたのではないだろうか。有岡は一人で、銀座シャインの襲撃計画を立てた。それを察知した――相談を持ちかけられていた可能性もある――秋山は反対して、犯行現場まで行って有岡を止めようとしたのかもしれない。しかし有岡は計画を強行し、結局逮捕された。

「あの二人は、子どもの頃からのツレなんだろう？」

「ええ」

「そういう関係は危ういんだよな。気持ちの問題が絡んでくると、冷静に話を進められない。ビジネス上の関係だけの方が、絶対に上手く行くんだぜ」

「有岡が集めていた人間、分かりますか？」安塚時央たちもその中に入っているのだろうか。

「そこまでは知らない」

「外国人がいたのは本当ですか？」

「確度の高い情報だと思うけど、具体的にどういう人間がいたかまでは分からないな。有岡っていうのは、どうも派手好きな人間だったらしいよ。二人とも、若い頃に特殊詐欺を手伝って味をしめたようだけど、その後の方向性は違った。秋山はあくまで頭脳的に、対して有岡は乱暴な手を使っても一気に金を奪い取るやり方に惹かれていたらしい。六年前に、立川で警備会社が襲撃されて、五億円近くが奪われた事件、知ってるか？」

「ええ」あの事件では、犯人グループは摘発されている。しかし全容が解明できていたかどうか。

「有岡があれに関わっていたという話もあるんだ。あんな、禁酒法時代のシカゴのギャングみたいな手を使うとはね」

そう、まさにギャングのようだった。営業を終えた深夜の警備会社に押し入り、いきなり銃を乱射して、居残っていた社員二人を射殺。そして大型の金庫をそのまま運び出して逃走した。防犯カメラを事前に壊すなど用意周到な手口だったが、一つだけ破壊を免れたカメラがあり、逃走に使われたトラックが映っていた。そこから手がかりがつながり、犯人四人が逮捕されたのだが……警察的には「完全解決」の事件ではなかった。逮捕できなかった黒幕がいると信じる刑事は多い。

富島との電話を終え、由宇はふと思い出して立川中央署に電話を入れた。こういう事件については、岩倉剛に聞くに限る。岩倉は、自分が担当した事件だけではなく、世間の耳目を引いた事件についてはだいたい覚えているのだ。退職した後に未解決事件に関する本を書くためだ、と聞いたことがあるが、そういう狙いがあるにしても、簡単に情報を覚えられるものではあるまい。やはり特殊な能力の持ち主なのだろう。ある意味八神と同じようなもの……自分には、そういう誇れる能力が何もない、と思うと情けない気分になった。

岩倉は刑事課の自席にいた。

「君と話すのは初めてじゃないか？」

「前に会ってますよ」

「そうだっけ？」

由宇は苦笑してしまった。岩倉は事件に関しては異常な記憶力の持ち主なのだが、それ以外はかなり抜けているという噂なのだ。

「じゃあ、初めましてにします……お願いしたいことがあるんです」

「面倒な話だと困るな。今日は定時に出たいんだ」

こういう人なのだろうか、とちょっと意外に思った。いかにも昔風で、勤務時間も休みも関係なく仕事をしているようなイメージを抱いていたのだが。

「岩倉さんの得意な分野の話です。六年前の、立川の警備会社の襲撃事件」

「被害額、四億八千二百二十万円だな」

いきなり細かい数字が出てきたので驚いた。本当だろうかと一瞬疑ったが、評判でしか聞いたことのない岩倉の記憶力を信じてみようと思った。

「キリがいいから五億円って丸めて言われてるけど、刑事なら被害額は正確に覚えておかないと。その件がどうした？」

「犯行グループ、全員の名前が割れたわけじゃないですよね」

「ああ」

「でも、捜査は終わっている」

「俺が立川中央署に来る前の事件だから、批判的なことは言えないよ。一応解決したことにはなってるしな」岩倉は慎重だった。

「でも、全容解明はできなかったですよね？」由宇は念押しした。

「何だよ、今更ＳＣＵが首を突っこむのか？　それだったらうちにも一枚嚙ませて欲しいな。元々は立川中央署の事件なんだから」

「強奪事件については、捜査していません。ただ、それに関わっていたかもしれない人間を追いかけているんです」

「誰だい？」

「有岡徹」

「山口県長門市出身、年齢は三十一歳……いや、もう三十二歳になったか。誕生日は五月十日だったな」

由宇は慌てて手帳を繰って、有岡の個人情報を確認した。確かに誕生日は五月十日である。自分が捜査したわけではない事件の情報を、ここまで覚えているわけか。「よく覚えてますね」とつい言ってしまった。

「でかい事件だったからな。ここへ来た時に、捜査資料は読み返した。所轄は暇だから、そういう時間はたっぷりあるんだ」どこか皮肉っぽく岩倉が言った。

「捜査線上には上がっていたんですよね」

「正式な資料にはない。当時担当していた刑事のメモに残っていた」

「そんなもの、資料で残してあるんですか?」警察では、資料として残るのは正式の調書、そして報告書だけである。そのベースになる聞き込みなどのデータは個人の手帳に書かれていても、表に出ることはまずない。あくまで刑事個人の「財産」のようなものだ。

「立川中央署の刑事課の変な伝統らしい。まあ、メモを見られて困る人もいないだろうからどうでもいいけど……後で俺みたいな人間が見て楽しめるからな」

「趣味なんですか?」

「そうだね」岩倉があっさり認めた。「――とにかく、有岡の名前はあった。どういう経緯で捜査線上に上がってきたかは分からないけど、個人情報はかなり詳細に集めていたみたいだな」

「何者だったんでしょうね」

「その時点では話は聴けていなかったみたいだから、分からない。それに、逮捕された連中も、有岡の名前は吐かなかったようだ。どういう約束になっていたかは想像するしかないけど……逮捕された連中に改めて聴くのは、難しいよ」

「しっかりしたグループじゃないから、全員が互いに名前も知らないっていうことでしょうか」

「そんな感じだろう」岩倉が認めた。

「何か手がかりはないでしょうか」

「手がかりねえ……有岡は、この前の銀座シャインの強盗事件で逮捕されてるだろう？　どうも、荒っぽいやり方が好きみたいだな。慎重にやるよりも、大胆に動いて、相手が驚いて動けなくなってるうちに金を盗む、みたいな」

「中南米の犯罪みたいですよね」

「あるいはアフリカとか……俺がこんなこと言っちゃいけないけど、日本においては上手いやり方だと思うよ。日本の警察は、こういう乱暴な犯罪に慣れていない。後手に回りがちだ」

「でも、立川も銀座も、犯人は逮捕されています」

「ただな……立川の事件では、奪われた金は出てきていないんだ。それについては犯人たちも徹底的に黙秘を貫いている。出所したら山分けとでも考えているんだろうな」

「海外にでも隠したんじゃないですか？　出所後に、そこへ行って呑気に暮らすとか。逮捕されたのは四人でしたっけ？」

「ああ」

「単純に割っても、一人当たり一億円を超えるじゃないですか。東南アジアとかだったら、死ぬまで優雅に暮らせそうですよね」

「まあな」岩倉が嫌そうに言った。「ところで銀座の事件、あんたは噛んでるのか？」

「現場にいて吹っ飛ばされました」

「ああ、あれ、あんただったのか」岩倉が驚いたように言った。「無茶したんだろう」

「おかげで監察に目をつけられています」

「困ったら、自分から希望を出して所轄に異動すればいい。そうしたら、だいたい厄介事からは逃げられるよ」

「何だか自分でも経験したような言い方ですね」

岩倉はその特異な記憶力を買われて、捜査一課で長く活躍していた。それが今は所轄暮らし……何かあったのだろうか。

「まあまあ、俺のことはいいから。有岡のことを調べてるのか？」

「それもあります」

「理由は深く聞かない方がいいだろうな」

「突っこまないんですか？」岩倉のような記憶力の持ち主は質問魔ではないかと、何となく思っていたのだが。

「解決したらゆっくり話を聞かせてくれ。奢るから」

「はあ」何だか話がずれてきた。

「ちなみに銀座の件、誰が有岡を調べてるんだ」

「大友さんです」

「ああ、鉄か」岩倉が呑気に言った。「鉄がやってるなら大丈夫だろう。あいつに落とせない人間はいないから」

「逮捕当初は黙秘で、結構難儀しているみたいです」

「心配ないよ。あいつの取り調べを見てると勉強になるぞ」

「残念ながら、その時間がないです」

「だろうな……ＳＣＵはあちこちに首を突っこんでるから、忙しいんだろう」

岩倉が皮肉を吐いたが、由宇は反論できなかった。それは事実……自分でも、今手をつけているこの二つの事件がどこへ転がっていくのか分からない。手を広げ過ぎではないかと思うこともよくある。

「すみません、ありがとうございます」

「あまり役に立たないな……もしも本気で有岡のことを調べるなら、当時ここで仕事をしていた刑事に聞くのがいいんじゃないか」

「岩倉さんみたいな記憶力の持ち主ばかりじゃないですよ」

「たった六年前の事件じゃないか。それに刑事は、自分が担当した事件は忘れないもんだよ。君だってそうだろう？」

いや、やはり岩倉が特殊なのだ、と由宇は実感した。人間の記憶力には限界があるはずだ——量的にも、質的にも。覚えておかねばならないことを忘れてしまい、どうでもいいことを覚えていたりするものだ。岩倉は、それを自在にコントロールできるのだろうか。


今日も仕事は定時の後まで続いた。ただし、SCUの他のメンバーを引っ張って仕事をするのも気が引けたので、内密に一人で動くことにする。

会う相手は女性警察官、そして今は本部にいる。

若手刑事は所轄で適性を見られ、合った部署で修業を積む。そして所轄の刑事課で仕事を覚えた人間は、本部の刑事部に、というのが流れだ。しかしこの女性警察官、間宮《まみや》一香《いちか》は立川署の刑事課から総務部広報課に異動していた。現場経験者が行くことも多い部署なのだが、ちょっと意外な感じがする。

その謎はすぐに解けた。

本部へ上がって広報課へ駆けこむと、既に定時を過ぎていたものの、一香は笑顔で迎えてくれた。

「すみません、もうタイムオーバーですよね」

「もう少し大丈夫」一香が腕時計を見た。綺麗な人だな、というのが由宇の第一印象だった。顎がシャープな逆三角形の顔で、目が大きい。首の長さで揃えたボブカットの髪も艶々していた。すらりとした長身でスタイルもいい。「お迎え、ちょっと延ばしてもらったから」

「お子さん、いるんですか?」そんな風には見えなかった。結婚指輪もしていないし。

「五歳と二歳。もう、大変よ。毎日お祭り騒ぎ」

「……ですよね。手短に済ませます。六年前、立川で起きた警備会社の襲撃事件に絡んで、有岡徹という人間の名前が上がっていたと思いますが……」

「いたわね」一香があっさり認めた。「でも、容疑者というわけではなかった。そこまでは詰め切れなかった」

「どこから浮かんできた名前なんですか?」

「逮捕した一人が、携帯から有岡徹という人間に何度も電話をかけていたことが分かったの。事件の前後に、頻繁に。それで突っこんで聴いたんだけど、何も言わなかった。それで怪しいと思ったんだけど」

「そこからチェックが始まったんですね」

「その番号の携帯は、もう解約されていた。そこから例によって例のごとく——でも結局、本人には一度も会えなかった」

「消えた、みたいな感じですね」

「地下に潜ったんでしょうけどね」一香がうなずく。「結局、逮捕した連中の取り調べと周辺捜査が忙しくなってしまって、有岡に関しては中途半端になってしまった。犯人グループの口からは、有岡の名前は一度も聞いていない」

「隠さなければならないほどの重要人物だったんですかね」あれだけ大がかりな犯行で、若い有岡が重要な役割を担っていたとは思えないのだが。

「それは分からない。ごめんなさいね、仕事が中途半端で」

「いえ。自分の狙いだけでは動けないですよね」普通の捜査部署では、あらゆる捜査の方針をトップが決める。個々の刑事が自分の判断で捜査を進めようとしても、「必要ない」と言われてしまえばそれまでだ。その点、ＳＣＵは各人の判断に委ねられている部分が大きい。どこかへ異動したら窮屈な思いをするのでは、と由宇は予想している。

「立川中央署の岩倉さんが、このデータを思い出してくれたんです」

「岩倉さんが？　自分で捜査したわけでもないのに？」一香が目を見開く。

「異動してきて、昔の事件のデータも精査したそうです」

「それを見て覚えちゃうって、本当にとんでもない記憶力の持ち主なのね」

「私も驚きました」

「でも、記録に残さなかったものもあるはず……ちょっと調べてみましょうか」

「いいんですか？　そもそもそんなものがあるんですか？　立川中央署では、刑事のメモまで全部記録に残す決まりになっているって聞きましたけど」

「私、致命的に字が下手なのよ」一香が苦笑した。「本当に、人に見せられないぐらい。だから記録に残したのは、必死に清書しておいた部分だけなの」

「そうなんですね……」

「何か目新しい材料があったらメールしますから」

「助かります」由宇は頭を下げた。その時点で一香がちらりと腕時計を見たので、由宇は話を切り上げることにした。「ありがとうございます。お手数おかけします」

「ごめんなさいね。昼間だったらもう少し時間が取れたのに」

「こちらこそ、遅い時間にすみません」

一香が荷物をまとめた。彼女はどこから地下鉄に乗るのだろう。由宇は新橋まで歩いてしまうつもりだったが——さっさと歩けば二十分、いいリハビリになる——何だか話し足りなかった。

「間宮さん、自宅はどこですか？」

「松戸。霞ケ関から千代田線」

「駅まで一緒に行きます」

二人は庁舎を出て、桜田通りを歩き出した。十一月の夕方、官庁街を吹き抜ける風は冷たい。警視庁の庁舎から霞ケ関駅の一番近い出入り口までは、歩いて三分ぐらいだろうか。

「間宮さん、立川中央署では刑事課でしたよね」

「そう」

「何で刑事部に行かなかったんですか？　捜査一課とか、二課とか」

「あー、それはね、本部への異動のタイミングで結婚したのよ。本当は捜査二課希望だったんだけど……」

「そうなんですね」

「夫は普通の会社に勤めているサラリーマンで、警察の現場の仕事はどうかって言われたの。働くのは賛成だけど、警察のきつい現場だと、人生設計が難しくなるから」

確かに——思わずうなずいてしまった。刑事部の中でも、捜査二課は特に夜の仕事が多い。普段から情報収集が主な業務になるのだが、それは夜にかかってくることがほとんどだ。家庭を持ち、子どもを育てながらだと、なかなか難しい仕事である。

「結局、ご主人の希望を受け入れたんですね」

「専業主婦になれって言わないから、仕事に理解はあるんだけど、百パーセントじゃないかな」一香が苦笑した。「でも私も、捜査二課は無理だと思う。しばらくは広報課にいることになるんじゃないかな。将来、子どもに手がかからなくなってから希望の部署に行こうかなとも考えてるけど、それは難しいかもね。二十代から専門の道へ進んだ人とは、ずいぶん差がついちゃうでしょう」

「難しい問題ですね」いかに男性が協力してくれたとしても、女性の場合、出産でキャリアの予定が大きく変わってしまうことも多い。こういう問題は、いずれ自分の前にも立ちはだかってくるのだろうか。

自宅へ戻り、久しぶりにゆっくり風呂に浸《つ》かった。だがシャワーでも風呂でも、肩にかかる負担は変わらないということが分かっただけだった。

さっさと寝ようかと髪を乾かしていると、スマートフォンが鳴る。こんな時間に……と嫌な予感が走った。本来自分は「傷病休暇中」であってもおかしくないのだが、いつの間にかそれは有耶無耶《うやむや》になってしまった。

一香からのメールだった。十一時……こんな時間まで申し訳ないと思う。子どもが寝ついて、家で自由にできる貴重な時間を自分のために使ってくれたわけだ。

当時調査した有岡の住所——やはり豊洲のタワマンだった——や携帯電話の番号などが細かく記載されている。これを手がかりにして、有岡のことをより詳しく調べていくか……情報を頭に叩きこんでいったが、最後の指摘がひときわ目を引いた。

「有岡の携帯の通話記録が立川中央署にあるはずです。それが何かの手がかりになる可能性もあるかもしれません」

これは明日、岩倉に頼んでみよう。正規ルートではないのだが、岩倉は別に気にしないはずだ。彼自身、平気で横紙破りをしそうなタイプだし。警察一家とよく言うが、上司を通して正式に話を進めていると、どうしても時間がかかってもどかしくなる。岩倉と話して新たな名前が浮かべば、さらに前に進めるかもしれない。あとは大友と話すこと、と頭の中にメモした。一日中取り調べをしているので難しいかもしれないが、夕方には手が空くはずだ。迷惑は承知で電話してみよう。

一香にお礼のメールを返した。わざわざすみません。何か分かったら連絡します——自分が関わった昔の事件をほじくり返すような真似を、彼女は本心ではどう考えているのだろう。

今夜は眠れないだろうな、と由宇は覚悟した。様々な情報が入り乱れて、頭を刺激してくる。こんな日は、とにかく目を閉じて休息を取るだけでもいい、と意識しておくべきだ。眠れないと悩むとますます疲れてしまう。

そして翌日は、由宇が想像しているよりもはるかにひどい一日になった。

第六章　決め手

1

有岡の通話記録はすぐに手に入った。送ってくれた岩倉は憮然《ぶぜん》としていたが。

「私、何か失礼なことでも言いましたか？」思わず訊ねてしまう。

「いや、悔しいんだが、そいつは完全に忘れてたんだよ」

「忘れてたというか、見てもいなかったんじゃないですか？　見ていたら、岩倉さんだったら絶対覚えてますよね」由宇は軽く持ち上げた。

「まあな」岩倉の歯切れは悪い。「今のところ、俺はこの件にタッチする権利はないから、そっちでよろしく頼むぜ。何か気づいたら連絡するよ」

「岩倉さんだから、何か気づくんですよね、きっと」

「何かあれば、だぜ。いつも手がかりが見つかるとは限らない」

「──ですね」

SCUにいたメンバーで、通話記録を確認する。有岡がこの番号を使っていたのは、六年前の五月から十月まで──立川の強盗事件が起きた数日後に解約している。日付を確認すると、その翌日に犯行グループが一斉に摘発されたのだった。さっさと証拠隠滅を図った──危機管理能力が優れているのか、どこかから捜査情報が漏れたのか。

「万が一の可能性なんだけど」八神が遠慮がちに言った。

「ええ」

「この強盗グループも、有岡が仕切っていた可能性はないかな」

「いや、それは……どうですかね」この仮説には、すぐには同意できない。六年前といえば、有岡はまだ二十六歳。一方、逮捕されたメンバーは全員が有岡より年上で三十代だった。それを告げると、八神が首を捻る。

「年齢は関係なさそうだけどね。どうせダークウェブで集めてきた闇バイトの連中だろう？　それに手口が、いかにも有岡好みじゃないか」

「乱暴で、派手で」

「そういうこと」

「この事件で奪われた金は、今も見つかってないですよね」最上が指摘した。

「そう。逮捕された連中は全員、金は扱っていないと証言しているし、徹底した家宅捜索でも何も見つからなかった」

「何か、秋山の振り込め詐欺と似てません？　逮捕されなかった人間が金をしっかり管理していて、後で分配するみたいな」

「じゃあ、有岡はベッドの下に金を敷いて、その上で寝てるとか？」

「金の上で寝るって、どういう発想ですか」最上が面白そうに言った。

「国税――マルサの摘発例で、そういうのがあったのよ」

「まあ……実際にはもっと巧妙に隠してるだろうね」八神が話をまとめた。「海外の口座を使うとか、別の形で隠し資産にするとか、今はいくらでも手はあるだろう」

「この時期にも、秋山と盛んに連絡を取り合っていますが、これは別に不自然ではないでしょうね」由宇は指摘した。友だちとしてなのか、犯罪仲間としてなのかは分からないが。ただし、二人が組んで実際に何かしていたとは思えない。秋山は特殊詐欺、有岡は警備会社の襲撃……同じ金狙いの犯罪であっても、性格はまったく違う。

「一人が特殊詐欺、一人が強盗と考えるとすごいですよね」最上が首を傾げる。「仲間というより、どっちが稼げるか競い合うライバルみたいな感じもしますけど、今はまた一緒にやっていたんでしょうか」

「分からないわね。そこは有岡に聞いてみるしかない。もしかしたら秋山は、金のことだけを担当していたのかもしれないけど」

「それで、だ」八神が由宇に視線を向けた。「この情報、まだ中途半端な感じがするんだよな」

「そうですね」

「どうする？　今、何かに利用できそうか？」

「有岡を叩いている大友さんに流すべきでしょうね。時期尚早かもしれませんけど、大友さんなら役に立ててくれると思います」

「そうするか……他に誰か、話を聴けそうな人間はいないかな」

「朝岡たちが見つかるといいんですけど、どこに隠れているんでしょう？　車で移動してないのは間違いないわよね、最上君？」

「Nシステムに引っかかったら連絡をもらえるように頼んでいます。九十パーセントの確率で引っかかると思いますけど、百じゃないですよ」

「それはそうよね。とにかく何か、手がかりがあればいいんだけど……」由宇は拳で顎を叩いた。

　電話が鳴った。最上がそちらに視線を向け、長い腕を伸ばして受話器を取る。

「はい、SCU——はい？」最上が急にデスクに向き直り、スピーカーフォンのボタンを押した。低くくぐもった声が聞こえてくる。

「——渋谷サイトだ。三時間後にミサイルを撃ちこむ。事前に防ぐ手はない」

最上が蒼《あお》い顔で由宇を見る。手招きしたので、由宇は急いで受話器を受け取った。最上が別の電話に飛びつき、どこかへ電話し始める。

「要求は何?」心臓が破裂しそうになったが、由宇は何とか低い声で訊ねた。渋谷サイトは、渋谷駅周辺の再開発に伴って数年前に完成した複合ビルで、低層階にはブティックやレストランなどの店舗、上層階にはオフィスが入っているはずだ。

「銀座署に勾留されている有岡徹を釈放しろ」

「それは、うちの一存では決められない」

「だったら早く、偉い人と相談して決めろ。今後、この件に関してはSCUを窓口にする。一時間後にもう一度電話をかけるから、それまでに釈放を決めておけ。釈放しないと、渋谷サイトで大きな被害が出る。これを止めることはできない」

「ちょっと待って。撃ちこむって、どういう意味?」日本では、ミサイルを使える人間はいないはずだ。あるいは極左の飛翔弾《ひしょうだん》……一時ゲリラ事件で盛んに使われたことは、由宇も歴史として知っている。ただし、爆発物を搭載する技術力はない。

「そのままの意味だ。信用できないなら、テストしてやる」

「テスト?」

「すぐに分かる。有岡徹を釈放しろ。署から出すだけでいい」

「要求はそれだけ?」

「ああ」

「だったら――」

電話は切れてしまった。由宇はしばらく受話器を見つめていたが、それでどうなるわけではない。受話器をゆっくりと架台に戻した。最上はまだどこかと話していたが、額に汗が滲んでいるのが見える。

「録音はできてるな？」八神は冷静だった。

「最上君が録音ボタンを押してくれました」電話機の赤いボタンが一つ、赤く点滅して、「録音あり」を示している。

最上が受話器を置いて立ち上がった。

「今のは携帯からでした。番号は分かったので、所有者を調べています」

「もう？」由宇は眉をひそめた。デジタルの時代になって、電話の逆探知などは一瞬でできるようになったのだが、今のは逆探知したわけではあるまい。かけてきた相手を割り出すためには、今でもかなり面倒な手続きが必要なのだ。「どんなテクニックを使ったの？」

「まあ……サイバー犯罪対策課も日々研究に勤《いそ》しんでいるということです。実験的なこともやってますし」

「それを使った？」

「詳しく話すと長くなるので……それにキャップには無断でやっているので、黙っていてもらえますか？」

「そんなことして大丈夫なの？」由宇は眉をひそめた。

「バレなければ存在しないってことだよ」八神が割って入った。「とにかく動こう」

「悪戯っていうことはないですか」要求は具体的だったが、由宇は一抹の疑問を抱いていた。あまりにも話が乱暴過ぎる。

「うちの電話番号は公開されていない。それをわざわざ割り出したということは、単なる悪戯とは考えられないな。こういう時は、大袈裟に構えていて、何もなければそれでいい、という感じじゃないか？」

「――ですね。必要な部署に連絡を回しましょう」由宇は壁の時計を見上げた。今、午後二時。平日ではあるが、犯行予告の午後五時には、渋谷サイトは賑わっていると考えた方がいいだろう。仮に建物に着弾しなくても、被害が出る可能性は高い。渋谷サイトの前は広場になっており、大抵何かイベントが行われているのだ。

「俺は捜査一課に話しておく。脅迫事件だから、特殊班の出番になるかもしれない」

「本当に爆発物だったら、機動隊にも連絡が必要ですね」機動隊には、爆発物処理班がある。もっとも、飛翔弾に対応するのは極めて難しいだろうが。途中で撃墜するような装備は、警察にはない。「それはキャップに話してもらった方がいいですね。私は銀座署に電話します」

　そこへちょうど、結城が戻って来た。由宇は一度取り上げたスマートフォンをデスクに置き、結城に手短に報告した。

「録音は？」

「あります」

「聞かせてくれ」

　最上が録音を再生した。結城は顔色も変えずに聞いていたが、二度繰り返した後で、「音声は加工してあるな」と結論を出した。

「ボイスチェンジャーを使ってると思います」最上も同意する。

「すぐに科捜研に回してくれ」

「手配します」最上がうなずく。

「キャップ、爆発物関係ですから、警備二課の爆発物対策係と機動隊への連絡が必要です」由宇は指摘した。

「渋谷だと、第三機動隊だな」結城が立ったまま、自席の受話器を取り上げた。

「飛翔弾を使うわけですから、どこから撃ちこむか——連中がどこにいるかは分かりませんよ」由宇は指摘した。「渋谷は、あくまで目標です」

「君は、どれぐらい大変なものを想像しているんだ？　極左の飛翔弾の飛距離は、せいぜい一キロか二キロだぞ。渋谷サイトを中心にして半径一キロ、二キロなら、第三機動隊の管轄になる。それよりも飛距離が長く、爆発する可能性がある飛翔体は、日本では自衛隊しか保持していない」

結城は自分の専門分野に自信を持っているようだ。しかし、極左が飛翔弾を盛んに飛ばしていたのはもう三十年も前である。その後技術革新が進んでいるかどうか。そもそも極左が有岡の釈放を求める理由は考えられない。しかしこの件で、結城と論争を展開している暇はなかった。八神の言う通りで、できるだけ範囲を広げて捜査しなければならない。

「——分かりました。銀座署の特捜には電話して、通告しておきます」

幸い、取り調べは一時休憩になっていた。大友を呼び出してもらい、早口で事情を説明する。

「それは——」大友が絶句した。すぐに声を低くして訊ねる。「本気だと思うか？　こんな要求、日本では聞いたことがない」

「それは分かっています」日本で、という言葉に由宇は反応した。「有岡の犯行は、日本的じゃありません。それに有岡は、六年前に立川で起きた警備会社の襲撃事件にも関わっていたという疑いがあります。あれも、日本的ではない手口でした」

「しかし、その件では逮捕されていないだろう」

「そういう疑いはあった、ということです」

「分かった。僕から上の方に話しておくけど……う一ん……」大友が絶句した。

「用心に越したことはないです」

「正直に聞かせてくれ」大友が真剣な口調で言った。「君はこの件、本当だと思うか？ 僕には悪質な悪戯にしか思えない」

「本当だと考えて動いた方がいいと思います」

「――分かった。君がそう思うなら、僕も本当だという前提で上に話す。ただし、有岡を釈放できる可能性は低いよ」

「超法規的措置じゃないですよね」

「あくまで国内の問題で、しかも通常の法的判断の範囲内の話だ。被疑者の身柄をキープしておくか放すかは、警察と検察の判断で決める……だけど、脅迫に負けて身柄を放したりしたら、日本の法運用は否定される」

「分かってます」

「とにかく話しておくよ」

「すみません、どういうわけかうちが絡まれてしまって」

「それは、今考えても仕方ない」珍しく乱暴に、大友が電話を切ってしまった。

その時、由宇は軽い衝撃を覚えた。地震？ いや、揺れは一瞬で止まった。交通事故を思わせるような音もしたのだが……外からだ。思わず立ち上がり、外へ出て非常階段を駆け降りる。SCUの入っているビルのまさに外で、音がしたのだ。

道路に出た途端に、由宇は顔から一気に血の気が引くのを感じた。このビルの一階には不動産屋が入っているのだが、その出入り口の自動ドアが割れ、ガラスの破片が歩道一杯に広がっている。その横のレンガの壁は崩れ、茶色い破片が小さな山になっていた。そして潰れた金属の塊も……野次馬が集まってくる。不動産屋の店員と客も外に出てきた。

まずい。

「近づかないで下さい！」由宇は声を張り上げた。バッジを高く掲げ「警察です」と叫んで、壊れた壁の前に立つ。そうしながらも後ろを振り向き、金属の塊の正体を見極めようとしたが、完全に潰れているようで、まったく見当もつかない。金臭い臭い、それに火薬と埃《ほこり》の刺激臭が混じって鼻を刺激する。銀座シャインの爆発を思い起こさせる状況だった。

「何だ？」最上と八神も降りて来た。

「分かりません。でも……」

二人の足が止まった。結城も出てきて、現場を見た瞬間、頬を引き攣らせる。結城にしては珍しい、焦りの表情だった。一気に由宇に駆け寄ると、腕を摑んで思い切り引いた。転びそうになり、左肩の激痛にも襲われたが、何とか姿勢を立て直す。

「キャップ――」

「近づくな！」結城が真剣な口調で叫ぶ。すぐに声を潜め「爆発物かもしれない」と告げた。

「だったら封鎖を――」

「君がやる必要はない。最上、所轄に――」

しかし最上は、既にスマートフォンを取り出してどこかに電話をかけようとしていた。

「大丈夫です」とでも言いたげに、結城に向かってうなずきかける。

「所轄が来るまでここを頼む」結城が八神に声をかけ、由宇の腕を引っ張ってビルの陰に連れこんだ。

「キャップ、肩が痛みます」

結城が肩を上下させてから、由宇の腕を離した。まじまじと由宇の顔を見て忠告する。

「君はああいう現場に突っこんではいけない」

「指揮官は安全な場所で見守れ、ですか？　でも私はまだ指揮官ではないです。あくまで現場の人間です」

「将来を考えろ。時限式の爆発物の可能性もある」

「だったら、二人を残しておくわけにはいかないじゃないですか」由宇は身を翻し、現場に向かおうとした。結城がまた腕を摑む――今度は怪我していない右腕だったので、痛みは小さかった。

「君は何も分かっていない」

「分かってます。市民の安全を守るのが私の仕事です」午後の新橋は通行人も多いし、野次馬も集まってきている。広範囲に封鎖しないと、次に何が起きるか分からない。

「君の仕事は指示することだ。どうする」

きつい視線で見られ、由宇はかえって気持ちが落ち着くのを感じた。その時、近くの交番の制服警官が二人、走ってくるのが見えた。由宇は二人に近づいてバッジを示し、

「爆発物の可能性があります。現場を封鎖して下さい。本署には連絡済み」とてきぱきと告げた。それから少しだけ着弾現場に近づき、八神に「応援が来るまで、もう少しここを守って下さい」と声をかけた。八神は無言で、軽く手を上げてみせる。

結城と由宇はSCUの本部に戻った。嫌な予感がする……予想通り、電話が鳴った。一つ深呼吸してから受話器を取り上げて録音ボタンを押し、スピーカーモードにする。

「SCUです」

「こっちがやれることは分かったな」先ほど聞いたのと同じ声だった。

「あれは爆発物ではない？」

「今回は違う。しかし、爆発させることは可能だ。今、渋谷サイトの前の広場で、『蒼

い雨』のイベントをやっている」

それでピンと来た。由宇は観《み》ていないが、『蒼い雨』は興行収入記録を塗り替えそうなメガヒットを飛ばしているアニメ映画である。そのイベントとなれば、どれだけ人が集まっているのか……。

「釈放は決まったか」

「今、検討中」

「また連絡する」

電話はあっさり切れてしまい、由宇は顔から血の気が引くのを感じた。

「すみません、引き延ばしできなくて」

「引き延ばしで逆探知する手法は、アナログの電話の時代だ。最上が何とかするだろう」

「キャップ、もしかして、最上君がサイバー犯罪対策課と――」

「知っている」結城が平然とうなずいた。「ここで起きていることは全部把握している。最上は秘密裏にやっていると思っているようだが」

参った……キャップに隠し事はできないということか。

「ここの捜査は所轄に任せる。君はもう一度銀座署と話してくれ」

「釈放させるつもりですか？」

「それは銀座署の特捜の判断だ——しかし、人命には代えられない」

「ぎりぎりまで戦うべきだと思います。犯人に迫れれば——」

「その自信はあるのか？」

「戦いはこれからです」

一瞬間を置いて、結城がうなずいた。銀座署の捜査を守り、この犯人も捕まえる——二匹のウサギを追いかけて、同時に得るのだ。

由宇が今の飛翔弾騒ぎを説明すると、大友は絶句した。

「釈放はあり得ないと言われたばかりだ」

「犯人グループは本気だと分かりました。仮に爆発物を搭載していなくても、渋谷サイトに飛翔弾が着弾したら、大きな被害が出ます。今、前の広場でイベントをやっているんですよ」

「それは……」

「もちろん、犯人確保に動きます。でも、釈放も真剣に検討して下さい。市民の命を守るためです」

「もう一度話す」

電話を切ると、由宇はそのまま渋谷中央署の署長室に電話をかけた。現場ということなら刑事課か警備課に電話を入れるべきなのだが、こういう時はトップダウンでやる方が話が早い。

「SCUの朝比奈です。緊急事態が発生しました」

「SCU？　うちの管内の話なのか？」

「渋谷サイトに飛翔弾――爆発物を撃ちこむという脅迫が入っています」

「極左か？　しかし、どうして極左が？」すぐにこの発想になるということは、署長も公安出身なのだろうか。

「極左ではないと思います。しかし、SCUに飛翔弾が撃ちこまれました。犯人は本気です。今、渋谷サイトの前の広場で、大がかりなイベントが開かれているはずです」電話しながら、由宇は自分のパソコンでそのイベントについて調べていた。午後八時まで開催中……今日は声優陣が登場して、トークショーを行うことになっている。そのスタートが午後五時――犯人が予告している犯行時刻だ。

「そのイベントの件は把握している。うちも警備に人を出す予定だ」

「中止させて下さい。人が集まっていると、被害が大きくなる可能性が高いんです」

「それは……開始まであと三時間もないぞ？　今から中止させるのは影響が大き過ぎる」

「影響が出るのは主催者です。警察の仕事は、犠牲者が出ないようにすることです」

「――とにかく、もう少し詳しい情報が欲しい」

「それは逐一提供します。署長に直接お電話するのがルール違反なのは分かっていますが、こういう時はトップダウンでないと話が進みません。私が窓口になりますから、刑事課と警備課に指示していただけますか？」

「――分かった。しかし、SCUが襲われた話は、初耳だぞ」

「五分前なんです。その後に新たな脅迫があったんです」

「一度電話を切る。うちの刑事課から連絡させる」

「お願いします」由宇は壁に向かって頭を下げた。その時、パトカーと消防車のサイレンが入り混じって聞こえてきた。受話器を置き、窓辺に駆け寄って下を見下ろす。援軍が来た……制服警官が、砂糖に群がる蟻《あり》のように現場でざわざわと動き、ビル全体をカバーするように規制線を張り巡らしている。火は出ていないから、消防の出番はないだろう――と考えたところで、顔が蒼醒《あおざ》める。時限式の爆発物を搭載していたら、あそこにいる人全員が巻きこまれてしまう。下へ行って指示しようかと思ったが、何をどう指示していいか分からない。固まってしまった――しかしドアが開いたタイミングで再起動する。八神と最上が飛びこんできた。

「所轄の警備に引き継ぎました」八神が報告する。「爆対の処理が終わるまで、このビルと両隣のビルで避難誘導を行います」

「分かった」結城がうなずき、コーヒーメーカーに向かった。自分の分のコーヒーをカップに注ぐと、自席に座る。

「キャップ、のんびりしている場合ではないと思いますが」由宇は忠告した。「我々も安全なところに避難して、態勢を立て直すべきではないですか」

「仮にあそこで爆発が起きても、ここに影響はない」

「どうして分かるんですか？」

「あのサイズだと、爆発物を搭載できたとしてもごく小さなものだ。それに、飛翔弾は完全に潰れている。爆発物が搭載されていたとしても、あれではもう壊れているはずだ。それに、ここには犯人から電話がかかってくるかもしれないだろう——座ってくれ」

いいタイミングで綿谷も戻って来た。何が起きたか分かっていない様子で、困惑している。八神が近づき、小声で事情を説明した。綿谷の顔から一瞬で血の気が引く。

全員が自席に腰を下ろす。最上は窓の方をちらちらと見て、気にしているようだった。それはそうだ……下で爆発が起きれば、被害ゼロというわけにはいかないだろう。窓ガラスが吹き飛ばされれば、一番窓に近い位置に座っている最上が怪我をする。

「犯人の本気度が分かったと思う」結城が話し始めた。「今回は爆発物は搭載されていないと思うが、それを実現できる技術力を持った相手であることも間違いない。飛翔弾のサイズは小型でも、爆発すれば被害は大きくなる。それと、移動式の発射装置を使っている可能性がある」

「どういう仕組みですか？」八神が訊ねる。

「小型のトラックでも、発射装置を搭載することは可能だ。軍事用の移動式のミサイルと同じような仕組みだと思う」

「そんなことができる人間が日本にいるんですか？　やっぱり極左とか」

「今の極左には、こういう技術力はない。ただし、今はあちこちに情報が転がっている時代だし、設計にはコンピューターが役に立つだろう。作れる人間がいてもおかしくない――それで朝比奈、どうする」

「現在、銀座署の特捜には、有岡の釈放を検討するようにお願いしています。渋谷中央署には、ターゲットの渋谷サイトのイベントを中止して、参加者を避難させるように主催者と相談してもらうことにしています――いえ、相談じゃなくて要請です」

「うちとしては？」結城がさらに突っこんだ。

「犯人にアプローチします。犯人を押さえてしまえば、全て解決しますから……最上君、電話の件が唯一の手がかりだから、サイバー犯罪対策課と協力して何かを摑んで下さい」

「朝比奈さん、それは――」最上が嫌そうな表情を浮かべる。

「最上、お前が何をやっているかは分かっている」結城が平然と言った。「構わない。さっさと進めてくれ。サイバー犯罪対策課でもＳＳＢＣでも、フル回転で動かしてくれ」

「――分かりました」

「では、始めます。綿谷さんは、渋谷中央署との連絡係をお願いします。間もなく向こうの刑事課から連絡が入ります」

「分かった」

「八神さんは、銀座署と連携をお願いします」

「今のところ、釈放するかどうかは――」

「否定的です。でも、頭から否定されたら犯人と話ができません。絶対に、犯人に好き勝手なことをさせてはいけません」由宇は全員を見回して言った。

戦いが始まる。多くの人の安全――命がかかった戦いが。

2

動きが鈍い。

銀座署の特捜本部は、有岡の釈放を認めない。これは仕方ないとしても、渋谷中央署が必死になっていない様子なのが引っかかる。イベントの主催者を説得しているが、「今から中止にするのは極めて難しい」という答えが返ってくるだけだという。午前中から整理券を求める人の長い列ができ、これから中止にするとパニックになる可能性がある、という説明だった。

時間があれば、膝詰め談判で相手を説得できるのに……由宇は唇を嚙んだ。

「早く動かないとまずいんだが」電話を切った綿谷が舌打ちした。「こんな状態だと、避難誘導もできない。俺、ちょっと渋谷中央署に行ってくるわ。電話じゃ埒《らち》が明かない」

「お願いします」

司令塔の自分は動かない方がいい——綿谷が出ていくと、誰かと電話で話していた八神が電話を切って、溜息をついた。

「銀座署の特捜は強硬だ。こんなことで身柄を放すわけにはいかないという一点張りなんだ」八神が助けを求めるように結城を見た。

「分かった。刑事部長と話してみよう」結城が受話器を取り上げた。本当に話せるのだろうか……警視庁の刑事部長はキャリア官僚、しかもさらに上を狙えるポジションである。ノンキャリアの警視である結城が簡単に説得——話せる相手ではない。しかし結城は臆することなく、話し始めた。長くなりそうな予感がする。

その時、最上が「ビンゴ！」と声を上げた。あろうことか、万歳までしている。

「何か分かった？」由宇は最上の席に近寄った。

「二回目の電話の発信源、特定しました。固定電話で、場所は渋谷区内のマンションですね」

「部屋番号まで分かってるよね？」

「もちろんです。踏みこみますか？」

「まず行ってみましょう」予告時間まで二時間半。「ここから何分ぐらい？」

「地下鉄で十五分。車だと読めないですね。今、この周りは封鎖されてますから、車で出るだけで時間がかかります」

「だったら、銀座線。綿谷さんにも連絡して。渋谷中央署ではなくて、そのマンションで落ち合いましょう」

「分かりました」最上がスマートフォンを取り上げる。その時、結城が通話を終えた。ややこしい話をしていたはずなのに、最上の報告も聞いていたようだ。

「渋谷の当該住所に出動します」由宇は報告した。

「先行して、三人で行ってくれ。俺は念のため、後から指揮車で行く」

「了解です。刑事部長の方はどうなりました？」説得できたとは思えない。

「フェイクで釈放する作戦を提案しておいた」

「フェイク？」

「署から出せ、という要求だったな」

「はい」

「形だけ署から出して、徹底して監視をする。本人を逃すようなことはしないし、尾行を徹底すれば、今回の犯人に辿りつけるかもしれない」

「犯人の狙いは有岡かもしれません」突然その考えが頭に降ってきた。「有岡が余計なことを供述するのを恐れて、殺したがっているとか」

「そんな風に疑い出すとキリがない。とにかく、検討してもらえることにはなった」

実際には難しいだろう。現場としては、どんな理由があっても、一度逮捕した犯人を手放したくはないはずだ。そしていかにキャリア官僚とは言っても、一声で現場を説き伏せることはできない。強硬な反対にあったら、撤回せざるを得ないだろう。

「連絡を取り合いながら作戦を進める。渋谷で会おう」結城がうなずく。

三人はすぐにSCUを飛び出した。

先行していた綿谷は、JR渋谷駅から歩いて五分ほどのマンションの前に立っていた。かなり年季が入ったマンションで、一階はコーヒー豆の専門店だった。由宇はつい、周囲を見回した。ここから渋谷サイトまでは、直線距離で一キロもないだろう。周囲の高いビルに阻まれて直接は見えないが、事前に入念に軌道を計算して、高角度で飛翔弾を打ち上げれば、直撃も不可能ではないはずだ。あるいはドローンか……大型のドローンなら爆発物を積むこともできるかもしれないし、誘導もずっと簡単だろう。上空に来たら、そのまま落とせばいい。

綿谷が軽く手を上げる。

「キャップは後から合流します」由宇は告げた。

「来たばかりで、まだ状況が分からない」

「電話の発信源は、このビルの五〇一号室です」

「突っこむか？」綿谷が両手を組み合わせてばきばきと指を鳴らした。

「まず、状況を見ましょう。それから判断します」

「了解」綿谷がゆっくりと手を解《ほど》いた。

「綿谷さん、最上君と先行して下さい」

綿谷が無言でうなずき、大股でエレベーターホールに向かった。最上が急いで後を追う。

「なあ」八神が不思議そうな声で言った。

「何ですか？」

「綿谷さんと揉めてるのか？」

「そういうわけじゃないですけど……子ども扱いされたのが、気に食わないだけです」

「綿谷さんから見れば、君は娘みたいな年齢じゃないか」

「私が娘だとしたら、綿谷さんが高校生ぐらいの時に生まれた計算になりますよ」

「まあ……今は詳しい話を聞いてる暇はないけど、後で相談に乗るよ」

「相談に乗ってもらうような話じゃありません。行きますよ」

「ああ」

その時、青山通りにランドクルーザーが停まった。結城？　いくら何でも早過ぎる。しかし結城は、平然とした顔で車から降りてきた。いつの間にかスーツの上着を脱ぎ、現場用の濃紺のブルゾンを羽織っている。自分たちも動きやすい出動服に着替えてくるべきだった……これから何が起きるか分からないのだから。

「綿谷さんと最上君が先行してます」

「俺はここで待機する」結城が大きなバッグを持ち上げ、中から無線機を取り出した。由宇は耳が赤くなるのを感じた。こんな基本装備さえ忘れていたわけで、いかに自分が慌てていたかが分かる。「持っていってくれ」

「すみません」

人数分の無線を受け取り、エレベーターに向かう。こういう時でも最上は気遣いの人間で、自分が上階で降りた後、エレベーターを一階に戻していた。乗りこんだ八神が六階のボタンを押す。ビル本体と同様、エレベーターも古びていて、停まった瞬間、膝ががくんとするぐらいのショックを受けた。

エレベーターを降りると、二人はそれぞれ一台ずつ無線を取った。イヤフォンを耳に突っこみ、準備完了。八神が先導して階段に向かった。

階段室には、ひんやりした空気が流れている。ビルの中は静かで、人の気配が感じられなかった。おそらく、小さな会社ばかりが入ったビルなのだろうが……時間があれば、入居者についても調べておきたかった。ここをアジトにしているなら、必ず借り手がいるはずで、仮にそれが犯人でなくても、間違いなく犯人につながっていくはずだ。

踊り場から五階の廊下に降りると、八神は慎重に身を乗り出して廊下を観察した。由宇も後ろから覗きこむ。人気はない……五〇一号室は由宇たちがいるのと反対側で、綿谷たちはそちら側の階段室に隠れているのかもしれない。携帯で呼ぼうかと思ったが、余計な音を立てるのは危険だ。

「偵察する」由宇の懸念を察したのか、八神が身を低くして走り出す。しかし反対側の端に到着する直前、ドアが開いた——五〇二号室。八神が急停止して身構えたが、すぐにほっとした様子でドアの向こうに向かってうなずきかけた。最上が出てくる。二人は同じように前傾姿勢を保ったまま、由宇の方へ駆け戻ってきた。

「隣の部屋に入れてもらいました」

「ナイス——隣は何？」

「よく分かりませんけど、編集プロダクションとか」

「ベランダは？」

「つながってます。壁をぶち破って突入しますか？」

「それは最終手段」大きな音を立てれば気づかれてしまう。由宇は素早く作戦を組み立てた。「最上君たちは、何とか静かに隣のベランダに侵入して。そのままベランダで待機。私たちは正面から行ってみる」

「大丈夫ですか？　ミサイルを使うような連中ですよ」

「ミサイルじゃなくて飛翔弾。推進力がないから」とはいえ、他の武器——拳銃などを持っている可能性もある。「すぐに行かないと、ここに立てこもられてしまう。時間がないわ」腕時計を見る。残り一時間。銀座署の特捜も渋谷中央署も、こちらが望む通りには動いてくれそうにない。

「分かりました」

「これを持っていって」由宇は無線機を二つ渡した。

「忘れてましたね。こんなに慌ててたらやばいな……」最上が頭を掻いた。

もちろん、スマートフォンがあれば連絡は取れる。ただしそれは、一対一が基本だ。無線なら、同時に複数でやり取りができる。警察の業務では、まだまだ無線が必須なのだ。

「隣室の人には避難してもらって。それが済んだら作戦決行」

「忙しそうですよ」

「仕事どころじゃないでしょう。何とか説得して……何かあってからじゃ遅いのよ」

「分かりました」

　最上が姿勢を低くして五〇二号室に向かった。音を立てないようにゆっくりとドアを開け、室内に消える。

「五〇一号室を両側から挟み撃ちにしておきましょう」

「分かった。俺が奥に行く——あとは最上の連絡待ちだな」

「ですね」

　二人は低い姿勢を保ったまま、廊下の奥の五〇一号室を見守った。動きはない。他の部屋にも人の出入りはなかった。腕時計と睨めっこをしても時間が速く流れるわけではなく、由宇は次第に焦ってきた。八神は平然としている。やはりこういうことには慣れているのだろうか。捜査一課の仕事の大半は、尾行、張り込みと地味なもので、相手がまったく動かないまま一晩が過ぎてしまうのも珍しくないのに。

「双子ちゃん、最近は何か新しい習い事してるんですか」

　八神が振り向き、呆れたと言いたげに目を剝き、溜息をつく。

「それ、今する話じゃないだろう」

「緊張を解《ほぐ》そうと思いまして」由宇としては大真面目だった。死刑台のユーモア。

「別に緊張してない」

「さすが、捜査一課出身ですね」

「それは関係ない——双子はヒップホップダンスだってさ。俺には全然分からない」八神が首を横に振った。

「でも発表会とかあったら、観に行かないといけないでしょう」

「それで困ってるんだよ。ついていけない……どういう反応を示していいか分からない」

「右に同じくです」

五〇二号室のドアが開き、編集プロダクションのスタッフが不安気な表情を浮かべながら出てくる。一人、二人……由宇は静かに声をかけた。

「全員出ましたか?」

「はい」初老の男性が囁《ささや》くような声で答える。

「奥の踊り場まで行って待機して下さい。終わったらお知らせします」

計四人。全員の姿が消えたタイミングで、耳に突っこんだイヤフォンから綿谷の声が聞こえた。

「配置完了」

「了解です。時計を合わせて下さい……一分後にこちらでドアをノックします」

「了解」

「今からスタートします」

「──スタートした」

通信を終え、由宇は背筋を伸ばした。鈍い痛みが走る。格闘戦にならないように、と祈った。今のところ自分は何の役にも立ちそうにないし、相手が何人いるかも分からない。そう考えるとかすかな恐怖感が浮かんだが、今は応援を呼んでいる余裕はない。

「俺が行く」ドアの前に立った八神が言った。

「時計は私が見ます」由宇は左手を持ち上げてスマートウォッチを見た。四十五秒経過。五十秒になったところで「十」と告げた。残り五秒で、無線の送話ボタンを押しながら、声を出してカウントダウンする。

「ゼロ」と言い終えた直後に、八神がインタフォンを鳴らす。五秒待ったが反応はない。由宇は無線に向かって「反応なし」と告げた。

「部屋の中に人は確認できない……ただし、ベランダからは死角がある」と綿谷が報告する。

「もう一度鳴らします」

由宇の声を待って、八神がもう一度インタフォンを鳴らす。古いタイプのインタフォンで、こちらを確認するカメラもついていないようだ。

がさがさと音がした。室内に人はいるようだ。あとは反応するかどうか……インタフォンから女性の声で返事があった。

「はい」

「郵便局です」

「はい？」

「お届け物です」

「郵便受けの方にお願いできますか」

「判子がいるんですが」

こんな騙しに引っかかってくるだろうか……しかし、ドアが開いた。八神はドアに手をかけ、思い切り引いた。引っ張られるように、女性が廊下に出てくる。

村上多佳子。

「村上だな」八神の声が急に尖った。「警視庁特殊事件対策班だ。脅迫事件の関連で、この部屋を調べる」

「逃げて！」村上多佳子が叫んだ。しかし逃げられるわけがない。ここは五階だし、ベランダは綿谷たちが押さえているのだ。

八神が多佳子の肩を押し、玄関に押しこんだ。多佳子が悲鳴を上げたが、まったく臆さない。八神の乱暴な——捜査一課流のやり方を、由宇は改めて思い知っていた。

多佳子はなおも玄関で踏ん張り、八神を部屋の中に入れないように頑張っていた。二人が揉み合っている隙を見て、由宇は隙間をすり抜けて室内に突進した。

室内にもう一人——朝岡だ。由宇を見ても表情一つ変えない。右手には鉄パイプ。刃物でないだけましかもしれないが、あれで脳天を一撃されたら一巻の終わりだ。

「捨てなさい！」由宇は命じたが、朝岡はニヤニヤ笑いながら、ゆっくりとこちらに近づいてくる。

「邪魔するな」

「逃げられると思ってる？　包囲されてるわよ。諦めなさい」

朝岡が声も上げず、いきなり襲いかかってきた。上段に振りかぶった鉄パイプを由宇の脳天めがけて振り下ろす。何とかかわして床に転がったが、左肩を強《したた》かに打ってしまう。痛みが脳天にまで響き、その場で動けなくなった。

続けて第二撃。辛うじて直撃は避けたが、鉄パイプが左腕をかする。それだけで重い衝撃と痛みが走った。

「ふざけるな。警察が何だ！　全滅させてやる」

由宇は床に這いつくばったまま、無事な右腕を使って必死に後ずさった。しかし限界はある。八神は多佳子に捕まっていて、すぐには助けに来てくれそうにない。死ぬ——少なくとも再起不能の大怪我を覚悟した。

その時突然、窓ガラスが粉々になった。驚いた朝岡が振り返った時には、もう綿谷が室内に飛びこんできていた。ガラスの破片が髪にくっつき、午後の陽光を浴びてキラキラ輝いている。

朝岡が唸り声を上げて、鉄パイプを横に振るった。脇腹を直撃——と思ったが、綿谷は素早く相手の懐に飛び込み、腎臓の辺りに短いが重そうなパンチを叩きこんだ。朝岡が体を折り曲げたところで、素早く右手首に手刀を振り下ろす。鈍い音がして、鉄パイプが床に転がった。後から入ってきた最上が、素早く鉄パイプを拾い上げる。

綿谷は綺麗に払い腰を決めて、朝岡を床に叩きつけた。そのまま腕を固め、冷静な声で由宇に「手錠」と告げる。由宇は何とか立ち上がり、腰のベルトから手錠を抜いて朝岡の右手首にかけた。震える左手を上げてスマートウォッチを確認し、「十五時十分、暴行及び公務執行妨害の現行犯で逮捕」と告げる。

綿谷が手錠を摑んで朝岡を引きずっていく。右手に猛烈な力がかかったせいか、朝岡が「肩が！」と悲鳴を上げる。綿谷は一切構わず、手錠の片方をダイニングテーブルの脚につないだ。朝岡が必死で腕を動かすが、ダイニングテーブルはびくともしない。

最上が八神のヘルプに入った。どうやら八神は、多佳子に怪我をさせないで抑えておくのに難儀しているようで、最上が助けに入ると、すぐに手錠を打って制圧した。

多佳子を部屋の中央まで引っ張っていって座らせる。閉まっていたドアがもう一度開いた。まさか、仲間が帰って来たとか――慌ててそちらを見ると、結城だった。右手には拳銃。その銃口が、大砲並みの口径に見える。

「ご苦労。部屋の中を調べてくれ」

結城の指示で、八神と最上が室内の簡単な捜索に入った。綿谷は二人を監視している。その時点でようやく、由宇の鼓動は落ち着いてきた。綿谷に向かってさっと頭を下げる。

「ありがとうございました」

「自分の仕事をしただけだ。リーダーが傷つけられたら、俺たちは切腹ものだからな」真面目な顔で言った後、綿谷がようやく相好を崩す。「怪我は？」

「無事です」実際には体の左半分に結構な痛みが残っているが……我慢できないほどではない。時間が経てば、痛みは薄れるだろう。

八神と最上が戻ってきた。八神が端的に状況を説明する。

「１ＬＤＫですね。もう一部屋には、布団が何組か置いてあるだけです」

「分かった」結城が、床にしゃがみこんだ朝岡の前で膝を折る。

「朝岡琢磨だな」

「何も言わねえよ」

「言わなくてもいい。渋谷サイトの爆破予告は本当なのか？　実動部隊はどこにいる？」

「さあね」

「この部屋から、SCUに電話がかかってきたのは分かっている。脅迫容疑で調べるが、今は飛翔弾を止めるのが優先だ。実動部隊はどこにいる?」

「言えるわけないだろう」

「そういう計画を立てていることは認めるんだな」

「俺は何も言わねえよ」

「八神、持ち物を調べてくれ」

結城に言われて、八神が朝岡のボディチェックを始める。由宇も左半身の痛みを我慢して、多佳子を調べ始めた。ポケットもない服なので、何かを隠すこともできないのだが。

リビングルームのテーブルには携帯電話が三台。床の上には直に固定電話が置いてある。他にはデイパックが三つ。最上がすぐに中を調べ始めたが、危ないものはない……着替えや食料が入っているだけだった。布団は用意してあるものの、このアジトに二十四時間三百六十五日、誰かが詰めているわけではないようだ。

「さて」結城が拳銃をじっと見る。「こういう物騒なものを見せびらかしていると問題になるんだが、ホルスターがないものでね」

「殺す気か?」朝岡が蔑むように言った。

「まさか」結城が鼻を鳴らす。「せっかく捕まえた犯人を殺してどうする。我々の狙いは、渋谷サイトを守ることだ。お前らの計画は絶対に阻止する——最上」

「はい」

「こいつらの携帯を速攻で分析してくれ」

最上がラテックス製の手袋をはめ、三台の携帯を手早くチェックした。

「ロックされてますね」

「パスワードは？」結城が朝岡に視線を向ける。

「言うわけないだろう」

「言ってもらう。こっちで解除することもできるけど、時間がかかるんだ」

「指紋で解除できますよ」最上が指摘した。

「じゃあ、あんたの指を借りようか」

最上が朝岡の前で跪《ひざまず》く。朝岡はしばらく抵抗していたが、結局最上に腕を摑まれ、右手の人差し指をスマートフォンに当てた。ブラックアウトしていた画面がすぐに明るくなる。

本当はこれもまずい。いかなる状況でも、容疑者に物理的な力を加えて何かさせるのは違法なのだ。スマートフォンのロックを解除するなら、自ら進んでパスワードを喋るか、指を差し出すかだ。強引に進めているこの状況は後で問題になるかもしれないが、今は優先すべきことがある。

「通話履歴が……いくつかありますね。名前はないですが、全部同じ番号です」スマートフォンに視線を落としたまま最上が言った。

「脅します」

由宇が告げると、全員の視線がこちらを向いた。

「電話の相手は誰？」朝岡に質問をぶつけたが、返事はない。多佳子に視線を向けても同じ。

「言わなくても構わないけど、こうなったら警察には協力しておいた方がいいわよ。後で面倒なことになる」

「警察が脅しかよ」

「私たちが今やるべきなのは、爆破を止めること。考えて？　本当に渋谷サイトが爆破されたら、私たちは実行犯とあなたたちの関係を確実に解き明かす。実刑判決は免れないわよ。村上さん、刑務所に入る覚悟はある？　きついわよ」

多佳子が唇を噛む。いずれにせよ刑務所行きになる可能性は高いのだが、彼女は彼女でいろいろ計算しているだろう。

「まあ、別にいい」結城は話を引き取った。手にはまだ拳銃。「とにかくかけてみるか。この電話番号は、どうせプリペイド式のものだろう。かける相手も内輪の人間だけだ。

何とでも話ができる——まず、作戦会議だ」

「俺は監視しておきますよ」と綿谷。

「頼む」

　残りのメンバーは隣の部屋に移った。畳敷きの部屋で、湿気が籠って何だか嫌な臭いがしている。四人は、立ったまま打ち合わせを始めた。

「朝比奈、脅すというのはどういう意味だ」結城が嫌そうな表情で訊ねる。

「文字通り脅します。あの二人は我々の人質ということです」

「しかし、それが通用するかどうか……」八神も渋い表情で言った。「法的にも問題だ」

「それは分かってます。でも、やらないと時間がない」

　そこで由宇は、援軍をもらうことを思いついた。

「ちょっと電話してもいいですか？」

　結城がうなずいて許可を出したので、由宇は窓を開けてベランダに出た。冷たい風に吹かれながら話すのはきついが、今はそんなことを言っていられない。ふと五〇二号室の方を見ると、境界の壁は傷一ついていなかった。綿谷と最上は、綱渡りのようにここを乗り越えてきたのだろう。高所恐怖症の八神だったら失神していたかもしれない。

「大友です」

「朝比奈です——実行犯グループの二人を逮捕しました」

「何だって?」大友の声が裏返った。

「この二人は、飛翔弾を扱っていません。どこか別のところ——近くに実行犯がいます。でも時間がありません」

「どうする?」

「仲間を逮捕したことを、有岡に話して下さい。それでどんな反応が出るか……」

「分かった——でも、一時間しかないぞ」

「大友さんならできると思います。お願いします」由宇は自然に頭を下げた。

「分かった。とにかくやってみる」

すぐに部屋に戻って報告する。

「大友さんに、この件で有岡を叩くようにお願いしました。何か分かれば、すぐに連絡してくれます」

「しかし、待てないぞ」

「すぐにかかります。その役目は——」由宇は八神と最上の顔を交互に見た。

「俺がやるしかないだろうな」八神が溜息をついた。「そういうキャラじゃないんだけど」

「思い切った演技でやって下さい」朝岡のスマートフォンを渡す。

「何歳になっても、いろいろなことにチャレンジさせられるもんだね」

「それが警察かと」

「分かってるよ」

作戦開始——しかししっかりした筋もなく、個々人のアドリブに任された作戦だ。こんなことしか思い浮かばないようでは、リーダーとしての先が思いやられる。


「朝岡さん？」

スピーカーフォンを最大音量に設定しているので、相手の声は由宇たちにも何とか聞こえている。八神は問いに直接答えず、一呼吸置いて低い声で相手に呼びかけた。

「安塚だな？　安塚時央」当てずっぽうだと分かっていた。しかし何か言わないと話は進まない。

向こうは無言だった。それが、八神の「賭け」の成功を証明している。

「こちらは警視庁特殊事件対策班だ。村上多佳子と朝岡琢磨の身柄を抑えている」

「逮捕したのか？」

「身柄を抑えた」

「逮捕」ではなく「身柄を抑えた」。この違いを、安塚は正確に理解しただろうか。

「有岡も逮捕されている。そして今、さらに二人減になった。まだ続けるつもりか？　引き際も大事だぞ」

「ふざけるな！」

「計画をストップしろ。余計なことをしなければ、二人は無事だ。お前たちは、見ず知らずの人間が集まったグループじゃないだろう。五年前の詐欺事件からずっと、関係は続いてきた。今になってこういう乱暴な犯行に走ったのは有岡のせいだろうが、ここでやめておけ。もう何もできない。自棄《やけ》になって渋谷サイトを爆破したら、その時点でお前は完全に終わりだ」

「切るぞ」声は怒りで震えている。

「切ればいい。お前の居場所は把握している。逃げ場はないぞ」

完全にハッタリだった。最上も「追跡はできないだろう」とギブアップしている。スマートフォンの正確な追跡は、やはり難しいのだ。

「どうする？　迷ってる時間はないぞ？　仲間を失いたいか？」

「失う――」

「乱暴な手を使う選択肢もあるんだよ。よく考えろ」

電話はいきなり切れてしまった。八神は舌打ちしたが、由宇は黙ってうなずきかけた。今はこれで十分……何度でも電話して圧力をかければいい。

ふいに、放置してあった二台のスマートフォンのうち一台が鳴った。近くにいた最上が画面を確認してから取り上げ、電話に出る。「朝岡でも村上でもないよ」と、馬鹿にしたような口調で応答する。

「クソッ！」スピーカーからくぐもった声が流れ出す。

「嘘だと思ったんだろう？　渋谷のアジトは、本当に俺たちが押さえている。お前の仲間は、今手錠をかけられて、拳銃を突きつけられてるよ」

すぐに電話が切れる。安塚は追いこまれた、と由宇は確信した。スマートウォッチを見ると、既に犯行予告時間まで三十分になっている——いや、状況が変わったから、安塚はもう待たないかもしれない。

「おしまいだ」朝岡の前で跪いた結城が脅しをかけた。「お前たちがどういう狙いでこんな乱暴な犯罪を企てたかは、これからゆっくり調べてやる。しかしその前に、安塚を止める」

結城がぐっと顔を近づけ、低い声で「安塚はどこだ」と問いかけた。朝岡が顔を逸《そ》らす。その顔から十センチと離れていない位置で、結城が「安塚はどこにいる！」と声を張り上げた。

「横浜ナンバー」

少し離れた床に座りこんでいる多佳子が、ぼそりと言った。途端に朝岡の顔色が真っ青になり、「おい！」と怒鳴りつける。

「横浜ナンバー。５９８」

「お前――」今度は朝岡の顔が真っ赤になる。

「よし」結城が手を伸ばし、朝岡の頬を軽く叩いた。「もういい。お前、一体誰に仁義を感じてるんだ？　何のためにこんなことをしている？」

結城がゆっくり立ち上がり、朝岡を見下ろした。「諦めろ」と引導を渡すと、今度は多佳子に視線を向ける。

「もしも今のが嘘だったら、何十人もの人間が死ぬことになる。あんたの嘘の結果として、だ。責任はさらに重くなるぞ」

「もう、いい」多佳子が溜息をついた。「もう終わりだから」

「おい！」朝岡はまだ諦めていない様子で、多佳子を睨みつけた。しかし多佳子は目を合わせようとせず、溜息をつくばかりだった。

「俺と最上はここに残って、捜索の援軍をもらうように連絡する。朝比奈たちは、渋谷サイト方面へ移動してくれ。奴ら、必ず近くにいるはずだ」

「何で分かるんですか？」

「さっき爆対《バクタイ》と話した。ＳＣＵに撃ちこまれた飛翔弾自体には、やはり推進力はなかった――銃と同じで、撃ち出されるだけだから、飛距離は短い。連中は絶対に、渋谷サイトの近くにいる」

「行きましょう」由宇は綿谷と八神に視線を投げ、声をかけた。

「持っていけ」結城がランドクルーザーのキーを放って寄越《よこ》し、八神が受け取った。さらに拳銃も八神の手に渡る。

最終局面——これが最終局面であり、自分たちがそれを無事に乗り越えられることを、由宇は祈った。

渋谷サイト近くまで移動すると、すぐにパトカーが何台も走り回っているのが分かった。近くの路上に何とかランドクルーザーを停め、サイト前の広場を見ると、予想以上に大勢の人が集まっている。

「冗談じゃねえぞ、おい」綿谷が吐き捨てた。渋谷中央署は、主催者の説得に失敗したのだ。いや、渋谷中央署がどこまで本気になってくれたか……。

「朝比奈、どうする？　もう渋谷中央署に頼らないで避難誘導するか？」綿谷が確認する。

「それはやめましょう。混乱しますし、安塚には、時間通りに決行する意味がなくなりました。今この瞬間に飛翔弾が飛んできてもおかしくありません。安塚の身柄を抑えるのが先決です——降ります。八神さんは車をお願いします」

「この辺を巡回して捜す」

「ちょっと待って下さい」由宇は綿谷に向かって右手を上げた。イヤフォンから結城の声が聞こえてくる。

「当該車両を特定した。トヨタ・ハイラックス、色は紺」

「了解しました」

「それなら絶対見つかるぞ。今はあまり街中を走ってない車種だ」イヤフォンを耳に押しこみながら綿谷が言った。「ピックアップトラックだろう？　奴ら、やっぱり荷台がある車を使ってたんだ」

「カバーをかけて隠している可能性があります。そういう車をチェックしましょう」由宇は言った。

「絶対見つかるさ」綿谷が自分を鼓舞するように言った。

由宇と綿谷は外へ飛び出した。渋谷サイトの周辺はざわついている。爆破予定時刻――イベント開始まで二十分を切っていた。

「バラバラにいきましょう」由宇は提案した。

「あまりお勧めできないな。危険だ」綿谷が渋い表情を浮かべる。

「今は安全性よりも効率です」

「分かった――俺は右へ行く」

「了解です」

由宇はサイトの前の道路を左へ走り出した。体力的にはまだ心許《こころもと》ない。依然として左肩が固定された状態では、全力疾走は難しいのだ。ジョギングのペースを崩さないようにしながら、道路を観察し続ける。

やがて、左へ折れる細い道に出た。車が入れないわけではないが……いた。荷台をこちらに向けて、ハイラックスが停車している。ナンバーも一致。すぐに無線に向かって報告する。八神がすぐに来てくれるといいのだが——この道路は行き止まりなので、後ろを車で塞げば犯人の逃亡を防げる。

ハイラックスのエンジンはかかったままで、荷台にはシートが被せられていた。中央の少し盛り上がった部分に、発射装置があるのかもしれない。犯人——安塚はここでずっと待つつもりだろうか。

ランドクルーザーが路地に飛びこんできた。八神はスピードを落とさず、ハイラックスの後ろぎりぎりに停める。由宇はランドクルーザーの運転席まで駆け寄った。

「確保だ」ドアを開けて八神が出てくる。

「何人いますかね」

「この型のハイラックスは、最大四人乗れる」

二対四か……綿谷が来れば、実質的には同数、いや、こちらが圧倒的に有利になるのだが。八神は銃を持っているし、心配はいらないだろう。自分が足を引っ張らないように気をつければいい。

八神が姿勢を低くし、小走りにハイラックスの運転席に近づく。しかしその時、相手が予想外の行動に出た。いきなり助手席側のドアが開き、二人が転がるように飛び出してきたのだ。直後、銃声が響く。八神はランドクルーザーのボンネットに飛び乗り、銃を構えて「動くな！」と警告した。由宇は急いでランドクルーザーの背後に回りこむ。綿谷が立っていた――しかし右手で左腕を押さえている。指先から血が滴り、アスファルトの上に小さな血溜まりができていた。

「綿谷さん！」

綿谷が由宇の方を見もせず右手をゆっくり上げ、人差し指を立てた。無事の合図――しかし由宇は、動けなくなってしまった。達人ならではの殺気のようなものを、はっきりと感じる。

銃を持って前にいるのが安塚。もう一人は――尾島隆だった。

「銃を捨てろ！」斜め上の位置から安塚に狙いを定めたまま、八神が叫んだ。しかし安塚はそれを無視して、銃を構えたまま、綿谷にしっかり狙いをつけている。二人の間の距離、わずか五メートル。安塚が銃を扱い慣れているとは思えないが、一発は綿谷に当てている。油断はできない。

緊迫した空気が流れる。それを緩めるように、サイトの広場からは、由宇にも聞き覚えのある『蒼い雨』の主題歌が聞こえてきた。

綿谷が一歩ずつゆっくりと前進する。安塚の腕に力が入るのが見えた。「来るな！」と叫びながら、一歩下がる。制圧できる——しかし絶対確実な保証はない。由宇は無線に向かって「渋谷サイト横、マル対二名を発見。拳銃所持、一発発射、負傷者一名」と告げた。すぐに結城が反応する。「了解」という素っ気ない一言は、逆に由宇を落ち着かせた。

取り敢えずこの状況では、飛翔弾を発射するのは難しいだろう。あとは身柄確保だ。応援が来るまで時間稼ぎができるかどうか……突然悲鳴が聞こえて、由宇は振り返った。路地の入り口に、若い女性が二人。人の行き来が多い場所に、拳銃を持った容疑者がいる——極めて危険な状況だ。

「下がって！」由宇は声を張り上げたが、次々と野次馬が押しかけてきている。時間をかければかけるほど、収拾がつかなくなるだろう。

「銃を捨てろ！」八神が繰り返し言って、さらに一歩前に出る。さっと片膝をつき、安塚に向かって銃を突き出した。距離はもう、三メートルもない。普段から射撃練習をしている八神が撃ち損じる距離ではなかった。

安塚が八神に視線を向ける。それが少しだけ長過ぎた。綿谷が一気にダッシュして間合いを詰める。安塚が気づいて視線を向け、慌てて銃を構え直したが間に合わない。怪我しているにも拘《かか》わらず、綿谷は綺麗な上段蹴りを繰り出し、つま先が安塚の右手首を捉えた。拳銃が吹っ飛ばされ、硬い音を立ててアスファルトの上ではねる。安塚が目を見開き、慌てて拳銃を拾おうと飛びついたが、綿谷はさらに間合いを詰め、右の正拳突きを肩口に見舞った。しかし怪我のせいかバランスが崩れてしまい、安塚を倒すまでの威力はない。安塚はよろめいただけで、後ろに控えていた尾島にぶつかった。

「飛んで！」頭の中に突然麻美の声が響く。どうして？　しかし考える前に、由宇は駆け出した。綿谷はその場に膝をついたまま、動けなくなっている。由宇は思い切りジャンプして、綿谷の背中を踏み台にして安塚に飛びかかった。気づいたのかどうか、その瞬間綿谷が体を少し起こしてくれたので、最高のジャンプ台になる。由宇は高く宙を舞い、右膝を安塚の顔面へ叩きこんだ。安塚がのけぞり、後ろへ倒れこむ。それに押されて、尾島も倒れて背中を激しく打った。八神がそこへ飛びこみ、すかさず尾島に手錠をかける。

「朝比奈、手錠だ」

声をかけられ、綿谷が差し出した手錠を受け取る。安塚に手錠をかけて一息——呼吸が整わず、吐き気がしてきた。麻美、見てた？　私、こういうこともできるんだから……あなたなら、パンチ一発で制圧していたかもしれないけど。

「全員、動くな！」

背後から声をかけられて振り向くと、制服警官が二人、銃を構えたままこちらに近づいてくる。その後ろから、出動服に身を包んだ捜査一課のＳＩＴ（特殊事件捜査係）隊員が数人、近づいてくる。何もあんなフル装備でなくてもと思ったが、爆破事件を想定していたらこれが当たり前なのかもしれない。

「捜査一課だ」先頭の男がヘルメットのバイザーを上げて、厳しい視線を向ける。

「ＳＣＵです。制圧しました。マル被二名」由宇は低い声で答えた。

「ご苦労。こちらで連行する」

うちの獲物だ——反論しようとしたが、結局由宇は何も言わなかった。捜査を仕上げて、熨斗をつけて進呈する。それもＳＣＵの仕事なのだから。

二人を捜査一課に引き渡すと、ようやく八神が口を開いた。

「怪我の具合も聞かないんだから……ＳＩＴも、礼儀がなってないよ」

「綿谷さん、大丈夫ですか？」

由宇はようやく再起動した。手を貸して、綿谷のコートとスーツを強引に脱がせ、左腕の怪我を確認する。ワイシャツの二の腕が血に染まっていたが、既に出血は止まっているようだった。

「筋肉の分厚いところだから大丈夫だろう」綿谷は強気だった。「君も無理するな」

「今のはしょうがないでしょう」

「……見事な膝蹴りだった。ただし、こういうことは二度とやるなよ、リーダー」

事態はＳＣＵの手を離れそうになった。しかし、事件の全容を知らないまま捜査から離れるわけにはいかない。由宇はゴリ押しで結城に許可をもらい、銀座署へ向かった。既に夕方だが、署内はざわついている。大友を摑まえると、これから有岡を叩くという話だった。

「取り調べ、聞かせて下さい。何が起きていたのか、知っておきたいんです」

「モニターで確認してくれ」大友はいつになく厳しい表情だった。「中には入れないよ」

「そこまで図々しくありません」

大友がうなずき、取調室に入った。由宇は刑事課の片隅にあるモニターの前に陣取り、その時を待った。先ほどの逮捕劇で、また左肩を痛めてしまったようで、波のように繰り返し痛みが襲ってくる。しかしここは自分がしっかり見ておかないといけない。綿谷は病院だし、八神と最上は渋谷中央署で情報を収集している。

3

大友が椅子を引き、ゆっくりと座った。動きには余裕があるが、表情がやはり険しい。

「先ほど、安塚時央、その他三名が逮捕されました。全員、あなたの知り合いだ。容疑は爆発物取締罰則違反、公務執行妨害、脅迫です」

「クソッ」有岡が吐き捨てる。

「この件は、朝岡琢磨が中心になって計画していたようですね。あなたを奪還するために、一種のテロ事件を起こそうとした。それは事前に阻止しましたが、ずいぶん乱暴なやり方をするものだ」

「俺は秋山とは違う」

「どんな風に？」

「あいつは手を汚さないで金を儲けようとしていた。でも、それではできないことがある。むしろ日本の警察は、乱暴な手段の犯罪に慣れていない」

「中米やアフリカの事件のように？」

「実際、銀座シャインの件は上手く行った」

「あなたは逮捕されたが」

「計算外のこともある」

「前にも話したけど、銀座シャインで事件が起きる直前に、あなたと秋山が現場に一緒にいたことは分かっている。秋山は、あなたを説得しようとしているようにも見えた。何があったんですか」

「あいつは俺を止めようとした。危険過ぎる、そういう手口で続けるつもりなら、俺はもう一緒にできないと」

「一緒にやっていたんですか」

「あいつと組んでいれば、でかいことができた——できたはずだった」

「あなたたちは幼馴染みだ。いつから、一緒に犯罪に手を染めるようになったんですか」

「あんた、生まれはどこだ」有岡が急に話を変えた。

「長野。佐久《さく》」

「田舎だよね？」

「そうですね。新幹線は停まるけど、僕の実家の方はかなり田舎だ」

「山口——長門なんてもっと田舎だから」自虐的に有岡が言った。「そんなところで生まれ育って、一生をそこで終えるなんて、我慢できなかった」

「それであなたは、高校卒業後に上京した。秋山は大学進学だったけど、あなたの場合は違った」

「大学で遊んでる暇はなかったからね。金儲けするには、早く始めた方がいい」

「その方法が犯罪だった？」

「振り込め詐欺の下っ端仕事はきつかったけど、あれでいろいろ学んだよ」有岡が耳を掻いた。

「秋山も引っ張りこんで？」

「ああ。あいつも出し子をやっていた。ただしあいつは、安全に金を動かす方法も研究していたんだ。あいつの手下が五年前に逮捕された時の金、見つかってないだろう？」

「そうですね」

「資金洗浄して、今はあんたらの手が絶対に届かない場所にある。あいつはそういうことが得意だった」

「ずっと一緒に組んで仕事をしていた？」

「ずっとじゃない。たまにだ」

「あなたは、五年前の振り込め詐欺には関わっていなかった？」

「ああ」

「しかし、立川の警備会社襲撃事件には関わっていた」

「その件については言わねえよ」

有岡が腕を組んだ。それを認めれば、さらに罪が重くなる——まだ駆け引きしているのだ、と由宇には分かった。諦めが悪いというか、今でも冷静というか。

「それはうちが担当していることではないので、後回しにしましょう」大友がうなずいた。「秋山とは、くっついたり離れたりという感じですか」

「まあね」有岡がまた耳を擦《こす》る。いつの間にか真っ赤になっていた。

「立川の襲撃事件から六年、詐欺事件から五年が経って、警察のマークが緩んだから、二人で組んで大きなことをやろうとした？　以前秋山が使っていた人たちもほとぼりが冷めて、手数も揃ったということですか」

「秋山には、変なカリスマ性があるんだよ」有岡がうなずいた。「面倒見がいいから、一度一緒に仕事をした人間は離れない。どうせはみ出し者ばかりだから、他に行くところもないしな」

「何をやろうとしていたんですか？」

「でかいこと」

「それが銀座シャインの襲撃だった」

「あんなのは単なる手始めだ。あんたらが想像もできないことをやって、さっさと金を儲けてＦＩＲＥだ」

「ＦＩＲＥというのは、こういう状況で使う言葉じゃないと思いますけどね」大友がやんわりと批判する。

「秋山と一緒なら、でかいことができると思ったんだよ」有岡が溜息をついた。

「秋山も、最初から犯罪に手を染めるつもりで東京へ出てきたんですか？」

「真面目に働いても、田舎で稼げる金は高が知れている。あいつだって一攫千金を狙ってたんだよ。投資にも、ギャンブル的な側面がある。だけどどうせギャンブルなら、もっと儲けがでかくなる方が――」

「犯罪ということですか」静かに質問を続ける大友の頬が引き攣るのを、由宇はめざとく見つけた。大友は基本的に紳士的な人間ではあるが、キレることだってあるだろう。有岡のふざけた態度は、彼を怒らせるに十分だ。

「でかいことをしようとしたら、リスクを負わないと」

「でもあなたたちは、最終的には一緒に仕事をしなかった。あなたは銀座シャインを襲撃する計画を立てたけど、秋山はそれを止めようとしたんですね」

「結局あいつは、大胆なことができない人間だった。細く長く、じっくりやるのがいいんだ、なんてふざけたことを言ってさ。だから、リスクの高い強盗なんてもってのほかだと言ってたよ。俺に言わせれば、臆病者だ」

「それで喧嘩別れになった」

「根本的な考え方が違った。あいつは、銀座シャインで俺を無理に止めようとしたからな。あの後もしつこかったし」

「だから殺したんですか」大友が一気に核心に入った。これは世田谷西署の事件なのだが、ここで確認しても問題はない。取り調べには「流れ」があるのだ。「秋山は、夜中に自宅を出て、その後、世田谷で射殺されています。そして今日逮捕された安塚時央は、銃を持っていた。この銃が、秋山を殺すために使われたかどうか、確認するのは簡単ですよ。安塚が殺したんですか？」

「あいつは秋山に心酔していた。そんなことをするはずがない」

「だったら、あなたですか？　話し合いが決裂して、撃った？」

「さあね」有岡が偉そうに言って腕組みをしたが、手が震えているのを由宇は確認した。

「いずれ、この件は世田谷西署が正式に取り調べをします。そのつもりでいて下さい」

「勝手にやればいいさ」

「しかし、幼馴染みで、危ないことも一緒にやろうとしていた相手——パートナーと衝突するとはね」

「王様は、二人はいらないだろう」

「王様？」

有岡が腕を解き、テーブルに置いた。妙に自信ありげな態度になっている。

「小さな世界に、王様は一人だけだ」

「その小さな世界は、あなたたちが作ろうとしていた犯罪集団ですね？　暴力団でも半グレでもない、新しいグループ」

「ああ」

「振り込め詐欺もやるし、強盗もやるかもしれない。何でもやるプロの犯罪集団ということですね」

「上手く行くはずだったんだ——秋山が弱気にさえならなければ」

「それがあなたには許せなかった」

「——これ以上は言わないよ」有岡が口の前で両の人差し指を交差させた。「俺も生き延びなくちゃいけないから」

本気で生き延びられると思っているのだろうか？　これから有岡にかかってくる容疑の中で一番重いのは、殺人である。死刑にはならないと思うが、他の犯罪との絡みもあるから、長期間服役するのは間違いない。生き延びても、出所して娑婆に出てくる時には人生の後半に入っているだろう。それから何かできるわけがない。社会と隔絶されている間にどんどん状況は変わってくるだろうし、出所してから新たな犯罪を企んでも、絶対に適応できない。

だからこそ、無理矢理の手段で外に出ようとした？　由宇の気持ちを読んだように、大友が質問をぶつけた。

「今回の計画——あなたを外へ出す計画は、事前に練っていたのでは？」

「俺か秋山が捕まるようなことがあったら——それは考えていた。秋山は馬鹿な計画だって言ってたけど、念には念を入れ、だからな」

「逮捕されていないメンバーが、それを実行したということですね？　だとしたら、あなたも秋山並みにカリスマ性を持っている」

「俺がたった一人の王様になったからな」どこか自慢げに有岡が言った。「俺がいないと、連中は何もできない。奴らはドアマットなんだよ。一生誰かに踏みつけられて終わるんだ。ただし俺たちにはそういう人間が必要だから、大事にしてきたけどな」

大事にしても、心の底で「ドアマット」などと思っていたら、いずれバレてしまうはずだ。誰でも、他人の心を読む能力を持っている。

「奪還作戦のために、あんな飛翔弾まで用意していた？」

「まさか」有岡が声を上げて笑った。「流用だよ。別件からの流用」

「何か別件を企んでいたんですか？」

「それは言わない方がいい――言う気はないね」有岡が不敵な笑みを浮かべる。

「奪還作戦は、あなたが逮捕された後に他の人たちが計画して実行したということですね」

「それは、あいつらに聴いてよ」

「ちなみに、飛翔弾はどうやって用意したんですか？　自作でしょう」

「朝岡」

「ええ？」

「あいつ、頭がいいし手先が器用なんだ。ネットで情報を集めてきて、どんなものでも簡単に作ってしまう」

「爆発物を搭載できる飛翔弾も作れる？」

「実際、飛んだって言ってたよな？　さすがに誘導できるほどじゃないけど、もうちょっとで警察にも被害を与えられたそうじゃない――惜しかったね」

「失敗は失敗ですよ。あなたは結局失敗したんだ。これで全てを失うと覚悟しておいて下さい」

「ただし俺には、金があるんでね」

「それは、立川で奪った金？　銀座シャインで奪った宝石も？」

「そんなこと、言えるわけがないだろう」馬鹿にしたように有岡が鼻を鳴らした。「とにかく金は、安全なところにある。それさえあれば、娑婆に出た時にまた勝負できる」

「勝負するのはあなたの勝手だ」大友が急に厳しい口調になった。「ただし、今後は違法行為には手を染めない方がいい。そうしないと、これからの人生のほとんどを刑務所で過ごすことになる。あなたの野心は危険だ――裏付けがない」

「俺は、その辺の馬鹿な犯罪者じゃない」

「いや、あなたは平均的なレベル以下の馬鹿な犯罪者だ」

「ああ？」

「こうやって逮捕されている。偉そうなことを言っても、ただの強がりでしかない。本当に頭の切れる犯罪者は、絶対に捕まらないんだ。一度逮捕された時点で、もうあなたはプロの犯罪者失格だ。あなたが作ろうとしていた小さな王国は、とっくに崩壊してるんだよ」

「今日は……何だか厳しかったですね」由宇は、取り調べを終えた大友に遠慮がちに話しかけた。

「取り調べ担当としては面目ないね」大友が肩をすくめる。

「そうですか？」

「常に冷静、がベースだから。あんな風に、途中で説教したら駄目なんだ。淡々と話をしなくちゃいけない」

「でも、言いたくなるのは分かりますよ。ふざけた話です」

「コーヒーでも飲まないか？」大友が溜息をついた。

「つき合います」

二人は一階に降りて、自販機でカップ入りのコーヒーを買った。交通課の前にあるベンチに腰かけ、ブラックのコーヒーを啜る。コーヒーはほぼカロリーゼロのはずだが、それでも疲れた体に少しだけエネルギーが入ってくるのが分かった。

「有岡の感覚は分からないでもないんだけどね」

「そうですか？　どの辺が？」

「田舎を出たこと。結局僕も、田舎ではやりたいことが見つからなくて、東京へ出てきた口だから」

「大友さんのご両親は？」

「父親は学校の先生だった。とっくに引退したけどね」

「硬い感じの実家だったんですね」

「家業を継ぐっていう感じでもなかったし、両親も好きにしていいって言ってくれたから……君は？」

「私は愛知です」

「実家は？」

「イタリアンレストランをやっています。父親がシェフで、母親がフロアで」

「だったら家を継ぐ選択肢もあったわけだ。でも、食べ物商売は難しいよね。シェフの子どもだからって、同じ味を再現できるとは限らないし」

「そうなんですよ」由宇は思い切りうなずいた。「私が言うのも変ですけど、うちの父親、腕はいいんですよ。店も流行ってます。私は食べるのは好きだけど、料理は得意じゃないし……それに、店は兄が継ぐことになっています」

「門前の小僧なんとやら、じゃなかったわけだ」

「違いましたね」

「僕たちは、結構呑気に出身地の話ができる。自分の田舎が嫌いなわけじゃない」

「ええ」

「でも、有岡や秋山は、そんなことはなかったんじゃないかな。秋山だって、上京してからはほとんど実家に顔を出さなかった。長門って、そんなに田舎かな」

「娯楽は少ないでしょうね。就職も限られるかもしれません」

「若者が出ていきたくなるような街かもしれない……その意識がエスカレートして、自分の故郷を恨むようになることもあるんじゃないかな」

「こんなところに生まれなければ、という感じですか？」

「ああ」大友がうなずく。「田舎で自分の夢が叶《かな》えられないから上京しようとする人は、昔からいくらでもいたと思うんだ。いい大学に入って好きなだけ勉強したいとか、いい仕事をして金を儲けたいとか。彼らの場合は、金を儲ける手段が犯罪だったということで、実に困ったものだけどね」

「青雲の志を抱いて上京、ですか……」

「田舎では珍しい天才が、帝大進学が決まって、村が総出で万歳で送り出した、とかね」大友の表情が少しだけ緩む。「結局、有岡たちの考えは甘いんだ。犯罪で成功して金を儲けて、しかも一度も警察に捕まらないで済む確率なんて、総理大臣になれる確率よりも低いんじゃないかな」

「そうかもしれません」

「馬鹿な人間が起こした馬鹿な事件だよ。最後は仲間割れで終わるんだから」

「でも、小学生からの幼馴染みが、あんなに簡単に仲間割れするものですかね」

「それが犯罪の怖さじゃないかな。金が絡むと、人間関係なんて脆《もろ》くなる……まあ、これからじっくり調べるよ。有岡はいずれ、世田谷西署に渡さないといけないけど」

「――ですね」

「とにかく、お疲れ」大友がコーヒーを飲み干し、カップを握り潰した。「この後飯でも、と言いたいところだけど、僕はまだ後始末があるから」

「私もSCUに戻ります」

「大変だね」大友が同情の籠った声で言った。「まあ、そのうちゆっくり打ち上げをやろう」

「ありがとうございます」

由宇もコーヒーを飲み干した。胃は温まったが、やはりエネルギーは切れかけている。複数の事件の捜査は始まったばかりであり、長引くだろう。SCUはそれに噛めるかどうか……噛んで捜査をしていけば、自分もダメージを受けそうな予感がしていた。

4

SCUに電話を入れると、結城が出た。八神と最上はまだ渋谷中央署、負傷した綿谷は病院で手当を受けて帰宅したという。

「綿谷さん、大丈夫なんでしょうか」

「軽傷だ。意識もはっきりしている」

「そうですか……これから戻って報告しますけど、キャップ、食事はどうしました？」

「まだだが」

「何か買っていきます。何がいいですか」

結城が一瞬黙りこんだ。その静寂が居心地悪く、もぞもぞしてしまう。何か特別なスイーツでも頼まれたらどうしよう。

「ハンバーガーだ。『LAミート』、分かるか」

「はい」

「普通のハンバーガーでいい。金は立て替えておいてくれ」

「分かりました」

結城がハンバーガーというのも、何だかイメージに合わない。もっとも、結城は滅多にスタッフと一緒に食事をしないので、何が好きなのかも知らないのだった。「LAミート」は、肉にこだわった高級ハンバーガーショップで、間違いなく美味しいのだが……。

銀座署から新橋のSCUまでは、微妙に行きにくい。そこそこ歩くか、地下鉄を乗り換えねばならないのだ。疲れをひどく意識し、由宇はタクシーを奢った。外堀通りの、JRのガードをくぐった先で降ろしてもらう。

「LAミート」は夜十時まで営業しており、この時間でも結構賑わっていた。考えるのが面倒臭くなって、ハンバーガーのセットを二つ頼む。一つ千百円。高いな、と思ったが、円安の今、アメリカでハンバーガーを頼んだらこんなものでは済まないだろう。

そこからSCUまで歩いて五分。手に持った紙袋から伝わる温かさがありがたい。

本部へ戻り、打ち合わせ用のテーブルにハンバーガーを置いた。結城が立ち上がって、「先に食べよう」と言い出した。キャップが仕事より食事を優先させるのは珍しいのだが、もう午後九時を過ぎている。

「キャップ、ハンバーガーなんか食べるんですね」地雷を踏むかもしれない――結城の機嫌は読めないのだ――と思ったが、つい聞いてしまう。

「たまには」

結城が短く言って、さっさとハンバーガーにかぶりついた。ドレッシングが垂れ、手を汚してしまう。そう、この店のハンバーガーは肉だけではなく野菜もたっぷり入っていて、美味しいが食べにくいことこの上ない。由宇はバンズをしっかり押し潰してから食べ始めた。これなら多少は食べやすくなる。肉の旨味《うまみ》が口一杯に広がる。レタスとトマトもフレッシュで、タンパク質と食物繊維、炭水化物のバランスが完璧という感じがした。油をたっぷり吸うフレンチフライを食べなければ、ハンバーガーは栄養的に完全食だと思う。

それにしても、キャップと二人で無言の食事……どうにも落ち着かないが、気安い話題も思い浮かばない。仕方なく食事に専念しているうちに、結城はゆっくり食べるタイプだと気づいた。警察官は早飯——常に時間がないので、警察学校時代からこれを叩きこまれ、一生抜けないのが普通なのだが、結城はどうも違うようだ。

ハンバーガーを食べ終えると、結城が初めてコーヒーの蓋を開けた。フレンチフライを一つ摘《つま》んで口に運ぶと、またゆっくりと咀嚼する。

「君は、フレンチフライは細い派か？　太い派か？」

「何ですか？」予想もしていなかった質問に、由宇は思わず聞き返した。

「つけ合わせのポテトは、太いのと細いのがあるだろう」

「私は太い派です」「ＬＡミート」のポテトも太い方だ。中がほくほくしているのがいい。

「俺は細い派なんだが、湿った奴は好きじゃない」

「でも、テイクアウトすると、だいたいそうなりますよね」

「それが気に食わない」

何なんだ、この無意味な会話は……結城とポテト談義をする日が来るとは思ってもいなかった。

「キャップがフレンチフライにこだわりを持ってるなんて、意外です」

「そうか？」

「食事にはこだわりがないのかと思ってました」

「昔、アメリカに留学していた」

「そうなんですか？」コーヒーカップを口に運ぶ手が止まってしまう。

「学生時代だ。その頃は金がなくて、ハンバーガーばかり食べてうんざりしていた。アメリカでは、家庭でバーベキューをやる時に作るハンバーガー以外は話にならない。店で食べたら駄目なんだ」

「ええ」

「そうだ、広報課から君に葉書が回ってきていた」結城が立ち上がり、一枚の葉書を持ってきた。

「広報課？」

「君の名前も所属も分からないから、広報課に出したんだろう。向こうですぐに分かって、こっちへ回してきたんだ」

葉書を受け取った由宇は、内容からすぐに差出人が誰か分かった。矢田遥香《やだはるか》――銀座シャインで由宇が助けた少女だ。後遺症も残らず、無事に退院できた感謝が綴られている。よかった……自分が余計なことをしたのではないかという疑念がずっと消えなかったのだ。ほっとして、葉書を自分のバッグにしまう。

「さて」結城が座り直した。「銀座署の方の話を聞かせてくれ」

由宇は、大友の取り調べの様子を報告した。有岡は話し始めており、反省の色は見えないにしても、いずれ真相を話すだろう、と予測をつけ加える。

「要するに、ギャングというのは……」

「ギャングとか、ギャングなんだな」

「シカゴのアル・カポネ。中南米の薬物専門の犯罪組織。ああいう大がかりな組織を作ろうとしたのかもしれない」

「それとも少し違う感じかもしれません。アル・カポネは、禁酒法時代に密造酒で儲けた――そうですよね」

「ああ」

「中南米のマフィアだったらドラッグビジネス――こういう連中には、柱になるビジネスがありました。でも有岡は、どんなことでもいいから、一攫千金を狙って強引な犯行を計画していたようです。むしろギャンブラーと言った方がいいかもしれません」

「当たるかどうか、やってみないと分からないわけか」

「目的は金だと言っていますけど、本当は綱渡りのスリルを味わいたかったのかもしれません。警察を出し抜ける、とも言っていましたから」

「逮捕された人間の台詞じゃないな」結城が鼻を鳴らした。「それで、柱になる安定したビジネスを確立したかった秋山と対立するようになったわけか」

「他のメンバーの供述とつき合わせないといけないと思いますが、概ねそんな感じだと予想しています」

「あとの捜査は、それぞれの特捜に任せよう。最終的には捜査一課が主導して事件をまとめることになると思う」

「分かりました……けど、うちはここからノータッチですか」

「これ以上は必要ないだろう。今回は、うちのやり方にだいぶカリカリしている連中が多い」

「そうですか……」

「さっき、宮原と話した。二課も大慌てになっているそうだ。自分たちが無視していた人間が、結局は大きなトラブルを起こしたんだから」

「宮原さんは大丈夫なんでしょうか」

「むしろ今後は、堂々と仕事ができる。彼が中心になってやっていくだろうから、結果的に宮原にとってはプラスになった」

「うちも、依頼人の役に立った、ということですね」

「ああ――それで君は、しばらく有休を取れ。怪我をきちんと治してから出てくればいい」

「動くのもリハビリです」

「――そうしたいと言うなら構わないが。それより、俺の申し出を検討してくれたか？異動の件」

そうだった。研修を終えてＳＣＵに戻ってきた時に、結城から言われた言葉、「君はどうしたい？」

「いろいろありましたから、まだ結論は出ていません」

「大きな方針に変わりはないか？」

「――はい」

結城が一瞬、黙りこんだ。急に居心地が悪くなり、由宇は体を揺らした。

「でも」

結城が顔を上げ、由宇の顔を正面から見る。

「今回、いつもよりも現場に出ていたと思います」

「指揮官としては出過ぎだ」結城が、わずかに非難のニュアンスを滲ませて言った。

「それは分かっています。でも、警察官としての基本を再確認した感じがしました」

「現場の方がいいと？」

「私の同期で、総合支援課のスタッフがいるんですが……」

「柿谷晶だな」

知っているのかと驚いたが、晶はある意味、警視庁内の有名人である。経歴を揶揄する人間もいるのだが、結城はそういう感じでは語っていない。

「彼女もいろいろ悩んでいました。でも当面は、支援課の現場で頑張ることに決めたそうです。あの現場でこそ、自分の力が活かせると」

「そういう判断は、重視すべきだな。強い決意は、仕事の質を上げるんだ」

「私はずっと、上を目指してきました。SCUへの異動を受けたのも、少人数の部署の方が、自分の判断を活かす経験が積めると思ったからです」

「今のところはどうだ？　その狙いは上手く行っていると思うか？」

「今回は失敗もありました。キャップにもご迷惑をおかけして」監察の追及から助け出してもらったこと。それに富島との一件では、綿谷に保護者のように振る舞われた。周りが、自分を一人前の指揮官——そうでなくても指揮官候補と見なしていないことの証明ではないだろうか。「逮捕された有岡には邪悪な野心がありました。私にも野心が――」

「君の場合は野心とは言わない。ただの目標じゃないか」

「そうでした」何だか居心地が悪くなってきた。「すみません」

「気にするな――それで、どうする？　通常ルートで異動する気があるなら、実はその候補が来ているんだ」

「どこですか？」

「目黒中央署の生活安全課。そこの係長だ」

中規模の所轄の係長か……警部補としての第一歩に適当なポジションである。それに、通勤時間も今までと変わらない。それが計算できるということは、今後の動きも決められるのだ。この先、警部の昇任試験を受ける際の準備にも時間を割けるだろう。

「悪くない異動だと思うぞ」結城が意見を口にする。

「受けるべきだと？」

「それは君が決めることだ」結城がうなずいた。「ただ、客観的に言わせてもらえれば――受けた方がいいと思う。警部補として管理職の第一歩を踏み出すなら、早い方がいいんだ。そしてできるだけ早く警部の試験に合格する――若ければ若いほど、さらに上を狙えるチャンスができる。ＳＣＵの勤務は不規則になりがちだから、警部補の試験準備も大変だったんじゃないか？」

「――それは否定できません」

「女性初の部長を目指すという君の考え方を、俺は全面的に支持する。そういう形で女性登用を進めるのが正しいかどうかは分からないが、先例がないと何事も進まない。一方で、君の人生設計もあるだろう」

「はい」

「まだ考える時間が必要なら、俺の方で話を止めておく」

「キャップ、一つ聞いていいですか？」

「何だ？」

「私は、ＳＣＵに必要な人間ですか？　役に立っていますか？」

「もちろんだ」結城の答えには迷いがなかった。

「でも今回は、判断ミスもありました」

「ミスは誰にでもある。俺も、無数の失敗をしてきた」

まさか――結城は、つまらないミスからは一番縁遠い感じがする人なのだが。

「目標に変更はありません。後輩たちのためにも、できるだけ上に行きたいと思っています。でも、現場も好きです。今回の一件で、それを思い知りました。しかもまだ経験が足りません。もう少し、ここで勉強させてもらってもいいでしょうか」

「管理職としての本格的なスタートが遅れることになるぞ」

「それでも構いません。自分で納得できるまで修業しないと、上に行っても不安です。机上の空論だけで指揮を執りたくはありません」

「――分かった」結城がうなずいた。「だったら、今回の異動はなかったことにしてもらう。ただし、多少のペナルティがあるのは覚悟しておけよ。警察官の異動は一人だけの問題じゃないから、他にも影響が出る」

「ですよね……でも、どんなペナルティが想定されますか?」

「悪くても、次回の異動先が、ずっと田舎の所轄になるぐらいだろうな」

「それは――我慢できます」多摩の奥の方か、あるいは島嶼部か。次の異動はさすがに断ることはできないから、そういう事態を覚悟しておこう。覚悟していれば、どんなことにも耐えられる。

「では、この話は終わりだ」

結城が立ち上がり、コーヒーカップだけ持って自分のデスクに向かう。

「キャップ、ポテトが残っています」

「俺は細い方が好みだと言ったはずだ。『LAミート』は、ハンバーガーはいいけどポテトはイマイチだな」

何なんだ、この人は……由宇は苦笑しながらゴミをまとめた。残ったポテトは家に持って帰ろう。電子レンジのグリル機能を使えば、揚げたてに近くなるはずだ。それでビールを呑むのもいい。骨折は……もう、ビールぐらいいいだろう。

結城はパソコンに向かい、難しい表情を浮かべていた。腕組みして画面を凝視していたが、やがてキーボードに手を置く。しかし少し書いては手を止め、また書いて……ひどく難儀している。

「何かあるなら手伝いますよ」疲れているが、書類仕事ぐらいはこなせるだろう。

「いや、いい。これは始末書だ」

「始末書が必要な状況なんですか？」誰かがＳＣＵに因縁をつけているのだろうか。

「上だ」結城が人差し指を立てた。

「キャップが上という場合は――総監ですか？」

結城が渋い表情でうなずく。そんな大事になっているのか――いや、ＳＣＵの仕事は通常ルートからは外れている。総監に直に始末書を上げることなど、他の部署ではないのだ。もしかしたら結城は、これまでも総監に始末書を提出してきたのかもしれない。

今回は、監察からは不問にされたようだが。

「これも管理職の仕事だからな。よく覚えておいてくれ」

「でも今は――始末書の練習はやめておきます」

結城が微妙な表情を浮かべる。

部下の問題行動の後始末か……リーダーはただ、作戦立案して指示を出していればいいいというものではない。部下の仕事のカバーも大事な仕事ということだ。

自分にその覚悟と資質はあるのだろうか——もっと経験を積まないと駄目だ、と由宇は自分に言い聞かせた。

解説

藤田香織

一九八六年から施行されている通称・男女雇用機会均等法は、男女の均等な雇用機会および待遇の確保を図り、女性労働者の就業に関して、妊娠・出産後の健康確保措置などを推進することを目的として制定された。

要約するなら、事業主は労働者を募集・採用するにあたり、性別にかかわらず均等に機会を与えなければいけません、採用後も、性別を理由に給与や昇進ほかで差別的な取り扱いをすることは禁止します、という法律だ。

それから三十七年。二〇二三年の現在、あらゆる職業において男女平等になったかといえば、とてもそうは言い難い。そもそも様々な職種において、雇用機会の均等とは何をもって均《ひと》しいとするのか、という問題も解決されていないわけで――という話になると長くなるのでここでは割愛するが、警察が未《いま》だ「男社会」の職業であることは、その内部にいなくても容易に想像がつく。

先日（二〇二三年十月四日）も神奈川県警の定例署長会議の報道で、元横浜市教育長で現在県の公安委員を務める岡田優子氏の発言が注目を集めた。曰《いわ》く、神奈川県警の女性警察官は全体の約11％で、警部以上の階級となると1・6％にすぎないという。「落胆のため息が出るほどの男社会」であるのは、神奈川県警に限らないだろう。

本書『野心　ボーダーズ3』の主人公となる朝比奈由宇は、この国の首都東京を守る警視庁において、そうした女性警察官の活躍の場を広げ、進むべき道を切り拓《ひら》こうとしている。彼女が所属する、七年前に発足し新橋に本部を置く特殊事件対策班（Special Case Unit）、通称SCUは、日本の警察官最高位である警視総監直轄の「特命班」のようなもので、社会や事件が複雑化している現在、従来の縦割り組織では対応しきれない事件が起きた時に捜査に当たっている。

部署間の境界線を越え、自由に動くことを許された「ボーダーズ」を描く本シリーズは、二〇二一年十二月から本書で三年連続同時期の刊行。第一作の『ボーダーズ』は、捜査一課から移動してきたばかりだった八神佑の視点で、SCU本部近くの銀行で発生した立て籠り事件発生に端を発し、身内であるはずの警視庁公安一課の闇に迫る結果へと繋《つな》がる顚末《てんまつ》が綴《つづ》られた。続く二〇二二年の第二作『夢の終幕　ボーダーズ2』では、五人のSCUメンバーのなかで最年少（とはいえ三十路《みそじ》を越えた）、交通捜査課出身の最上功太が視点人物に。長野でのライブを終えた人気バンドのメンバーら六人が乗ったマイクロバスが中央道八王子インターチェンジを出た後、行方不明となる事件と、神奈川県の川崎を地元とする代議士の息子が脅迫される事件が絡み合い、最上を含め登場人物たちの青春と呼ばれた時代の痛みを読者にも突きつける深みのある物語だった。

　第三作である本書は、ＳＣＵキャップの結城新次郎には将来の部長候補と目され、自らも「警視庁初の女性部長になる」ことを目標に掲げる朝比奈由宇が、警部補の昇任試験に合格した者が課される研修を修了し、仲間たちのもとへ戻ってきた場面から幕を開ける。昇任に伴う警察のルートに沿い、由宇には異動の話が持ち上がり、所轄に出るかＳＣＵに残るか、一ヵ月の猶予を与えられるが、そう簡単に考えはまとまらない。そうこうするうちに、八神の同期である捜査二課の宮原から相談事が持ち込まれ、内密にＳＣＵメンバーは動き出す。

　捜査二課の同僚たちに情報を無視された、という宮原の話は、五年前に摘発された特殊詐欺グループの主犯格と目されながら、逮捕は見送られた秋山克己という男が、最近再び人を集めて動き出している。かつての仲間を再結集し、新たな犯罪を目論《もくろ》んでいるのではないかといった懸念だった。ＳＣＵは、表向き投資家となっている秋山に張り付くものの、由宇は八神と尾行中、銀座のショッピングセンターで秋山を見失い、直後爆発音と共に火災が発生。火元らしき店へ駆けつけ、倒れていた女子高生を助け避難する途中、二度目の爆発が起き、由宇は左の鎖骨を骨折。搬送された病院で、救助しようとした女子高生が頭を強打して重傷であること、そしてビル内で被害額が億に達するかもしれない強盗があったことを聞かされる。

前二作同様に、今回もここからいくつかの事件が交錯し、思いがけない繋がりを見つけだしたＳＣＵメンバーが事件解決を手繰り寄せていく。と同時に、本書では、昇進したばかりの由宇が経験する挫折からの成長が大きな読みどころになっている。

秋山追跡時の由宇の行動には慎重さを欠いた判断ミスがあったと見られ、「警察の警察」である監察の聴取を受ける。以前、最上は、今まで由宇の指示に失敗は一度もなかったと語り、「彼女がダメージを受けているところはほとんど見たことがない」とも言っていたが、本書の由宇は気丈に振る舞うものの、心にも体にも深い傷を負ってしまう。旧知である監察官に「はっきり言って、私はミスしたとは思っていません」とは言うものの「いずれにせよ、ミスはミスだ」と詰められれば「分かっています」と答えもする。

この場面での監察官・古賀とのやりとりはとても印象的だ。由宇に対して古賀が言う「君の年齢で『部長になる』と言うのは早過ぎる。それに、自分で言葉にすることでもない」、「控えめでいることも大事だ」といった言葉は、ザ・男社会特有のハラスメントにも感じられるが、由宇にも自分の駆け出し時代を知る人物である古賀に対する甘えや媚《こ》びが透けて見える。それは古賀に限らず、ＳＣＵメンバー綿谷亮介のネタ元である暴力団組員の富島に対する言動や、二度目の古賀の事情聴取から救い出してくれた結城に対する態度からも感じられ、客観的に見て空回りしている痛い人、のようにも映る。

何でも一人でやろうとする姿勢が悪いわけではない。けれど、由宇が目指している警察本部の「部長」となると、階級的にはおそらく警視正。由宇のようなノンキャリアの場合、最速で駆け上がっても五十代にはなってしまうはず。その、あと二十年はかかるであろう険しき道を、一人で進んで行くのは不可能なのだ。地元で一生を終えるのではなく東京で一発当てたいという秋山たちの野心を事件に繋がるものとして描く一方で、男社会のなかで抱く野心を、由宇が見つめ直し、飼い馴《な》らし、少し成長する。その姿をＳＣＵメンバーが見守るというチーム小説としての醍醐味《だいごみ》も本書にはある。

さて。本シリーズは、第一作の刊行当初から、作者によって〈一冊ずつ主人公＝視点人物が変わっていく予定〉であると明かされている（「青春と読書」二〇二二年一月号）。八神、最上、朝比奈ときて、ＳＣＵの残るメンバーは、元・組織犯罪対策部（通称・マル暴）所属、柔道四段、剣道二段、空手二段、将棋アマ三段、合わせて十一段の有段者で「人間凶器」と称される一方、警視庁内で幅広い人脈を持つ警部・綿谷亮介。公安一課出身で、警視という警視庁本部なら管理官、大きな所轄なら課長にあたる階級でありながら、「課」でもなく「室」ですらないＳＣＵのキャップを務める、家族構成も私生活も謎多き結城新次郎のふたり。

順番的には、次はやはり綿谷だろう、と想像する。当然、ＳＣＵメンバーが次にいかなる事件に挑むことになるのかは楽しみだが、岩手県警の叩《たた》き上げで、最後は釜石警察署長まで務め、岩手県警の将棋トーナメントで三回優勝し永世名人の称号を与えられたという実父や、常連だった将棋クラブ仲間で現在の妻と結婚するきっかけになった義父ら、綿谷の家族関係も気になる。二世警察官でありながら岩手ではなく警視庁を選んだ理由や、格闘技の達人と呼ばれるほど自分を鍛えぬいてきた背景もまた然《しか》り。

そしてもちろん、何がどこまで明かされるのかは作者次第であるけれど、個人的には前作で最上に「キャップにも夢がありましたか?」と訊《き》かれた結城が、「どうかな」と答えながら「頬を歪《ゆが》め」た場面も心の隅に引っかかっている。これは、苦い過去があるってこと?……と受け取ったのは私だけだろうか。その後に続く「夢にもいろいろな形があるということだよ」という言葉も意味深だった。諦めた夢を違う形で叶《かな》えたということだろうか。それはSCUの設立やその後の業務内容にも関連しているのかと、考えだしたら妄想はどんどん膨らんでしまう。

これまで特に理由は説明されていないが、鯨のごとく大きなランドクルーザーに、実質四〇〇馬力は出るように改造された「鬼みたいに速い」ルノー・メガーヌRS、最上が「ま、だいたい地球上のどこへでも行けますね」と説いたオフロードの大型バイクKTMといった、いずれも都内を走るのに適しているとは言い難いSCUの捜査車両は、誰がどんな目的で集めたのか、その理由も興味津々だ。

しかし、そうした「気になる部分」が、あと二年で明らかになるとも限らない。先に引いた「青春と読書」の本シリーズ刊行記念エッセイで、作者はこんなことを記していた。〈このシリーズの特徴は、永遠に続けられることである。リアルさを追求すれば、警察には必ず人事異動があるわけで、五人全員を視点人物として登場させた後は、人事異動で人を入れ替えれば、登場人物を一新しながら、シリーズを続けていけるのだ〉。SCUにこのメンバーが集まって、作中でも三年の歳月が過ぎようとしている。本書で由宇に話が振られたように、異動や増員の可能性はこれからもあるのだ。

果たしてどこまで続くのか。その間に、現在は実在しない特殊事件対策班が、警視庁に誕生する可能性もゼロじゃない。シュトレン、ガムドロップクッキー、マカロンと、意表を突いた結城のお菓子作り（これらを手渡すときの結城の言葉にも地味に注目している。今回の「どんな菓子も、最初は家で作ってたんじゃないかな」もカッコよ！　とニヤついてしまったが、前回最上に言った「俺が焼いた」も痺《しび》れた！）の次回予想（ザッハトルテやブラウニーはどうだろう。いや、渡す相手が綿谷になるとしたら和菓子って選択もある……!?）で期待を高めつつ、文庫書き下ろしという贅沢《ぜいたく》な本シリーズが、年末お愉《たの》しみ本として長く定着してくれることを願っている。

（ふじた・かをり　書評家）

本書は、集英社文庫のために書き下ろされた作品です。

この作品はフィクションであり、実在の個人・団体・事件などとは、一切関係ありません。

堂場瞬一の本

ボーダーズ

銀行立て籠もり殺人が四十年におよぶ罪の全貌を暴き出す。才能と個性豊かな刑事チームSCU「警視庁特殊事件対策班」が活躍！　圧巻の警察小説、新シリーズここに始動。

夢の終幕　ボーダーズ2

人気バンドが忽然と消え、連続殺人発生!?　警視庁最強の特殊能力刑事チームSCUが残酷な罪を暴き、音楽業界の深い闇を抉り出す。書き下ろし警察小説シリーズ、第二弾！

集英社文庫

野《や》　心《しん》　ボーダーズ3

2023年12月25日　第1刷　　定価はカバーに表示してあります。

著　者　堂場瞬一《どうばしゅんいち》

発行者　樋口尚也

発行所　株式会社　集英社
東京都千代田区一ツ橋2-5-10　〒101-8050
電話　【編集部】03-3230-6095
【読者係】03-3230-6080
【販売部】03-3230-6393（書店専用）

印　刷　大日本印刷株式会社

製　本　大日本印刷株式会社

フォーマットデザイン　アリヤマデザインストア　　マークデザイン　居山浩二

ISBN978-4-08-744595-4 C0193